양치기
공주님

양치기 공주님

초판 1쇄 찍은 날 § 2010년 2월 12일
초판 1쇄 펴낸 날 § 2010년 2월 23일

지은이 § 유리
펴낸이 § 서경석

편집장 § 문혜영
편집책임 § 유경화
편집 § 조수희

펴낸곳 § 도서출판 청어람
등록번호 § 제1081-1-89호
등록일자 § 1999. 5. 31
어람번호 § 제5-0250호

주소 § 경기도 부천시 원미구 심곡 2동 163-2 서경B/D 3F (우) 420-822
전화 § 032-656-4452 팩스 § 032-656-4453
http://www.chungeoram.com
E-mail § chungeoram@chungeoram.com

ⓒ 유리, 2010

ISBN 978-89-251-2089-8 03810

hungeoram romance novel

양치기 공주님

유리 지음

도서출판
청어람

목차

알람 소리에 눈을 뜬 지미는 길게 기지개를 켰다.

"하아암."

길게 하품을 하고 천근처럼 무거운 눈꺼풀을 손등으로 쑥쑥 문지르며 지미는 현관을 나갔다. 현관문 손잡이에 달린 주머니에서 우유를 꺼내며 무심히 옆으로 고개를 돌린 순간 지미의 눈은 휘둥그레졌다.

먼저 살던 사람이 이사 간 것은 한 달도 전이었다.

사람 사는 기색이 없어서 비어 있구나 했는데, 그녀도 모르는 새 누군가가 이사를 왔나 보다.

"어? 길슨 웨이드다."

아니, 이런 횡재를.

옆집 문 앞에 휙 던져져 있는 신문에 그녀가 가장 좋아하는 금발의 미남 배우 길슨 웨이드가 환하게 웃고 있었다. 지미는 신문을 집어 들고 길슨 웨이드의 사진을 들여다보았다. 보기만 해도 황홀해지는 미소를 띤 헐리웃의 미남 배우의 사진 위에 그보다 굵은 글씨의 헤드라인이 커다랗게 눈을 끌었다.

길슨 웨이드, 비공식 내한.

[헐리웃의 대표 스타라 할 수 있는 길슨 웨이드. 이번에 출연할 영화 촬영을 앞두고 갑자기 내한한다는 의사를 밝혀 주위를 놀라게 했다. 그가 무슨 이유로 비공식 내한을 하는지 의견이 분분하지만 길슨은 아무런 말도 하지 않고……]

오, 오! 길슨이 한국에 온다고?

지미는 저도 모르게 입을 벙긋거렸다. 지미의 소원 중 하나가 길슨을 직접 만나보는 것이다. 원래 지미는 그의 손가락 끝에 한 번만 닿아도 원이 없는 길슨의 광팬이었다.

오오, 기쁘다. 길슨과 같은 하늘을 머리에 두고, 아 원래 같은 하늘이 맞구나. 그도 나도 지구인이니. 그러니 원래부터 같은 하늘 아래 사는 것이겠지?

아무튼 길슨과 같은 시대에 태어나 같은 하늘 아래 사는 것도 행복하다고 생각했던 지미였는데 이제 도시의 같은 공기를 숨

쉴 수 있게 됐다. 꿈처럼 행복한 일이 아닐 수 없다.

내가 처음이자 마지막으로 팬레터를 보낸 것도 길슨 웨이드였는데.

본래 지미는 스타에 열광하는 편은 아니었다. 하지만 빠져들면 미칠 듯이 폭 빠져 버리는데 유일한 대상이 길슨 웨이드였다. 그래서 친구에게 번역을 부탁하고는 길슨에 대한 찬양을 늘어놓는 장문의 팬레터와 함께 그녀가 정성 들여 직접 그린 길슨의 초상화를 국제우편으로 보내고는 혼자서 행복해했었다.

지금 생각하면 그 초상화를 보낸 것은 참 안 하느니만 못한 행동이었지만. 눈 코 입이 비뚤어진 그림을 받은 길슨이 좋아나 했을까 모르겠다.

지미는 신문이 놓였던 옆집의 문이 슬그머니 열리며 손이 뻗어 나오는 것을 미처 알지 못한 채 그저 길슨의 기사에 푹 빠져 있었다. 그녀가 그러고 있는 사이 문에서 나온 손은 신문을 찾아 바닥을 더듬거렸다.

이게 어디에 있지?

석빈은 좀 더 손을 길게 뻗었다. 밤을 꼬박 새워 일을 한 것이 피곤하긴 한 모양이었다. 무겁게 휘몰아쳐 오는 잠으로 인해 눈이 떠지지 않는다. 대충 신문을 훑어보고 이대로 잠 속으로 파묻혀 내일 아침까지 잠만 잘 생각인지라, 잡히지 않는 신문에 조금 짜증이 났다.

마지막으로 손을 내밀던 석빈은 그의 손에 잡힌 무엇으로 인해 눈을 번쩍 떴다.

"어?"

잠이 확 달아나 버렸다. 그의 손에 잡힌 것은 여자의 발목이었다.

뭐야?

눈이 휘둥그레진 석빈만큼이나 발목의 주인인 여자의 눈도 커져 있었다. 신문을 펼쳐 들고 있는 여자는 동작과 표정이 모두 얼어 있었다.

"엄마야!"

"앗!"

먼저 움직이고 소리친 것은 여자였다. 기겁을 한 목소리로 비명을 지르면서 여자가 급히 한 걸음 물러섰고 그로 인해 석빈은 균형이 무너졌다. 엇 소리도 내지 못한 채 석빈은 잡고 있던 손잡이를 놓치면서 앞으로 넘어졌다. 석빈이 간신히 나동그라질 뻔한 것만 모면하고 문 바깥으로 휘청 몸이 나온 순간 문이 쾅 소리를 내며 닫혀 버렸다.

젠장.

석빈은 욕을 중얼거리고 일어섰다. 석빈은 지금 속옷만 입고 있었다. 그것도 현란하게 늑대 캐릭터가 프린트된 아주 웃기는 트렁크. 이 여자가 여기서 소리라도 지른다면 그야말로 대망신이다. 그는 지미가 자신의 속옷으로 관심을 가지지 못하게 선방을 날렸다. 계속 소리를 지르려는 여자를 향해 쭉 손을 내밀었다.

"그거 내 신문인 거 같은데?"

그의 말이 여자가 내려는 비명을 막은 모양이다. 비명 대신 여자가 다른 소리를 중얼거렸다.

"벼……."

안 들어도 뻔하다. 변태라는 말을 할 참인 게지. 이럴 때는 선제공격이 최고다. 아무 소리 못하게 해버려야 한다. 이 여자가 그의 신문을 가져가 보지 않았으면 이런 꼴을 당할 일은 없는 거 아닌가. 게다가 속옷을 입은 것이 변태라면 자기도 변태 아닌가? 여자도 잠옷차림이니 말이다. 저런 옷을 입고 자면 배기지 않을까 싶을 정도로 여자의 잠옷은 온통 꼬불거리는 레이스가 정신없이 달려 있었다.

"왜 남의 신문은 가져가?"

뚱한 석빈의 말에 여자의 얼굴이 새빨개졌다.

"내…… 신문이야. 이 변태야."

쾅! 문을 닫고 여자가 들어가 버렸다.

여자가 제 것이라 우기긴 했어도 신문은 분명 그의 것이 틀림없을 것이다. 자기 신문이면 가지고 들어가서 봤지 현관문을 열고 서서 읽지는 않을 테니까 말이다.

이 여자 거짓말쟁이네.

옆집 문을 노려보다가 석빈은 비밀번호를 누르고 안으로 들어갔다. 처음으로 얼굴 보는 이웃사촌에게 변태로 낙인찍힌 것이 분하지만 거기에 대해선 할 말이 많다. 밤새 일하고 샤워를 했다. 금방 잠자리에 들 생각이니 속옷만 입고 신문을 가지러 나간 거였다. 사실 속옷그림이 좀 웃기긴 하지만 방금 전 그 일이 있기 전까지는 한번도 그것에 신경을 쓴 적이 없다. 어차피 누가 보라고 입은 것도 아니니까. 게다가 그건 변태하고는 전혀 상관없지 않은가. 그러니 그런 말은 억울하기 짝이 없는 소리였다. 변태라니.

하필 이런 팬티를 선물로 사줘서……

어디서 이런 것을 구했는지 모르지만 장난기 많은 친구 재민이 저번 생일날 선물이랍시고 사준 팬티였다. 그것이 서른두 살이 되도록 한 번도 들어본 적이 없는 변태 소리를 듣게 한 것이다.

"변태 아니거든?"

못내 억울해 석빈은 눈도 동그랗고 얼굴도 동그란 여자가 보이기라도 하는 것처럼 잔뜩 눈을 부릅뜨고서 벽을 노려보았다.

안으로 들어온 지미는 우선 찬물부터 한 컵 따른 뒤 단숨에 마셔 버렸다. 가슴이 콩콩콩 난리법석이었다.

아침부터, 참.

아닌 밤중에 홍두깨라더니, 이건 자는 것도 아닌데 새벽 댓바람부터 홍두깨로 두들겨 맞은 것 같다.

이렇게 놀란 것은 처음이야.

새벽부터 속옷만 입은 남자를 보다니 정말 재수가 없…… 음, 없나? 가만 생각해 보니 흘끔 본 남자의 팔과 등 근육, 더군다나 말로만 듣던 초콜릿 복근이 상당히 훌륭했다. 게다가 트렁크 아래로 보이는 적나라한 하체라니. 긴 근육질 다리, 그만하면 정말 눈이 황홀할 정도라 할 만하니 재수가 없는 것은 아니고 있는 것 같다. 하지만 말이지. 트렁크 무늬가 사실 웃겼어. 늑대가 뭐야? 그 나이에 그런 점잖지 못한 그림이라니. 게다가.

그거 내 신문 같은데?

그러면서 사람을 도둑 취급하다니 매너가 완전 꽝 아닌가. 누굴 도둑으로 몰아? 아, 정말 소리라도 빽 질러 버릴걸. 다른 사람들이 나오게 해서 망신을 주었어야 하는 건데.

힉!

들고 있는 신문을 발견하고 지미는 울상이 됐다. 얼떨결에 내 신문이라고 소리치고 그대로 들고 온 것이다. 그것이 갑자기 돌덩이처럼 무거워졌다.

진짜로 훔쳐 온 것이 됐네.

지미의 눈에 이제 더 이상 길슨 웨이드의 얼굴은 들어오지 않았다. 지미는 신문을 잘 간추린 뒤 살그머니 현관문을 열었다. 가만히 허리 굽혀 신문을 옆집 문 앞에 내려놓는데 갑자기 옆집 문이 벌컥 열렸다.

"엄마야."

뒤바뀌었지만 아까와 똑같은 상황이었다. 아니, 더 나빠졌다. 지미는 운이 좋지 못했다. 앞으로 폭 쓰러진 것이다. 지미의 얼굴이 달구어진 숯처럼 빨개졌다. 일어난 지미는 현관문을 열면서 잠시 망설였다.

신문을 훔치려던 것이 아니라고 말하며 미안하다는 사과를 하려는데 말이 나오지 않는다. 그런 지미의 마음을 알아차리지 못한 석빈이 한마디 했다.

"내 신문 맞네."

아, 정말 이 남자 매너가 꽝이라니까. 굳이 그런 말 안 해도 되잖아. 미안하다고 생각하고 돌려주는데.

"내 신문이 맞아."

강조까지 한다. 이제 와서 사과한들 저렇게 대놓고 잘 만났다, 그럴 줄 알았다, 라는 식으로 말하고 있는 사람이 너그럽게 이해해 줄 것 같지도 않았다.

어떡하지?

순간적으로 지미는 잔머리를 굴렸다. 이럴 땐 36계가 최고라지만 저렇게 잘 만났다 노려보고 있는 사람의 앞에서 도망치기는 힘들 것 같았다.

"어?!"

지미는 도시여자의 필수인 놀라운 재치와 순발력으로 마치, 문득 뭔가를 본 것처럼 남자의 뒤쪽을 가리켰다.

"늑대가 나타났……다!"

아, 왜 그런 거야, 대체. 뭐가 문제인 것이야? 그 하고많은 것들 중에 왜 하필 늑대를 고른 거냐고요! 남자의 관심사를 그의 등 뒤로 돌리고 얼른 달아나려 했을 뿐이었는데 결국 지미는 자신이 스스로 '양치기 소년'임을, 아니, 그 상황에서도 예쁜 공주니까 '양치기 공주'임을 만방에 선언하고 말았다.

'아줌마, 안녕하세요!' 하고 말할 수도 있었고, '경비 아저씨! 수고하시네요!' 하고 말할 수도 있었건만 굳이 늑대를 고른 이유는, 생각할 시간이 짧았기 때문이다. 그 짧은 시간 떠오른 단어는 그의 '늑대팬티'에서 본 우스꽝스러운 늑대였기 때문인 것이다. 늑대팬티 입은 것을 공연히 흉보는 바람에 늑대가 입에 붙은 것이다.

아까보다 더 얼굴이 새빨개진 지미는 이제 한마디로 빼도 박도 못하고 서 있었다. 창피해 죽겠지만 마치 패닉이 온 것처럼 움직일 수 없었다. 그래서 더 창피해졌다.

그 순간 지미는 보았다. 앞에 선 남자가 터져 나오는 웃음을 참기 위해 온 얼굴에 힘을 주고 있는 것을. 그래서 그의 얼굴도 지미만큼이나 붉어진 것을.

더 이상 남아 있을 이유가 없었다. 신문 도둑질? 개망신 한번으로 다 갚았다.

지미는 집 안으로 들어섬과 동시에 문을 쾅 닫아버렸다.

그것이 신호라도 되는 양 남자의 웃음소리가 복도에 메아리쳤다. 그리고 그 웃음소리는 그가 집 안으로 들어간 후에도 벽을 타고 그녀의 귀에 고스란히 들리고 있었다.

아, 정말.

지미는 두 손으로 뺨을 가렸다. 얼굴이 화끈거려 왔다.

미쳤어, 미쳤어. 갑자기 그런 소리는 왜 한 것이람.

앞으로 어떻게 얼굴 보고 살지? 그게 가장 걱정이다. 바로 옆집 아닌가. 얼마나 많이 마주칠지는 모르지만 마주치는 건 분명한 사실이다.

어떻게든 마주치지 말고 피해 다녀서 늑대가 나타났다 하고 소리쳤던 것을 이 남자가 기억하지 못하게 만들어야지.

굳게 결심하는데 따르릉 전화벨이 울렸다.

흘낏 시간을 보니 7시 5분. 하여간 정확하다니까. 재빨리 리모컨으로 오디오를 켠 후 전화를 받았다.

"어마마마?"

엄마는 이렇게 불러주면 좋아한다. 처음엔 그렇게 할 때마다 낯간지러웠지만 이제는 그냥 농담이 돼버린 엄마의 애칭이다.

[일어난 거니?]

"응, 그럼. 지금 시간이 몇 시인데? 벌써 일어났어요, 에어로빅 중이에요."

작년 지미는 집에서 독립했다. 하지만 그녀의 독립은 말만 독립인 거다. 이렇게 아침저녁 시간 맞춰 전화하는 것으로 시작해 하루에도 몇 번씩 전화를 걸어 뭘 하는지 뭘 먹는지 체크하는 엄마. 화상통화였으면 대번에 거짓말이 탄로날 거란 생각을 하며 지미는 혀를 쏙 내밀었다. 엄마, 미안.

[아침은?]

현옥의 말에 지미는 재빨리 테이블에 올려놓았던 우유팩을

개봉했다. 엄마의 전화가 끝나자마자 원샷을 하면 그건 거짓말을 한 게 아니니까.

"우유 마셨어. 엄마는? 아침 먹었어요?"

[먹었어가 뭐야, 드셨어요, 그래야지. 그래 먹었다. 이것아.]

"엄만! 그럼 아빠? 출근하셨어요?"

[그래.]

"알았어, 엄마. 그럼 이제 엄마는 뭐 할 거야? 난 이제 청소하고 가게 나가야 해."

[엄마도 청소할 거야. 알았으니 너도 청소하고 어여 가게 나가. 이따가 다시 전화하마.]

"네."

에구, 내 팔자야!

이것이 무슨 독립이야. 이 독립을 위해 지난 2년간 엄마, 아빠와 그토록 치열한 줄다리기를 했단 말인가.

다른 집에 비해 좀 유난한 부모님을 가진 지미였다. 지미는 부모님의 사랑을 너무 많이 받는 무남독녀 외동딸이었다. 처음에 지미는 모든 자식들은 부모에게 다 자신처럼 사랑을 받는 것인 줄 알았다. 하지만 자라면서 보니 전혀 그렇지 않다는 것을 깨닫고는 엄마 아빠에게 자식이 나 혼자라서 그런가? 생각했다. 하지만 그것도 아닌 모양이다. 주위에 다른 무남독녀를 보면 다 그녀처럼 살지 않는다.

쥐면 꺼질까 불면 날아갈까 하는 지미에 대한 부모님 사랑은 아무리 봐도 너무 과하다. 그것에 지쳐 지미는 3년 전 대학을 졸업하면서 독립을 선언했다. 사실 아무것도 못하게 하고 울타리처럼 그녀 주위를 버티고 선 부모님의 사랑 방법에 숨 막히는 답답함을 느끼기 시작한 것은 아주 오래전부터였다.

쉽진 않았다. 여자애를 어찌 혼자 살게 두냐며 안 된다고 펄쩍 뛰는 부모님에게 독립만 시켜주면 짜주는 시간표대로 살며 절대 엄마 아빠 실망시키는 짓도 안 한다는 맹세까지 했어야 했으니까. 그럼에도 여전히 독립이란 허락이 떨어지지 않아 결국 지미는 초강수를 뒀다.

"나 그럼 유학 갈래요."

만리타향에 보내느니 차라리 옆에 두고 보는 게 낫다는 생각에 마지못해 부모님은 손을 들었다. 그렇게 해서 얻어낸 독립이건만 사실 이런 것이 완전한 독립이라고 보기가 좀 그렇다.

지미가 독립을 노래한 것은 하고 싶은 게 많아서였다. 연애도 해보고 여행도 가보고 밤늦게 술도 마시는 그런 체험을 하고 싶었다. 하지만 집에서 나온 지 1년, 아직까지 생각했던 것들 중에서 단 한 가지도 하지 못한 지미다.

해볼 것이다. 조만간에…… 언젠가는! 매일매일 하는 결심을 또 하면서 지미는 청소를 하기 위해 힘껏 창문을 열어젖혔다.

집을 나설 때마다 이웃집 문을 보면 지미의 얼굴은 붉어졌다.

늑대가 나타났다!

아무리 생각해도 그런 말을 한 것은 창피했다.

다른 사람에게 절대 알리기 싫은 목록 중 1위로 등극시킨 이 일을 아무도, 그 남자 외엔 자신이 그렇게 소리친 것을 모른다는 것이 얼마나 다행이란 말인가.

이웃집 남자와는 한동안 마주치지 않았다. 아침에 나갈 때마다 혹시라도 그 남자와 얼굴을 마주치면 어떤 얼굴을 해야 하나 하는 생각에 처음 며칠 가슴을 졸이던 지미는 곧 태연해졌다. 자영업인 지미가 집을 나가는 시간이 다른 사람의 출근 시간과 다르다는 것을 뒤늦게 깨달아서였다. 그러니 이웃집 남자와 마주칠 일은 별로 없을 거였다.

이 얼마나 다행인가.

그런 지미의 생각은 며칠 후 엘리베이터 앞에서 깨졌다. 엘리베이터에 오른 지미가 14층을 누르고 섰는데 그 남자가 엘리베이터를 향해 달려오는 것이 보였다. 닫히는 문틈으로 보이는 남자의 얼굴이 '잠깐!' 하고 소리친 것 같았다.

절대 보고 싶지 않은 남자였다. 둘만의 엘리베이터에서는 더욱더.

하지만 지미는 차마 혼자 올라갈 수가 없어서 열림 단추를 눌렀다. 아니, 분명 열림 단추를 누르려고 했다. 그런데 서둘러서 그녀는 그만 닫힘 단추를 누르고 말았다. 뒤늦게 열림 단추를 다시 눌렀으나 이미 문은 닫혔고 엘리베이터는 위층으로 올라가고 있었다.

정말 고의가 아니었다. 맹세할 수도 있었다. 하지만 저 남자가 분명히 고의로 그랬다고 생각할지 모른다. 지미는 발을 구르면서 층수가 변하는 엘리베이터 문 위의 숫자를 노려보았다.

난 바보야.

닫히는 엘리베이터 문을 열어준 뒤 남자에게 저번엔 미안했다고 사과를 하면 되는 걸. 좋은 기회를 그만 놓쳐 버린 것이다. 힝. 정말, 정말 좋은 기회건만 그걸 놓치다니 바보야. 바보.

저 여자 봐라. 아주 웃기네.

사람이 달려가는 걸 보고도 문 닫고 혼자 올라가 버려?

이런 괘씸한 여자를 보았나.

석빈은 엘리베이터가 내려오길 기다렸다. 14층까지 올라갔던 엘리베이터는 속이 터질 정도로 천천히 내려왔다. 고작 1, 2분밖에 되지 않은 시간이지만 이상하게도 이렇게 기다리는 시간은 정말 헛된 것 같아 짜증이 났다.

14층으로 올라온 석빈은 엘리베이터에서 내려 뜻밖의 광경에 봉착했다. 그 괘씸한 여자가 아직 집 안으로 들어가지 못하고 바닥에 흩어져 있는 것들을 주워 담고 있었다.

봉지를 떨어뜨렸나 보다.

들고 있는 봉지에서 쏟아진 것이 분명한 작은 방울토마토가 붉은 구슬을 뿌려논 것처럼 복도에 흩어져 있었다. 그것을 주워 담고 있는 여자의 얼굴 역시 토마토처럼 붉다.

뭐야, 이 여잔 왜 이리 얼굴을 잘 붉혀. 온통 새빨개진 얼굴이 은근 귀엽다. 이 얼굴로 늑대가 나타났다를 한 번 더 외치면 진짜 귀엽겠는데? 지미가 당황한 얼굴로 '늑대가 나타났다!' 하고 외치던 때 그가 느꼈던 황당함을 생각하며 석빈은 슬그머니 웃음을 머금었다. 조금 전 엘리베이터를 혼자 타고 올라가 버린 것에 대한 괘씸함도 순식간에 잊어버렸다.

도와주는 것이 신사도겠지?

"도와드릴까요?"

지미는 가방에서 열쇠를 꺼내다 그만 토마토 봉지를 놓쳐 버려 이렇게 방울토마토가 사방팔방으로 흩어지는 사고를 당했다.

뭐야, 진짜. 왈칵 짜증이 났다.

튀어나가는 토마토를 본 순간 지미는 곧 올라올 남자를 생각했다. 그녀로 인해 엘리베이터를 놓친 옆집 남자에게 이런 꼴을 보인다는 것이 망신스러워 죽을 지경이다. 그런데 이 남자 보라지. 신사답게 그냥 자기 집으로 들어가 버리지, 뭐? 도와드릴까요?

쌀쌀한 표정으로 지미는 고개를 돌려 버렸다.

"필요없는데요."

"아, 그렇습니까?"

지미의 거절에 남자가 굽혔던 몸을 죽 폈다. 키가 굉장히 크고 간지가 좋아선지 낡아빠진 청바지와 빛바랜 티셔츠를 입었는데도 꽤 멋지다. 그의 손엔 벌써 방울토마토 세 개가 들려 있었다.

"그럼 이건 제가 먹겠습니다."

뭐야, 저 남자?

비밀번호를 누르고 안으로 들어가는 석빈을 멀거니 바라보다가 지미는 헛웃음을 웃고 말았다. 생각할수록 황당하다. 가만히 생각하니 남자의 태도도 좀 웃긴다.

토마토가 먹고 싶었나?

무엇보다도 그녀를 놀리려고 그렇게 말했던 것은 아니었던 것 같다. 정말 그렇다면 놀리는 줄 알고 쌀쌀맞게 굴었던 것이 좀 미안하다.

좀 줄 걸 그랬나?

세일하기에 좀 많이 산 토마토라 혼자 먹기에도 많았고 무엇보다 그 남자 옷을 보니 좀 가난해 보였다. 토마토를 모조리 주워 안으로 들어온 지미는 깨끗이 씻어서 두 개의 접시에 나누었다.

매너가 어쩌니 저쩌니 해도 이웃 아닌가. 문을 열고 나가 옆집 초인종을 누르려는데 살짝 문이 열려 있는 것이다.

이 망할 오피스텔로 나온 것도 이사한 것에 포함되는 건가?

"야, 집들이해야지?"

친구 재민이 이러고 쳐들어와선 맥주가 마시고 싶은데 없다며 사오라고 난리다. 어쩔 수 없이 맥주를 사오다가 지미와 마주친 석빈이었다.

석빈은 안으로 들어오면서 손에 든 방울토마토를 쓱쓱 옷깃에 문질러 입안에 넣었다. 잘 익어선지 맛이 괜찮다. 빨간 맛, 톡 터지는 청량한 맛.

"뭘 먹어?"

그가 맥주를 사러 내려간 동안 재민은 그새 담배를 피워 물고 있었다.

"방울토마토."

맥주 캔을 재민이 앞에 내려놓으며 석빈이 인상을 찡그렸더니 재민이 얼른 창문을 열었다. 그러고는 맞바람 치면 냄새가 빠져나간다면서 현관문도 살짝 열었다. 담배 안 피는 집주인 앞에서 어떻게든 담배를 피려고 참 많이 애쓰는 재민이었다.

성격이 살갑지 않은 석빈과 누구에게나 호인인 재민. 같은 직업까지 가진 중학교 동창이었지만 그래도 남들 눈에는 참으로 어울리지 않는 성격들이었다. 뭐, 서로 닮지 않았기에 더 잘 맞는 것인지도 모르지만.

"살긴 어떠냐? 좁지 않냐?"

재민의 말에 석빈이 으쓱 어깨를 올렸다. 원래 이곳은 일하는 공간이지 사는 곳이 아니었다. 집에서 일하기 불편해 얻은 곳이다. 이렇게 집에서 나와 살게 될 줄 알았으면 애초에 좀 더 큰 곳을 얻었을 것이다.

"뭐, 아직은 잘 몰라."

"암튼 인생무상이다. 천하의 윤석빈이 이런 곳에서 살다니. 안 그러냐?"

천하의 윤석빈이란 말을 재민은 즐겨 쓴다. 석빈은 많은 형제자매들과 함께 유산 싸움을 치열하게 해야 할 재민과 달리, 재벌들의 큰손이라 불리는 거부 할아버지의 유일한 손자면서 상속자였다.

"천하의 윤석빈?"

빈정거림이 되돌아온다.

"내가 뭘 그리 잘났다고 천하의 윤석빈이라 불리는 거지? 할아버지 때문에? 단지 윤갑순 회장의 손자라는 이유만으로 그런 칭호가 붙는 건가?"

석빈이 가장 싫어하는 것은 윤갑순의 손자라는 칭호였다. 그는 그냥 그 자신이고 싶었다. 번역가 윤석빈으로 살아가고 싶었다. 이 계통에선 번역 윤석빈 하면 누구든 아! 하고 인정했다. 그런데 '윤석빈이 윤갑순 손자라는데?' 이 말 한마디에 번역가로서 그의 존재는 사라져 버린다.

윤갑순 손자? 그래? 잘 보여야겠군.

석빈은 그것이 너무 싫었다. 그래서였다.

선을 보고 결혼해라.

선 안 봅니다.

조부의 명령을 거역하고 나와 버렸다.

결혼도 절대 안 하렵니다.

그는 윤석빈이란 스스로의 이름으로 살아볼 참이었다.

재민이 담배를 피워 물었다. 그가 담배를 무는 것을 보며 석빈은 마지막 남은 방울토마토를 입에 넣었다.

"그건 어디서 난 거야?"

"주웠어."

"주워? 정말?"

똑똑똑.

노크 소리에 두 사람은 동시에 문을 바라보았다.

"네."

주인처럼 재민이 먼저 대답을 하자마자 옆집 여자의 얼굴이 고개를 들이민다.

"저, 토마토 좀 드시라고요."

깜짝 놀랐지만 석빈은 저 여자 누구야? 라고 눈으로 묻는 재민의 시선을 무시하고 여자에게서 접시를 받아 들었다. 기분이 묘하다. 석빈은 무엇을, 특히 먹는 것을 남에게 받아본 것은 이번이 처음이었다.

이걸 왜 주는 거지?

묻고 싶었으나 이미 여자는 사라진 뒤였다.

"누구냐? 저 여자."

재민의 눈이 호기심으로 번쩍거렸다. 벌써 석빈의 존재를 알고 접근하나 보다. 별로 예쁘지도 않은 여자가 간도 크지. 아니,

불쌍한 걸까? 그동안 숱하게 석빈에게 접근했지만 한 번도 성공 못한 무수한 여자들의 반열에 오를 테니까 말이다.

"양치기."

"양치기?"

"응. 늑대가 나타났다고 거짓말을 세 번이나 하고 늑대에게 물려 죽은."

석빈의 대답으로 봐선 이미 자신에게 접근하는 여자에 대해 다 파악을 한 것 같다. 하지만 묘하다. 시니컬한 친구의 얼굴에 웃음이 어리고 있다.

'뭔가 이상한데? 설마······.'

재민은 고개가 갸웃거려지는 걸 참으며 토마토에 손을 뻗었 다.

"육포 먹어."

석빈이 손을 탁 친다.

이것 봐라?

이건 이상한 게 아니고 수상한 거다.

본디 석빈의 성격은 좀 묘한 구석이 있다. 무엇보다도 그는 자신의 마음에 드는 것은 집착에 가까운 성격을 보인다. 한 번 마음에 든 것은 그것이 닳아 없어질 때까지 손에서 놓지 못하는 성격이다. 이렇게 쓰레기통에 버려도 아무도 안 주워갈 색이 바 랜 티셔츠를 애지중지 입는 것도 다 그 성격 때문이다. 아무리 좋아도 마음에 들지 않으면 남에게 주어버린다. 대신 마음에 드는 것이라면 얘기가 달라진다.

혹시, 이놈! 아까 그 여자를…….

재민의 눈이 번쩍 빛났다.

"치사하게 토마토 갖고 그러기냐?"

재민은 부득부득 토마토 접시에 손을 넣었다. 석빈이 접시를 들어 올렸다.

"육포 먹으라고. 아몬드를 먹던지."

"너 혹시…….”

"뭐?"

"아까 그 여자에게 반한 거 아냐?"

"미친, 내가 왜?"

재민의 빙글거리는 눈초리에 석빈은 공연히 더 펄쩍 뛰었다.

"예쁘지도 않고 순 거짓말…….”

하지만 사실 웃기기는 했다. 예쁜 것은 모르겠지만 귀엽긴 했고.

"예쁘지 않다니? 그만하면 예쁘고 귀엽잖아?"

무엇보다도 이렇게 여자의 역성을 드는 재민이 마음에 들지 않았다. 예쁘다니? 재민이 그새 예쁜 것을 알아차린 것이 공연히 기분 나쁘다. 그 여자는 왜 하필 이 녀석 있을 때 토마토를 가져다준 거야?

"예뻐? 예쁘다고? 하, 넌 눈이 어떻게 됐냐? 그 얼굴보고 예쁘다니. 완전 동그랑땡에 코도 살짝 들렸는데.”

"코가 들렸어?"

"살짝 들창코잖아."

"어, 난 몰랐는데? 살짝 들창코였나? 아, 그러고 보니 탤런트 금모아의 코와 비슷하긴 했다."

석빈은 기가 막혔다. 재민이 짧은 순간 보기도 잘 보고 가져다 붙이기도 참 잘 갖다 붙이고 있다. 금모아라면 코가 예쁘기로 소문난 영화배우인데 어디 옆집 여자의 코가 금모아를 닮았다고 감히 금모아를 갖다 붙이는 건지.

석빈의 집에 토마토를 주고 온 지미는 지갑을 찾아 들었다. 석빈이 마시고 있는 맥주를 보니 맥주가 당긴다. 밤에 맥주 마시고 자면 붓긴 하겠지만 원래 독은 달콤한 거 아닌가. 못 견디도록 맥주가 마시고 싶어 한 개만 사러 나갈 참이다.

먹고 늦게 자면 되잖아.

문을 닫고 나온 지미는 아직도 열려 있는 석빈의 집 문틈으로 흘러나오는 대화에 문득 몸을 굳혔다.

"아까 그 여자에게 반한 거 아냐?"

이건 손님이었던 남자의 목소린가 보다. 그런데 아까 그 여자는 혹시 나를 말하는 건가?

"미친, 내가 왜?"

미친? 이 남자 웃긴다. 아니면 아니지 미친은 또 뭐야?

"예쁘지도 않고 순 거짓말……."

틀림없이 그녀를 가리키는 말이다. 순 거짓말, 그 단어에 지미는 입을 앙 다물었다. 거짓말이라는 말을 한 건 보니 분명 그녀가 저지른 일이나 그녀가 했던 말도 했겠지?

"예쁘지 않다니? 그만하면 예쁘고 귀엽잖아?"

"예뻐? 예쁘다고? 하, 넌 눈이 어떻게 됐냐? 그 얼굴보고 예쁘다니. 완전 동그랑땡에 코도 살짝 들렸는데?"

지미의 마음속에서 분노가 이글거리기 시작했다. 가장 치사한 것이 남의 외모를 두고 흠 잡는 인간이다. 그러는 저는 얼마나 잘났다고. 부글부글 분노가 용암처럼 끓어 넘쳤다.

그래, 내 코 살짝 들렸다. 내 코 들리는데 네가 뭐 보태준 거라도 있어?

성질대로라면 있는 힘껏 문을 걷어차 주고 싶지만 깊은 인내심으로 지미는 입술을 꾹 깨물고 돌아섰다. 맥주 딱 한 병만 살 생각이었는데 아무래도 그것 가지고는 모자랄 것 같다.

내가 미쳤지. 저런 인간에게 토마토를 갖다주다니.

돌아서는 지미의 등 뒤로 목소리가 계속 들려왔다.

"코가 들렸어?"

"살짝 들창코잖아."

들창코! 살짝 들린 코도 아니고 들창코!

지미는 이를 악물었다. 내, 저 인간, 다시 상종하나 봐라! 넌 내 인생에서 초장에 아웃이야, 아웃!

그래서 그날 지미는 문을 두드린 뒤 접시를 주는 석빈을 보면서 한마디도 하지 않았다.

"잘 먹었어요."

흥.

획 고개 돌린 뒤 쾅 문을 닫아주었다.

2장
벽을 넘어서

요 며칠 기분이 나빠 있었더니 그 탓인지 장사도 영 시원치 않았다. 하긴 이런 여름엔 매상이 시원치 않다.

이달은 영 부진한걸?

이러다간 적금 부을 돈이 펑크날지도 모르겠다. 너무 부진한 매상에 기운이 처졌지만 조금이라도 일찍 나와 문을 열자는 생각에 다른 때보다 좀 더 일찍 집을 나왔다.

지미가 보조키를 잠그는데 트레이닝복 차림의 석빈이 나왔다. 옆집에 살면서 꽤 오랜만에 마주치네.

뭐야? 이 남자 월급쟁이가 아니었어?

직업이 없는 백수인 모양이다. 요즘 저런 옷 입는 사람이 어됬어? 옷값이 좀 싼가. 그런데도 얼마 하지 않는 트레이닝복조차 사 입지 못하나 보다. 남자의 낡디낡은 트레이닝복이 너무 초라해 보였다.

"출근합니까?"

지미는 새침하게 무시해 주었다. 홱 고개를 돌리고 걸어가는 지미를 바라보며 석빈은 고개를 갸웃거렸다.

저 여자가, 지금 나를 무시한 거지?

기분이 급 나빠졌다.

아니, 저 여자가! 방울토마토를 가져다줄 땐 뭐고 사람 무시하는 건 또 뭐냐?

무시당한 것에 대해 은근 기분 나빠진 석빈은 성큼성큼 걸어 지미를 앞질러 버렸다. 그는 엘리베이터 앞에 선 지미를 지나쳐 비상구로 가면서 작은 소리로 외쳤다.

"늑대가 나타났다!"

'아우, 저 인간이!'

약이 올라 쌕쌕거리는 지미의 귀에 계단을 뛰어 내려가는 석빈의 웃음소리가 아주 크게 들려왔다.

석빈과 마주치는 바람에 기분이 팍 상해 버렸는데, 그래서 오늘도 장사 죽 쑤겠다 생각했는데 문을 열자마자 난(蘭) 화분 두 개가 팔리는 것으로 해서 화환 주문이 3개나 들어왔다. 그리고는 줄곧 꽃다발 주문이 들어온다.

그뿐인가. 도매시장에서 꽃을 사와 정돈하는데 이모가 전화를 걸어왔다.

[지미야, 내가 점심 사줄게. 나오렴. 나 지금 3층 블랙로즈에 있다.]

블랙로즈는 지미가 경영하는 화원의 건물 3층에 있는 경양식집이었다.

"이모, 내려오세요. 나 도시락 싸왔거든. 그거 같이 먹어요."

[모처럼 기분 내려는데 너 그럴래? 협조해라. 당장 올라와.]

"에이, 이모 난 사먹는 거 별로 안 좋아하잖아."

[시집가 봐라. 남이 해주는 음식이 제일 맛있다.]

"시집가도 엄마가 해주는 것이 제일 맛있을 것 같은데?"

[내 말이 그 말이거든. 내 손으로 음식 안 해 먹으면 뭐든지 맛있다고. 어서 올라와.]

툭 전화가 끊어졌다. 이모가 좀 막무가내인 성격인지라 지미는 에이프런과 목장갑을 벗었다.

"나, 점심 먹고 올게."

"도시락은요?"

"너, 다 먹어."

지미는 거의 날마다 도시락을 싸온다. 도시락 싸는 것이 힘들다지만 지미는 전혀 그렇지 않았다. 일주일에 두 번씩 반찬을 해다 지미의 냉장고를 채우는 엄마 덕에 그녀는 그저 밥만 하면 된다. 매일 2인분씩 싸왔건만 모자랐나 보다. 다 먹으라는 말에 아르바이트생 명우의 얼굴이 확 빛났다.

"그럼 수고스럽게 먹어 치우겠습니다."

지갑과 휴대전화를 챙겨 들고 일어선 지미가 명우를 향해 웃어주었다.

"오냐, 밥 한 톨도 남기지 않는 수고를 해라."

지미가 3층 블랙로즈의 안으로 들어서자 사장이 웃는 얼굴로 아는 척을 했다.

"김 사장이 이 시간에 웬일이야?"

"저 오늘은 손님이어요."

이곳도 지미의 거래처였다. 스물두 개의 테이블을 장식한 목 좁고 긴 크리스털 꽃병의 꽃을 갈아주는 것과 실내를 장식하는 열두 개의 화분을 주기적으로 다른 화분으로 바꾸는 것이 지미의 일이었다.

"이모가 여기에 계신다고 했는데……."

"이모님?"

둘러보았지만 이모가 보이지 않았다.

"장미룸에 계신 분인가? 손님 오면 그리로 모시라고 하던데. 혹시 이모님 성함이 안현주 씨……."

"맞아요."

지미를 장미룸으로 데리고 간 웨이터가 문을 두드렸다. 대답을 기다리지 않고 지미가 문을 열었다.

"이모."

어라?

지미의 눈이 휘둥그레졌다. 이모는 혼자가 아니었다. 룸엔 이모와 함께 낯선 남자가 앉아 있었다. 놀란 지미에게 이모가 상냥하게 웃었다.

"응, 지미야. 어서 들어오렴."

이건 웬 황당 시추에이션? 설마 이모가 이 남자를 소개하려고 불러낸 것은 아니겠지?

생각도 못한 낯선 남자의 존재는 아무래도 지미를 당황스럽게 했다. 젊은 남자가 지미를 보고는 살짝 몸을 고쳐 앉는다.

"어서 앉아. 여긴 장근우 씨라고, 우리 교회에 다니시는 분이야."

별수 없이 지미는 고개를 숙였다.

"안녕하십니까? 장근우입니다."

"입구에서 갑자기 장 사장을 만났지 뭐야. 장 사장은 패밀리 레스토랑을 운영하는데, 시간을 내 여기저기 다른 곳의 음식을 먹어보러 다닌데."

상당히 젊어 보이는데 패밀리 레스토랑을 운영한다니 재력이 아주 빵빵한 모양이다. 이제 서른네다섯? 그다지 많아 보이지 않는 나이였다.

"저는, 김지미라고 해요."

지미가 가장 싫어하는 것이 자신의 이름을 풀로 부를 때였다.

그것도 자신의 입으로. 대부분의 사람이 그녀의 이름을 들으면 웃곤 했다. 그러면서 정말이냐고 되묻곤 한다.

"김…… 지미요?"

역시 이 남자도 비슷한 반응을 보인다. 거짓말 아니냐는, 또는 우습다는 그런 표정이었다. 이럴 때마다 지미의 마음속에서 치솟는 반발이 어김없이 일어났다.

씨이. 그래, 내 이름은 김지미야. 김지미인 걸 어쩌냐고.

지미는 이름에 대해서 은근한 열등감을 갖고 있었다. 이럴 때마다 아빠에 대한 불만스러움에 투덜거리게 된다.

"영화배우 김지미의 광팬이시거든요. 우리 아빠께서."

"김 사장님께서 김지미 씨의 팬이란 것을 오늘 처음 알았습니다."

"우리 아빠를 아시나 봐요?"

"네, 저번에 교회에서 한 번 뵈었습니다."

"우리 교회에서 불우이웃돕기 바자회 할 때 네 엄마 아빠가 오셨었잖니."

"그래요?"

"무척 훌륭한 부모님이시던데요."

근우의 표정을 보아하니 엄마 아빠가 또 엄청나게 기부를 하고 온 모양이다. 지미의 부모는 드러나지 않게 남에게 베푸는 것을 아주 좋아한다. 그래서 가끔 이렇게 부모님을 존경하는 사람을 만나는 것이 지미에게 그다지 낯선 경우가 아니다. 이모가 나섰다.

"장 사장은 네 아빠 팬이시란다."

아빠를 좋아한다는 것에 기분이 좋아져 지미는 생긋 웃었다. 방금 전 이름 때문에 느꼈던 반발심이 그것 하나에 손바닥 뒤집듯 뒤집혔다. 서글서글 잘생긴 사람이 사람 보는 눈도 좋은가 보다.

마음에 든다. 꽤 괜찮게 보인다. 이모는 이런 사람과 같이 있다고 미리 얘기 좀 해주지. 그럼 예쁘게 하고 나왔을 텐데.

"뭘 드시겠습니까?"

"저는……."

그녀는 자신이 할 수 있는 한 가장 세련된 태도로 메뉴판을 들여다보았다.

점심을 먹고 내려가니 명우가 뚱한 얼굴로 부어 있었다.

"사장님, 친구 오셨어요."

"누구, 세나?"

만화가란 직업을 가진 세나밖에 이런 대낮에 돌아다닐 친구가 없다.

"네."

그런데 얘가 왜 통통 부어 있지? 세나랑 명우는 평소에 곧잘 죽이 맞았다. 털털하면서 화끈한 성격의 세나를 명우는 곧잘 따랐다. 안으로 들어가 세나가 도시락 펼쳐 놓고 먹고 있는 것을 보고는 단박에 그 이유를 알아차렸다. 도시락을 빼앗긴 것이 억울했나 보다.

"박세나, 왜 도시락을 네가 먹고 있어? 그거 명우 먹으라고 한 것인데."

"음식이란 더 배고픈 사람이 먹어야 하는 거야. 명우보다는 내가 더 배고픈 상태였다고, 난 아침도 안 먹었거든."

"너야 원래 아침 안 먹잖아."

커다랗게 뜬 밥 위에 새빨간 총각김치를 얹어 세나가 무척이나 먹음직스럽게 한 입 삼켰다. 뺏어 먹고 싶을 정도로 맛있게 먹는다.

"그런데 넌 웬일로 외식을 했니? 도시락까지 싸오고는?"

"이모가 오셨거든. 그런데 너 그 밥 혼자 먹은 거야?"

"그럼?"

"그거 명우랑 둘이 먹는 도시락이야. 밥 두 그릇 싸온 거야."

"어쩐지 조금 많다 했지."

세나의 말에 얼른 명우가 나선다.

"제가 말했지만 들은 척도 하지 않고 혼자 먹더라고요. 숟가락 들었다가 젓가락으로 맞아 죽을 뻔했어요."

"아, 진짜. 박명우. 입 안 다물어? 먹고 싶은 거 시키라고 했지?"

세나가 눈을 부라리자 명우가 찔끔했다. 같은 박 씨의 둘은 첫 만남부터 본 찾고 돌림 찾더니 세나가 누님이 된다고 했다.

세나는 그 뒤 명우에게 누님이라고 부르라고 하고 정말 큰 누님처럼 행세하고 있다.

"총각김치 맛있지? 역시 나는 한국 사람인가 봐. 아무리 스테이크가 맛있다고 해도 역시 이렇게 김치하고 밥 먹는 게 좋아."

"어허, 스테이크 먹고 온 인간이 왜 남의 도시락에 손을 대?"

세나의 구박을 받으면서 지미는 김치 한 조각을 입에 넣었다. 이것이 내 도시락을 갖고 웃기지도 않게 유세를 떠네.

"그런데 웬일이니?"

세나가 턱으로 가리키는 것을 바라본 지미는 한쪽 구석을 차지하고 있는 빨간 이동용 개집을 발견했다.

"뭐야, 너 또!"

지미는 비명을 질렀다. 세나는 여행을 즐긴다. 마감이 끝났다 하면 잘도 사라진다. 그럴 때마다 기르는 개를 꼭 지미에게 들고 온다.

'하루만…….'

늘 이런다. 1박 2일 여행이라는 거다. 동물을 좋아하니 정말 하루만이라면 봐줄 수 있다. 하지만 세나가 하루 만에 돌아온 적은 한 번도 없다. 저번에는 10일이나 걸려 돌아왔다. 그동안 지미는 아주 애를 태웠다. 혹시라도 그녀가 개를 데리고 있는 것이 알려진다면 당장 오피스텔에서 내쫓긴다. 지미가 사는 곳은 애완동물 기르는 것이 금지돼 있으니까.

"절대 이번엔 안 맡아. 그러니까 차라리 동물병원에다가 맡겨. 저번에 얼마나 애태웠는지 알아? 얘가 벽 긁고 울고 그래서 정말 가슴이 조마조마했다고."

"넌 우리 방울이가 얼마나 낯을 가리는지 몰라? 어떻게 그걸 알면서 방울일 남에게 맡기라고 할 수 있니?"

"아무튼 난 이번에 방울이 안 맡아."

"야, 박명우. 이리 와 이거 먹어. 갑자기 밥맛이 딱 떨어져 버렸네."

세나가 먹던 숟가락을 명우에게 내밀었다. 명우가 얼결에 수저를 받아 들고 한 숟가락 정도 남아 있는 밥과 세나의 얼굴을 번갈아 바라보았다. 이걸 이제 와서 먹으라는 거야?

'누님, 배고프시다.'

이것은 아까 그가 막 도시락을 풀어 밥을 먹으려 할 때 들이 닥친 세나가 수저를 뺏어 들 때보다 더 황당했다. 모처럼 간만 에 포식하겠구나 생각하고 막 한 숟가락을 먹었을 때 들어온 세 나는 두말도 않고 명우의 수저를 뺏어 들었었다.

"먹고 기운 내라. 인정머리없는 네 사장 밑에서 일하려면 힘 들 테니까."

세나가 횅하니 가게를 나가 버렸다.

쳇, 지가 무슨 바람의 화신이라고 뒤도 안 돌아보고……. 어 머, 방울이!

지미가 개집을 안고 밖으로 뛰어나갔을 때 이미 세나의 작은 차는 저만큼 달려나가고 있었다.

"야, 빡세네!"

세나가 마음에 안 들 때마다 부르는 별명을 냅다 질러 버렸지만 들릴 리가 없다. 그저 멀어지는 차를 보며 지미는 발만 동동 굴렀다.

치와와인 방울인 지미의 집에 오면 땅을 파듯 벽을 긁어대는 나쁜 버릇이 있다. 아무리 못하게 해도 소용없었다. 그렇게 파다 보면 언젠가는 그곳을 탈출할 수 있다고 생각하는 모양이다.

"너 자꾸 벽 긁으면 내쫓을 거야."

지금은 네 주인인 세나에게 감정이 안 좋으니 눈치 좀 보고 살아. 정말 내쫓는 수가 있다고!

별수 없이 데리고 와 완전 007 작전으로 경비의 눈을 피해 안으로 들어온 지미는 방울이의 앞발을 잡고 흔들며 협박을 시작했다.

세나의 소행을 생각하면 괘씸하기 짝이 없다. 아니, 개를 맡기려면 조금이라도 몸을 조아리며 부탁이란 걸 해야 하는 거 아닌가? 그렇게 퍼붓고 도망가 버리다니 정말 양심이 없다.

성질대로라면 확! 세나의 집으로 가 방울일 팽개치고 오겠지만 차마 그럴 수 없는 이유가 있다. 이미 세나는 여행을 떠났을 테고 그러면 같이 살고 있는 세나의 동생에게 방울일 주고 와야 하는데 이 동생이 끔찍할 정도로 방울일 구박한다. 세나가 있어도 몰래 발로 걷어차는 걸 예사로 하는 애니 세나가 없으면 방울일 얼마나 모질게 대할지 뻔하다. 물론 그것 때문에 세나가 방울일 지미에게 더 안기는 것이지만.

네 주인이 괘씸하지만 네가 무슨 죄냐? 네가 약속만 지키면 네 주인 돌아오는 동안은 잘 보살펴 주마.

그렇게 마음먹었지만 자꾸 벽을 긁어댈까 걱정스러워 지미는 다시 한 번 엄하게 방울에게 말했다.

"벽 긁는 거, 짖는 거, 그리고 아무 데나 오줌 똥 싸는 거 안 돼. 여기서 지내는 동안 네가 지켜야 할 규칙이야. 알았어?"

방울이 왕방울 눈을 불쌍하게 뜨며 끙끙거린다.

"좋아, 접수한 걸로 알겠어."

집 안에 개 한 마리가 있는 것은 그것이 아무리 작은 것이라 해도 영 성가신 일이었다. 작은 애를 하나 키우는 것 같았다. 방울이 혼자 집에서 처량 맞게 있을 것이 불쌍해 지미의 퇴근 시간은 좀 더 빨라졌다.

그녀가 현관을 열고 들어가면 방울이 얼마나 좋아하는지 모른다. 뒹굴고 꼬리치고 부비고, 그야말로 야단법석이다. 이래서 개를 키우는가 보다. 지미는 또 한 번 느꼈다. 방울일 맡아 키울 때마다 느끼는 감동이지만 언제나 새롭다.

"알았다, 알았어. 쉿, 짖지 마. 짖으면 안 돼. 너 자꾸 짖으면 여기서 못 있게 된다고."

아무리 말로 해도 방울인 연신 짖어대며 그녀에게 달라붙는

다. 어쩔 수 없이 지미는 한참 동안 방울일 안아준 뒤 방울이가 늘어놓은 것들을 치우기 시작했다.

"네 주인은 대체 왜 안 오는 건지 모르겠다."

벌써 일주일이 다 돼가는데 세나에겐 전화 한 통이 없다. 방랑벽이 단단히 도진 모양이다.

자꾸만 낑낑거리며 놀아달라고 조르는 방울과 놀다가 늦게 잠이 들어 다음날 아침은 엄마의 모닝콜을 받고서야 잠이 깼다.

"늦었잖아, 너 때문이야."

후다닥 밥을 하고 대충 청소한 뒤 도시락을 싸는데 그녀가 나가는 것을 알아차린 방울이가 자꾸만 낑낑거린다. 혼자 남겨두지 말라고 호소하는 것 같다. 여기로 와 단 한 번 산책을 데리고 나간 터라 방울이가 좀 가엾긴 하다.

"이 무책임한 박세나!"

주인의 이름이 나오자 마치 알아듣는 것처럼 귀를 쫑긋하며 멍멍 짖는다. 방울이 짖는 소리를 듣고 달려온 걸까? 갑자기 초인종이 울리더니 월 패드에 이웃집 남자의 얼굴이 떴다.

그런 생각은 잠시, 남자의 얼굴을 보자 잠들었던 노여움이 솟아났다.

나를 놀렸지.

아직도 그가 계단을 내려가며 웃던 소리가 귀에 쟁쟁하게 남아 있는 터라 지미의 분은 다 가시지 않고 있었다.

"것 봐. 너 자꾸 짖으니까 사람들이 왔잖아."

지미는 일단 옷장을 열고 방울일 숨겼다.

"조용히 해. 움직이지 마."

다짐을 한 뒤 현관으로 나가 문을 조금 열었다.

"뭐죠?"

살짝 고개만 내밀었다.

"혹시, 개 같은 거 키워요?"

개면 개지 개 같은 건 또 뭐야? 가슴이 뜨끔했지만 지미는 거짓말을 하기로 했다.

"아뇨."

"이상하네. 뭔가가 자꾸 벽을 긁어대던데."

"저, 개 같은 것은 안 키우거든요."

그건 틀림없는 사실이다. 개 같은 거 말고 개를 잠시 맡아두고 있을 뿐이다.

"개 짖는 소리도 나던데."

"글쎄, 안 키운다고요."

탕, 문을 닫아버렸다. 제가 어쩔 것이야. 내가 안 키운다는데.

조금 후 느닷없이 드릴 돌아가는 소리가 요란하게 들려오기 시작했다.

아니, 이 사람이 아침부터 매너없게 뭐 하는 짓이야?

드르르르르르.

그냥 둘 수 없지! 하고 당장 쫓아가서 따지고 싶지만 사실 못을 박아야 할 때는 박을 수밖에 없는 거고, 굳이 지금껏 쌓아온 좋은 이웃의 이미지를 지금 깨버릴 순 없는 거니까. 무엇보다도 방울이 숨겨놓고 안 키운다 했으니 그걸로 샘샘 치면 되는 것이다.

곧 끝나겠지. 지미는 시끄럽게 울리는 드릴 소리에 민감한 반응을 보이는 방울이를 꼭 끌어안았다. 탱크 달려오는 소리가 난다. 한 번도 탱크 달려오는 소리를 들어본 적은 없지만 틀림없을 거다.

아니, 무슨 못을 이렇게 오래 박는지 모르겠다.

저 남자는 아예 벽을 부술 작정인가?

지미는 집 안 전체를 울리는 드릴의 진동 소리를 애써 참으려 했다. 하지만 그녀의 인내심은 벽에 걸려 있던 액자가 툭 떨어져 내리는 것으로 끝이 나버렸다. 엄마 아빠랑 찍은 사진 액자 유리가 두 쪽으로 깨져 있는 것을 보자 지미는 그만 발끈해져버렸다.

지미는 씩씩한 걸음으로 옆집을 향했다. 처음엔 점잖게 초인종을 누르고 기다렸다.

대답이 없어?

다시 눌렀다. 이번엔 좀 더 길고 오래.

여전히 대답이 없다. 여전히 들려오는 드릴 소리.

이 남자가, 정말. 아무리 매너가 없어도 그렇지. 이웃 생각도 해줘야 하는 거 아냐? 아무리 생각해도 이건 고의가 맞아. 지미는 주먹 쥔 손에 힘을 주고 집으로 돌아왔다.

이 남자가 지금 내게 싸움을 거는 거지?

좋아! 못 참아!

지미는 함무라비 법전을 생각하며 주위를 둘러보았다.

눈에는 눈, 이에는 이다.

그녀의 눈에 나무 빗자루가 들어왔다. 더 이상 생각할 틈도 없이 지미는 그것을 집어 들고 드릴 소리가 아주 넓게 울려 퍼지고 있는 벽에 대고 두드리기 시작했다. 네가 하면 나도 할 거야!

뚝 하고 소리가 멈췄을 때 지미는 쾌재를 부르지 않을 수 없었다. 성공했다! 그러니까 자신이 무슨 잘못을 했는지 다 알겠다는 뜻이겠지!

그러나 그것은 지미의 착각이었다.

잠시 멈췄던 드릴 소리는 그녀의 마음을 훤히 다 꿰었는지 약을 올리듯 벽을 더욱 세차게 울려대며 그녀의 뇌를 두드려 대기 시작했다.

질쏘냐!

쾅쾅쾅쾅! 그녀의 빗자루가 인정사정없이 벽을 두드려 댔다.

드르르르륵.

쾅쾅쾅쾅.

저쪽에서 드릴을 쓸 때마다 그녀의 빗자루는 그가 드릴을 쓰느라 허비한 시간만큼 벽에 망치질을 했다.

한쪽 벽을 예쁘게 데코했던 액자들이 하나둘씩 떨어지고 급기야는 그녀가 아끼던 액자도 그녀의 빗자루에 잘못 맞아 깨지면서 떨어졌다.

그러나 그것은 더 이상 그녀의 눈에 들어오지 않았다.

드르르르르르르륵!

어? 10초? 좋아, 그럼 나도…….

쾅쾅쾅쾅 쾅쾅쾅쾅 쾅쾅!

분노의 빗자루질로 마침내 벽에 직경 4센티, 세로 5센티 정도 되는 구멍이 예쁘게 뚫어졌다. 콘크리트벽인 줄 알았는데 석고보드로 된 벽이었던 모양이다.

젠장할!

그 구멍을 보면서도 그녀의 분노에 찬 가슴이 수그러들 줄을 모르고 씩씩거리고 있을 때 또다시 벽 너머에서 드릴을 돌려대는 소리가 울렸다.

그냥 두지 않겠어!

이건 도저히 벽을 두드려서 해결될 문제가 아니야. 저 인간 때문에 내 벽에 환기 구멍까지 생겼단 말이지!

따지러 가기 위해 문을 열자 기회를 노린 방울이가 탈출을 감행했다. 얼른 안아 든 지미는 씩씩거리며 옆집의 초인종을 눌렀다. 이번엔 재깍 문이 열린다.

"그건……."

남자가 지미가 안고 있는 방울이를 보았다.

"개 같은 걸 데리고 있는 것이 맞았네. 자꾸만 개 같은 게 벽을 긁더라니."

"틀리거든요? 이건 개 같은 게 아니고 개 그 자체예요."

그게 그거 아니냐고 눈으로 묻는 남자를 보며 지미는 이곳에 온 목적을 생각해 냈다.

"못은 다 박으셨나요?"

못 두 개 박으려던 것이 벽 여기저기 구멍만 신나게 뚫어버렸으나 뭐 박긴 박은 게 맞겠지.

"네, 아침부터 죄송합니다. 제가 솜씨가 서툴러서 많이 시끄러웠죠? 듣기 싫은 소리를 참아줘서 감사합니다."

뭐야, 이 남자.

어떻게 들으면 놀리는 것 같고 어떻게 들으면 정중한 것 같은 석빈의 말투에 지미는 헷갈리기 시작했다.

놀리는 건가? 하지만 표정을 보니 그런 것 같지는 않다. 정말로 평소의 말투가 이렇게 정중하다면 이 남자는 무척 예의가 바른 게 틀림없다.

이러면 뭐라고 말을 할 수 없잖아.

약하게 나오는 사람에게는 무조건 약해지는 것이 지미의 성질이다. 이 남자 예의없고 웃기는 인간이야, 이렇게 생각했던 것이 조금 미안해 그동안의 일은 전부 무위로 돌리기로 그 순간 결심했다. 이제 벽 하나를 두고 살아야 할 이웃사촌 아닌가.

"알았어요. 그럼 이만."

돌아서려던 지미의 눈에 석빈의 이마에 옅게 맺혀 있는 피가 보였다.

"다쳤나 보네요."

"못이 튀었어요."

그냥 가? 말아?

"약은, 있어요?"

"사러 가려던 참입니다."

에효, 그래도 이웃사촌인데. 인정 한번 베풀지 뭐.

"우리 집에 상처에 바르는 약이 있어요. 가져다 드릴게요."

지미는 집으로 가 방울이 내려놓았다.

"집 잘 보고 있어."

집에 비치되어 있던 상처에 바르는 연고와 소독약을 찾아 다시 이웃집으로 갔다.

"자요."

초인종 소리에 문을 연 남자에게 주고 오려고 했는데 들어오라는 듯 남자가 문을 확 연다. 얼결에 안으로 들어간 지미는 쭈뼛거리며 약을 내밀었다.

"소독부터 해야죠."

연고를 짜는 남자를 보다 못하고 지미는 기어이 간섭을 하고 말았다.

"발라줘요?"

말을 해놓고 지미는 바로 후회를 했다. 그녀의 말에 남자도 놀란 모양이다. 당황한 표정을 짓더니 천천히 고개를 끄덕인다.

내가 왜 발라준다고 했지?

지미 역시 몹시 당황하고 있었다.

내가 왜 발라준다고 했지?

나이팅게일도 아닌데 웬 오지랖을 떨었나 모르겠다. 미쳤어, 김지미. 대체 무슨 생각으로 이 남자에게 약을 발라준다고 한 거야? 작업 거는 것 같잖아. 뒤늦게 후회됐으나 이제 와 안 한다고 하면 더 웃길 것 같아 별수 없이 한 걸음 다가갔다. 소독솜에 소독약을 묻혀 상처를 닦아낸 뒤 연고를 조금 손가락에 짰다. 그런 뒤 살살 상처 부위에 문지르기 시작했다. 내려다보는 지미의 눈에 석빈의 긴 속눈썹이 정통으로 보인다. 남자 속눈썹이 참 길기도 하다. 뭐, 나름 잘생긴 얼굴이긴 하네.

"다 됐어요."

급히 약을 챙겨 일어서서 석빈의 집을 나오려는데 그의 목소리가 발목을 잡았다.

"대단히 감사합니다. 그런데 우리는 아직 이름도 모르고 있군요. 내 이름은 윤석빈입니다."

"김지미예요."

혹시 또 이름 갖고 식상한 반응을 보이진 않을까, 자신의 이름을 밝힌 지미는 그가 다른 말을 하기도 전에 나가 버렸다.

"김지미!"

멍한 얼굴로 석빈은 중얼거렸다.

얼굴만큼이나 예쁜 이름이다. 어디서 많이 들어본 이름이긴 하지만.

아, 김지미. 그때서야 자신이 가장 좋아하는 올드 영화배우가 김지미임을 깨달았지만 석빈은 그 배우보다는 지미에게 김지미란 이름이 더 잘 어울린다는 생각을 했다.

옆집 여자, 정말 김지미처럼 생기지 않았는가. 따듯하고 예쁘고 착하고 멋지다. 조금 변덕스럽긴 한 것 같지만 그거야 여자들은 모두 그렇지 않나?

지미의 손이 닿았던 상처 부위를 부드럽게 만지는 석빈의 입가에 슬그머니 웃음이 새겨지기 시작했다.

귀여워.

지미가 집으로 돌아가자 방울이가 그새 뭐가 반가운지 꼬리를 흔들며 짖고 야단이다.

"가만 좀 있어."

여전히 짖어대는 방울이의 소리가 집 안을 꽉 채운다.

"누가 들으면 너, 여기서 쫓겨난다."

지미의 말에 선견지명이 있기라도 한 건가, 돌연 초인종 소리가 울렸다.

문 앞에 서 있는 사람은 경비였다.

"아저…… 씨."

방울이가 튀어나오더니 경비를 보고 사납게 짖기 시작했다. 지미는 서둘러 방울일 끌어안았다.

"역시, 아가씨가 개를 키우는 게 맞군요. 그럼 됩니까? 공중 도덕을 생각하셔야죠. 이 건물에선 애완동물 못 키운다는 규칙이 있잖습니까? 개 때문에 시끄럽다고 민원이 들어왔어요."

"키우는 게 아니고 잠시 맡아둔 건데. 곧 갈 거예요. 아니, 내일 가요."

민원을 넣어? 동사무소도 아닌데 무슨 민원?

딱딱거리는 경비를 향해 사정을 하면서도 지미는 민원이란 말이 너무 웃겨 웃을 뻔했다. 하지만 그래서 경비 비위를 거스를 필요는 없으니 절대 웃어선 안 된다.

"내일까지만 데리고 있을게요. 죄송해요."

"아가씨도 내 입장을 좀 생각해 줘요. 개를 데리고 있으려면 벽 긁어대지 않게 잘 거두었어야지. 내가 민원 넣은 사람에게 얼마나 혼났는지 알아요?"

벽을 긁는다고 신고가 들어와?

누가 신고했는지 단번에 알아차렸다. 벽을, 아니, 그 너머에 있는 옆집을 사납게 노려보았다. 저 인간!

약까지 발라줬더니 결국 경비에게 방울이를 신고했어. 나쁜 인간.

인간성 제로인 그런 인간에게 신은 왜 그런 얼굴을 내려주었을까?

지나치게 짙은 눈썹은…… 그러니까 꼭 송충이 두 마리를 얹어놓은 거 같고 그 코는 또 어땠지? 바짝 날이 선 것이 종이를 갖다 대도 두 동강이 날 정도잖아. 게다가 여자도 아닌 남자가 뺨에 길게 보조개도 나고 말이야. 꼭 웃으면 기생오라비 같잖아. 여잘 잘 꼬시려고 일부러 성형한 걸지도 몰라.

아, 그러고 보니 그 얼굴은 솔직히 흠잡을 곳도 없다. 어제의 일을 생각하며 어느새 그의 잘생긴 얼굴을 떠올리고 있는 지미의 숨소리가 거칠어졌다.

흥! 얼굴만 잘났으면 뭐 해? 인간성이 제론데. 흥이다, 흥!

"계세요?"

"네, 어서 오세요."

20대 중반으로 보이는 젊은 남자가 가게 안을 휘휘 둘러보고 있다.

"저기, 노란 장미 스물네 송이로 꽃다발을 만들어주시겠습니까?"

"노란 장미 스물네 송이요? 그거, 그리 좋지 않은 꽃말을 가지고 있는 거 알고 계세요?"

슬그머니 묻자 남자는 차가운 눈길로 그녀를 한 번 쳐다보더니 짧게 대답했다.

"네."

"그러니까 이 뜻은……."

"아니까 주기나 해요!"

뭐, 안다면야……. 재빨리 최근에 나온 가장 싱싱하고 값이 나가는 노란 장미들을 뽑아 들었다.

"다 됐어요."

잘 만들어진 꽃다발을 내밀며 지미는 미소를 지었다.

"그런데 카드를 쓰시는 것이 어떨까요? 그러니까 그…… 그 뜻을 확실히 하기 위해서. 우리 가게에 예쁜 카드도 많거든요."

남자가 나간 뒤 지미는 남아 있는 노란 장미를 바라보았다. 뭔가 번득이는 생각이 머리를 스쳐 지나갔다.

딩동.

초인종 소리에 고개를 드니 인터폰 액정에 지미의 얼굴이 나타나 있었다. 그렇잖아도 약을 발라준 것에 대한 인사를 해야겠다고 생각하고 있었는데 잘됐다.

문을 여니 지미가 상긋 웃는다.

"혹시나 너무 늦게 벨을 누른 게 아닌가 걱정하고 막 돌아가려던 참이었어요. 자요."

지미가 등 뒤로 숨겼던 손을 불쑥 내민다. 활짝 핀 노란 장미가 나타났다.

"이게 뭡니까?"

갑자기 내미는 장미를 보고 석빈은 조금 당황했다. 남자들이 여자에게 꽃을 주는 것은 흔한 일이지만 여자가 남자에게 꽃을 주는 것은 아주 드문 일이다. 더구나 장미를. 장미가 뭔가? 연인들의 꽃이 아닌가.

"제가 꽃집을 해요. 말했나요?"

그래서 예뻐 보이나? 석빈은 '꽃집의 아가씨는 예뻐요'란 옛날 노래를 생각했다. 눈의 착각일지도 모르고 마음의 병일지도 모르지만 정말로 지미는 예뻐 보였다. 새빨간 장미, 아니지, 들고 있는 노란 장미보다 천 배나 만 배나 더.

쉽게 낫지 못할 병에 걸린 석빈은, 눈부시다는 생각을 하며 지미의 얼굴을 홀린 듯 바라보았다.

"받으세요."

품으로 들어온 노란 장미를 석빈은 얼결에 받아 들었다.

"이걸 왜 주는 겁니까?"

"음, 이웃사촌 된 기념으로요. 안녕히 주무세요."

또 한 번 상긋 웃더니 지미가 자기의 집으로 들어가려 한다.

"잠깐만."

석빈이 안으로 들어갔다 나오더니 백화점 로고가 찍힌 쇼핑백을 내밀었다.

"어머, 뭐예요?"

생각도 못한 일이라 지미는 몹시 당황했다. 준비라도 하고 있는 것처럼 그녀를 향해 석빈이 내밀고 있는 쇼핑백이 마치 폭탄처럼 느껴졌다.

"약을 발라준 것에 대한 고마움과 이웃사촌이 된 기념입니다."

그래도 지미는 바로 받을 수가 없었다.

대체 이 남자의 속은 뭐야? 방울이를 신고할 땐 언제고.

백화점의 로고가 선명한 쇼핑백이 눈앞에 불쑥 내밀어졌다.

"뭐예요?"

"이웃끼리 잘 지내자고, 뇌물입니다."

음음, 헛기침을 하는 석빈의 얼굴에 엷은 분홍빛이 어리는 것처럼 보이는 것은 네온의 붉은 빛에 반사된 착각인 걸까? 아니면 진짜 무안쩍어서 얼굴이 붉어진 걸까?

"뭐, 뭔데요?"

대답없이 석빈이 억지로 쥐어준 쇼핑백을 지미는 별수 없이 받아 들고 집으로 들어왔다.

지미는 쇼핑백의 안에 든 물건을 꺼냈다. 쇼핑백 안에 든 것은 누구나 꿈꾸는 상표의 로고가 선명하게 찍혀 있는 실크 스카프였다.

아니, 저 남자가 이걸 왜 내게 주는 거지?

아니, 그것보다 더 먼저 든 생각은 '이게 진짜인가?' 가 맞을 것이다.

진짜는 아니겠지?

하지만 진짜가 아니라도 꽤 비싸 보이기는 한다. 색이 바랜 티셔츠나 무릎 나온 트레이닝복을 입고 있는 남자가 사기엔 많이 과분해 보이는 물건이었다. 손가락 끝에 닿는 실크의 맨지르르함이라니. 이건 보통 품질이 아니다. 그녀도 아직 가져보지 못한 최상급의 실크였다.

"아무래도 이거 오리지널 같은데?"

지미는 당장 상상 속으로 빠져들었다. 대체 형편이 안 좋아 보이는 옆집 남자가 이런 것을 왜 샀을까? 또 무슨 돈으로 샀을까? 설마, 이걸 사지 않고 어디서 집어온 것은 아니겠지? 게다가 왜 이런 것을 자신에게 주려고 하지? 방울이 일, 경비에게 신고한 것이 뒤늦게 찔렸나?

별의별 상상이 다 된다.

그러고 있는데 엄마가 전화를 걸어왔다.

[지미야, 냉장고 속에 든 냄비는 청국장이다.]

오늘 다녀가셨나 보다. 그런데 응? 내가 제일 좋아하는 청국장?

"엄마, 여기서 청국장 끓인 건 아니지? 냄새나서 욕먹는데."

[걱정 마, 집에서 끓여갔으니까. 그러니까 데워 먹기나 해.]

전화를 끊고 냉장고를 여니 냄비에 청국장이 한가득이다.

"혼자서 얼마나 먹는다고 청국장을 이만큼이나 가져왔담."

지미는 청국장을 가스레인지에 올려놓고 불을 켰다. 찌개가 끓는 동안 스카프를 차근차근 다시 싸기 시작했다. 청국장 냄새가 집 안에 꽉 찬다. 무척 좋아하지만 솔직히 좋은 냄새라곤 할 수 없는 냄새를 맡으며 지미는 어떤 생각이 떠올라 회심의 미소를 지었다.

"미운 놈 떡 하나 더 주는 게 이런 걸 거야."

젊은 사람치고 요즘 청국장 좋아하는 사람 한 번도 보지 못했다. 나만 빼고. 이 냄새 맡으면 좀 괴로울 것이다.

지미는 펄펄 끓기 시작하는 청국장을 퍼 담은 뒤 스카프를 챙겨 들었다. 그 길로 옆집으로 간 지미는 초인종을 누른 뒤 문을 열어주는 석빈에게 상냥하게 웃어주었다.

"혹시, 청국장 드세요? 우리 엄마가 이웃하고 나눠 먹으라고 하시면서 많이 끓여놓으셨네요. 자랑은 아니지만 우리 엄마가 음식 솜씨가 아주 좋아서 제법 맛이 좋답니다. 아, 그리고 이 스카프는 너무 비싼 것 같아 받기가 좀 그래요. 돌려 드릴게요."

"청국장은 맛있게 먹겠습니다, 감사합니다. 그리고 스카프는 그냥 받아둬요. 돈 주고 산 게 아니니까."

맛있게 먹어? 댁도 이걸 먹는단 말이야? 게다가 스카프를 뭐? 산 게 아니야? 그럼 훔친 것인가?

그녀의 속마음을 읽기라도 한 듯 석빈이 말을 이었다.

"그렇다고 훔친 것은 아니니까 걱정 말아요."

대체 뭔 소리인지. 그럼 하늘에서 떨어졌단 말인가?

"선물로 들어온 겁니다. 내겐 필요없는 거니까 지미 씨가 써요."

결국 지미는 스카프를 돌려주는 데 실패했다.

"아니, 걔 안 보내면 어쩝니까? 또 민원이 들어왔잖아요."

스카프를 펼쳐 놓고 그 고급스러움에 감탄을 하고 있는데 경비가 들이닥쳤다. 신고할 만한 집은 옆집밖에 없는데…….

아니, 저 인간은 정말 이중인격 아냐?

잘 지내자고 스카프를 주더니 또 개를 신고해?

"죄송해요. 오늘 온다고 하더니 늦었나 봐요. 내일은 꼭 데리러 올 거예요."

"아, 아실 만한 사람이 왜 그래요? 진짜. 이런 곳에서 개를 키우면 남에게 피해주는 거 몰라요? 애완동물 키우는 거 금지된 곳에서 버젓이 개 키우는 거 보고만 있냐고 야단야단 듣는 내 입장도 좀 생각해 줘야지, 이러면 되겠어요?"

"죄송해요. 하루만요. 아저씨, 내일 꼭 보낼게요."

사정사정해 경비를 돌려보낸 뒤 세나의 꺼져 있는 전화기에 메시지를 남겼다.

내일 무조건 방울이 네 동생에게 데려다 준다고.

메시지를 들었는지 세나가 새벽같이 들이닥쳤다. 그래도 방울이가 동생에게 구박을 받으면 어쩌나 걱정이 태산이던 지미는 세나를 본 순간 맥이 다 풀릴 정도로 안심이 됐다.

"이것아, 넌 방울이가 불쌍하지도 않니? 어떻게 일주일이 넘게 애를 팽개치고 돌아다닐 수가 있어?"

"고마웠어. 내가 나중에 밥 살게."

나 지금 여행하다 왔소라는 포스가 팡팡 풍기는 차림의 세나가 방울이를 끌어안았다.

"방울아, 언니 보고 싶었지?"

"안 보고 싶다더라."

"이런 못된 것, 감히 나와 방울이 사이를 이간질하다니. 야잇, 이 못된 것. 정의의 칼을 받아라."

지미는 휙하고 날아온 휴지를 받아 도로 세나에게 던져 주었다. 누가 만화가 아니랄까 봐 세나의 하는 짓이나 말투는 아주 회화적이다.

"대체 어딜 갔다 온 거냐?"

"자료조사."

매일 하는 핑계지. 세나에겐 먹는 것도 자료조사고 하다못해 뭐 사달라고 하는 것도 무조건 자료조사였다.

"지미야, 너 돈 좀 있으면 한 천만 원만 빌려줄래."

갑작스런 세나의 말에 지미는 깜짝 놀랐다. 세나는 아직까지 지미에게 단돈 만 원도 빌린 적이 없었다. '이건 네가 사' 라든지 '야, 이것 돈 좀 내. 내가 하면 예쁠 것 같으니까. 선물로 받아줄게' 이런 식으로 바가지는 씌웠지만.

"갑자기 돈은 왜?"

"오빠 카드가 펑크났단다."

"또?"

2년 전에 결혼을 한 세나의 올케 집안이 아주 어렵다고 했다. 오빠가 버는 돈이 처갓집으로 흘러가는데 가끔 구멍이 날 정도로 크게 간다는 것이 문제였다. 세나가 오빠 카드가 펑크났다며 돈을 메워준 것은 지미가 아는 것만도 네 번이나 됐다.

"그래. 이건 정말 밑 빠진 독에 물 붓는 건데……."

"오빠도 참!"

"오빠도 이제 지칠 거야. 올케언니 집안에 돈 퍼붓는 거. 우리 집이 잘살면 어떻게 하겠는데, 너도 알다시피 우리 집 겨우 밥 먹고 살잖아. 올케언니는 왜 우리 집에 시집왔나 몰라. 부자와 가난한 사람이 만나면 가난한 사람이 구제가 되지만 가난한 사람과 가난한 사람이 만나면 둘 다 비참해지는데."

"무슨 카드 값이 천만 원이나 돼?"

"카드론도 했대. 올케가 친정집이 길에 나앉게 됐다고 하니까 카드로 대출을 받아준 모양이야. 지금 오빠는 심각하게 이혼 고려 중이야. 더 이상 못하겠다는 거지. 그렇게 죽네 사네 사랑한다 해놓고 가난 앞에서 어쩔 수 없이 헤어지려나 봐. 아무튼 다음다음 달에 줄 테니까 천만 원만 빌리자."

대체 가난과 사랑이 무슨 상관이람.

그런 지미의 생각을 알아차렸는지 세나가 피식 웃는다.

"어이구, 이 안방 공주. 넌 공주처럼 사니 모를 거다. 혹시라도 사랑에 빠지더라도 가난한 남자와는 절대 빠지지 마라. 사랑은 연애할 때까지야. 결혼은 생활이거든. 가난은 생활을 파괴하는 독이니라. 명언이니까 잘 기억해."

"그 정도는 없는데……."

"있는 만큼만 빌려줘."

지미는 통장에 있는 돈을 전부 긁어 5백 조금 넘는 돈을 세나에게 빌려주었다.

"기운 내."

그동안 여행이 오빠에게 돈을 또 대줘야 하나 그것을 고민하기 위해서였다고 말하며 세나는 활짝 웃었다.

"응, 기운 내야지. 저번에도 마지막이야, 이러면서 줬는데 어쩌겠어. 혈육인걸. 내가 좀 힘든 게 낫지. 아무튼 고마워."

배웅을 위해 아래층으로 내려가다 경비 아저씨를 만났다.

"이제 가네요?"

세나 품에 안긴 방울이를 보더니 가는 것이 반가운지 웃기까지 한다.

"예, 죄송했어요."

"이젠 데려오지 말아요. 아 윗집에서 얼마나 뭐라고 한 줄 알아요? 거기다 아가씨 옆의 4호실에 여자가 좀 깐깐해. 벽 긁어 댄다고 얼마나 뭐랬는지 몰라."

어? 그쪽 벽도 긁었나? 민원인지 신고인지를 한 게 옆집 남자가 아닌 모양이네?

지미는 석빈이 신고했다고 생각했던 것이 은근히 미안해졌다.

3장
그놈은 얄미웠다

전화벨이 울렸을 때, 지미는 국화와 히아신스를 섞어 커다란 꽃바구니를 만들고 있었다. 분홍 국화와 자줏빛 히아신스는 그녀가 좋아하는 조합이었다. 예쁘기도 하거니와 흔하지 않은 자줏빛 히아신스는 값이 좀 나가기 때문이다.

"네, 김지미 꽃집입니다."

알바인 명우가 전화를 받자 지미는 피식 웃었다.

어디 가서 말하기엔 얼굴과 너무 대조적이라 창피한 그녀의 이름이었지만 그래도 꽃집 이름으로는 꼭 맞았다. 그러니까 고스톱에서 김지미가 모란꽃에 비유되고 있으니 누가 봐도 그 이름은 주인이 아닌 꽃가게 이름이다 생각할 것이라는 계산인 것이다. 그리고 그것은 누군가의 기억에 각인시키기 딱 좋았다. 누구나 꽃집 이름을 보면 고스톱을 연상해 웃었고 축하 꽃다발 주문을 할 때 온라인상으로 검색어를 찍기 전 자연히 떠올리게 되는 것이다.

"이모님이신데요."

명우가 내민 전화를 받아 들었다.

"이모?"

[지미야, 너 장 사장을 어떻게 생각하니?]

'장 사장? 그게 누군데?'

아, 생각났다. 이모 교회 다닌다는 사람이 장 뭐라고 했었지. 그 남자를 말하나 보다.

"잘생기고 돈 많고 친절하다고 생각해."

그날 지미와 이모의 식사 값까지 냈으니 그녀의 말은 틀린 말이 아니다.

'생각보다 더 훌륭한 맛이 나는군요. 역시 이름이 알려질 만하다는 생각이 드는데요.'

블랙로즈에서 가장 비싼 스테이크를 시켜 음미하듯 딱 두 번 잘라 먹고는 그렇게 말했었다.

"이모님과 지미 씨 먹는 것을 조금만 먹어본다고 하면 실례가 될까요?"

굉장한 프로페셔널한 느낌에 지미는 저도 모르게 '그러세요'라고 허락했었다.

[너도 그 사람이 좋은 거지?]

에? 이게 무슨 소리람?

[장 사장이 너를 보고 꽤 마음에 들었나 보더라. 결혼을 염두에 두고 사귀고 싶다는 뜻을 은근히 밝혀왔어.]

"응?"

생각지도 않은 말에 지미의 정신이 번쩍 들었다.

[네 나이가 몇이니? 벌써 스물일곱이잖아. 너도 이제 슬슬 결혼을 생각할 나이잖니. 안 그래?]

아직 제대로 된 연애 한 번 해본 적이 없는 지미에게 결혼이란 말은 무척 낯설게 들렸다.

내가 벌써 결혼을 운운할 나이구나.

스물일곱이라는 나이를 강조해서일까, 이제 결혼을 생각해야지 하는 이모의 말이 사무치게 파고든다.

[너, 다음 주 수요일 저녁, 시간 좀 비울 수 있어?]

"수요일은 왜?"

[그날, 장 사장이 너랑 만나자고 하던데. 일단 한번 만나보렴. 집에단 얘기하지 말고. 네 아빠가 알면 펄쩍 뛸 거다. 나 정말 걱정이거든. 너 아빠 때문에 시집 못 갈 것 같아서.]

"이모는!"

웃었지만 이모의 말이 완전히 틀린 것은 아니다.

아빠가 오죽해야 말이지. 지미에게 접근하는 세상의 모든 남자는 아빠에게 도둑놈이고 천하의 나쁜 놈이니까.

석빈은 계약서를 챙겨 가방에 넣었다.

"영화 파일은 오늘 중에 메일로 보내 드리겠습니다. 번역본은 제 날짜에 꼭 부탁드립니다."

마주 앉았던 남자가 악수를 청하며 말하자 석빈은 어깨를 으쓱해 보였다.

"저도 잘 부탁드리겠습니다."

석빈이 이번에 계약한 것은 베를린 영화제에 출품됐던 것으로 사회성이 무척 짙은 영화였다. 번역에 따라 분위기가 완전히 달라지기 때문에 이런 영화들은 번역하는 것이 무척 까다롭다. 번역이 흥행에 많은 영향을 주기 때문에 상대편은 석빈이 이번 영화 번역을 맡아줘 무척이나 고마워하고 있었다.

"어디 가서 식사라도 할까요?"

"다음에 하죠. 곧 친구를 만나기로 해서요."

"이런, 좀 아쉽네요, 윤석빈 씨."

"네, 그렇게 됐군요."

영화배급사 직원이 일어서며 석빈에게 다시 한 번 악수를 청했다.

"그럼 다음에 또."

"네, 살펴 가십시오."

석빈은 상대가 나가자 제자리에 다시 앉았다. 재민을 기다리는 중이었다. 요즘 재민은 그가 일을 하게 된 영화배급사 여자 직원에게 완전 넋이 나가 있었다. 사랑에 빠져 버렸단다.

'한눈에 반해 버렸다.'

예전 같으면 웃어버렸을 재민의 말이 왜인지 이해가 되는 석빈이다.

그리고 석빈은 그건 누구에게나 일어날 수 있다는 것도 알게 되었다.

아무래도 그 역시 김지미에게 반한 것 같으니까.

재민을 기다리며 석빈은 노트북을 켰다. 지금 하고 있는 일의 마지막 점검을 위해서였다. 카페의 어수선함 속에서도 석빈의 집중력은 금방 나왔다. 그는 정신없이 자신의 일에 몰입했다.

"나 왔다."

흘끗 재민을 바라보는 것으로 인사를 대신할 정도로 말이다.

"잠깐만, 요것만 점검하자. 그동안 차 마시고 있어."

또 얼마를 기다리게 하려고?

속으로 투덜거리면서도 재민은 아무 말 없이 종업원을 불렀다. 일에 빠져들면 몇 시간이고 고개조차 들지 않는 석빈의 버릇을 잘 알고 있기 때문이었다. 석빈이 일하는 걸 보러 나온 게 아니고 자신이 사귀는 여자 이야기를 하러 나온 재민이었다. 여자에 대한 불평이나 자랑을 하고 싶어 죽겠는 재민에게 석빈의 태도는 크나큰 불만이었다.

"야, 일은 집에 가서 하고……."

"조금만 점검하면 돼. 조금만."

여전히 석빈은 모니터에 눈을 박고 고개조차 돌리지 않는다. 재민은 종업원이 가져다주는 메뉴를 받아 펼쳤다.

"블루마운틴."

종업원이 물러간 뒤 재민은 휘휘 실내를 돌아보았다.

"어? 저 여자 네 옆집에 산다는, 저번의 그 방울토마토 아냐? 데이트하나 보네?"

뭐라고?

석빈이 고개를 번쩍 들었다. 재민이 턱짓으로 가리키는 곳을 바라본 석빈의 눈에 어떤 남자와 마주 앉아 웃고 있는 지미가 들어왔다.

지미는 두 손으로 찻잔을 받치고 얌전히 입가에 가져다 댔다.

'정말 괜찮네.'

재색 정장을 입었지만 전혀 촌스럽지 않았고 자연스러운 옷 태가 나는 근우가 자신을 보며 오래 알고 지낸 사람이라도 되는 듯 다정한 눈빛을 보내고 있다. 마음에 드는 상황이다. 게다가 성격도 좋은 모양이다. 지미가 약속 장소를 자신의 오피스텔에 서 가까운 이 카페로 잡았는데도 쾌히 승낙했다. 사실 지미가 약속 장소를 이곳으로 잡은 이유는 딱 한 가지였다. 집에서 옷을 갈아입기 위해서였다. 이렇게 만난 뒤 다시 집으로 가 옷을 갈아입고 가게로 가면 되는 거니까.

진짜 결혼을 전제로 사귀어볼까?

이만하면 인물 좋고 분위기도 좋고 성격도 좋은 것 같다. 무엇보다도 그녀에게 호감을 갖고 있는 것이 더욱더 좋다.

"궁금한데요. 지미 씨가 이모님께 만나고 싶다는 제 말 전해 듣고 어떤 생각을 하셨는지?"

도시여자는 세련되게 행동하고 말해야 하는 법이다. 남자가 아무리 마음에 들어도 호락호락 좋다는 소리 역시 해서는 안 되는 거고.

"좀 당황했어요."

지미는 호호호, 웃어주었다. 안 떨던 내숭을 떨려니 좀 그렇다. 하지만 처음 만났을 때와 지금은 다르지 않은가. 그때는 이모가 우연히 만난 남자였고 지금은 그녀에게 결혼을 전제로 만나고 싶다고 해온 남자가 아닌가.

"그 말은 나에 대한 인상이 별로였다는?"

"아니에요. 그렇진 않지만 제가 아직 결혼에 대해 생각할 나이가 됐다고 생각지 않다가, 음, 깨달음이랄까요? 어느새 결혼을 전제로 남자를 만나야 될 나이가 됐나? 이런 생각에…… 그래서 당황했어요."

나 지금 말 잘하고 있는 거지?

초등학교 중학교를 졸업하고는 여학교만 줄창 다닌 지미다. 여고에, 아버지의 강력한 권유로 굳이 여대를 나왔다. 그래서 남자하고의 대화는 조금 어색해하는 지미다. 꽃집을 하면서 그나마 많이 나아졌지만 손님을 대하는 것과 이렇게 인간 대 인간으로, 더구나 결혼을 전제로 상대하는 것은 천지 차이 아닌가.

"하긴, 지미 씨는 아직 어려 보이는 스타일이라, 얼굴만 그런 게 아니고 모든 게 다 아직은 소녀 같아서 결혼 이야기에 당황할 수도 있었겠는데요."

"소녀 같다니…… 어머, 호호호, 과찬이시네요."

그런 말, 종종 들어요 하고 말하면 바로 아웃이 되겠지?

"아무튼 그래도 감사합니다."

그녀는 수줍게 손으로 입을 가리며 웃었다.

"꽃집 사장님이시니 손재주가 좋겠죠? 전 손재주가 없어서 그런 일 하시는 분을 보면 마냥 부럽기만 하던데."

"아니에요. 그냥 배워서 하는 거예요."

아, 여자는 내숭이 90프로여야 한다고 말씀해 주신 어마마마, 정말 감사합니다. 참으로 중요한 스킬이라는 것에 공감합니다.

뭐, 그런 내숭으로 지금 지미가 선을 보고 있는 것을 알게 되면 뒤로 쓰러질지도 모르겠지만. 엄마도 아빠처럼 넌 나중에 시집가, 나중에. 아직 시집가기엔 너무 일러. 이러고 계시니까 말이다.

하지만 이 남자 정말 볼수록 마음에 든다. 은근히 여자의 비위를 잘 맞춘다.

두 눈을 내리깔며 수줍게 말하는 지미를 남자는 사랑스러워 죽겠다는 표정으로 바라보았다.

"지미 씨는 음식은 어떤 종류를 좋아하세요?"

청국장이요.

"전 야채를, 샐러드를 특히 좋아해요."

그녀의 대답에 근우가 만족스러운 미소를 지었다.

"어쩐지. 그래요. 꽃집의 아가씨니 그럴 것 같았습니다. 사실 스테이크를 팔고 있지만 이상하게도 저 역시 편견을 갖고 있는지, 고기 좋아하는 여자는 왠지 터프할 거 같다는 생각이 종종 들거든요."

이 남자랑 만난다면 앞으로 고기는 다 먹었다.

석빈은 잠깐 자신의 눈을 의심했다. 그가 몇 번 본 적이 있는 지미는 저런 옷을 입은 적이 한 번도 없고 저런 머리 모양을 한 적도 없다. 그래서 잘못 봤겠지 했는데 젠장, 정말로 김지미였다. 남자와 앉아 있는 여자가 그녀라는 것을 알아차린 순간 뭔지 모를 충격이 그를 강타했다.

저 여자가 왜 여기에 있는 거지? 아니, 있을 수는 있다. 두 발 달린 짐승이 사람일지니 어딘들 가지 못할까. 여기에 있는 게 문제가 아니고 여기서 무얼 하고 있는 것이 문제인 거다.

저 분위기는 맞선을 보는 분위기다.

누구 마음대로 맞선을 봐? 하다 보니 그거야 지미가 맞선을 보든 말든 그와는 상관없다는 생각이 들었다. 지미가 뭘 하든 정말 아무 상관이 없는 거다. 하지만!

하지만이다.

그럼 방울토마토는 왜 가져다준 거고 다친 걸 보고 약은 왜 발라준 건데? 그뿐인가? 장미는? 청국장은? 가만, 생각할수록 화가 난다. 그러고서 내가 선물한 스카프를 두르고 선보러 나와? 이 여자, 감히 나를 두고 양다리를 걸친다는 거지?

그는 지금 정확히 무엇 때문인지 모를 분노에 빠져들었다. 지미에 대한 배신감에 무척이나 화가 났다.

"네 옆집 여자 저렇게 꾸미고 있으니까 제법 볼만하다. 역시 여자란 무서워. 완전 변신이잖아. 저렇게 변하다니. 정말 여자들 화장술이란. 마술이다, 마술. 저래서야 본판을 알아볼 수가 있겠어? 쯧쯧, 야. 내가 만나는 우리 미주 씨는 저렇게 화장 안 한다. 우리 미주 씨는 말이지."

재민이 떠드는 소리는 지금 석빈에게 하나도 들어오지 않는다.

"너, 잠깐만 여기서 기다려라."

석빈은 재민이 채 분위기 파악을 못해 어리둥절해하는 사이 벌써 일어나 성큼성큼 지미에게로 다가갔다.

"참, 세상은 넓고도 좁다더니, 이게 누구신가. 우리 이웃사촌이네."

눈에 웃음을 담고 남자와 마주 앉아 있던 지미가 날벼락이라도 맞은 표정으로 석빈을 쳐다보았다.

"아, 안녕하세요?"

당황한 표정이 지미의 얼굴에 역력했다. 여기서 아는 얼굴을 만날 줄 몰랐다 이거지. 하지만 이 근처에 여기만큼 괜찮은 카페는 없다. 누가 여기서 내가 준 스카프 두르고 남자 만나래?

"어, 어쩐 일로……."

"그때 감사하단 말을 다 못해서요. 청국장 나눠 주신 거, 정말 기가 막히게 맛있었습니다. 앞으로도 자주 부탁해요."

지미의 표정이 잠시 멍해졌다. 그녀에게 지금 석빈은 하늘에서 뚝 떨어진 것처럼 갑자기 나타난 거였다. 한마디로 재앙이었다.

이 남자가 미쳤나? 갑자기 나타나서는 뭐야? 왜 청국장 이야기를 하느냐고.

지금까지 정말 잘해왔는데, 샐러드, 채식주의자. 왠지 신비롭고 연약해 보이는 말만 골라서 했는데 왜 청국장이 거기서 나오냐고요.

"청국장이요? 누가 그런 걸 먹었다고……."

"지미 씨가 장미 꽃다발 선물해 주면서 어머니가 끓인 거라고 나눠 줬잖습니까? 그건 그렇고, 못 알아볼 뻔했습니다. 저, 아까 전부터 저기 앉아 있었는데 전혀 지미 씨라고는 상상도 못했어요. 그렇게 입으니까 전혀 다른 사람 같은데요. 평소와는 달리."

굳이 평소와 다르다는 것을 강조하는 석빈, 지미가 볼 땐 작정하고 파투 내려고 달려온 것이 분명했다.

"제가 원래 이 스타일을 좋아하는데 일을 하느라 그런 거였어 요."

"하긴, 그 하늘하늘한 잠옷을 보면 공주풍이 맞는 것도 같 고……."

"내 잠옷을 언제 봤다고!"

당황한 지미의 목소리가 커졌다.

"내 신문 훔쳐 갔을 때요. 그때 지미 씨 잠옷만 입고 있었잖아 요. 내가 속옷만 입은 걸 보고 변태라고 한 날."

아니, 이 남자가 점점!

지미의 얼굴이 새빨개졌다. 대체 이 남자, 어디서 이렇게 말 발만 키운 거야?

갑자기 앞에서 들려오는 헛기침 소리에 그제야 지미는 자신 이 근우와 대화할 때보다 최소한 두 옥타브 올려서, 세 배는 큰소리로 석빈에게 화를 냈다는 것을 깨달았다.

아, 정말.

눈앞이 캄캄하다는 것은 이런 거다. 앞으로의 수습이 참 끔찍 하다. 오해하기 좋을 말만 골라 한 석빈의 말이 혹시라도 근우 를 통해 이모에게 전해지고 또 그 말이 다시 엄마나 아빠에게 들어간다면? 그건 지미의 종말이나 마찬가지였다. 독립이고 뭐 고 없다.

"저기, 장 사장님."

석빈과 지미를 번갈아 보던 근우가 쓸쓸하게 웃었다.

이 사람이 오해한 것이 틀림없어.

지미는 무척이나 다급해졌다.

"오해예요. 다 말씀드릴게요. 이 사람은 옆집에 사는 사람인데요. 말을 이상하게 했지만 정말 저하고 아무 사이가 아니에요. 그냥 옆집에 사는 사람일 뿐이에요. 저는 지금 이 사람이 왜 이러는지 모르겠어요."

지미의 말은 아마도 반만 사실일 것이다. 근우는 태산처럼 버티고 선 석빈에게서 지미에 대한 소유욕을 어렵지 않게 읽어낼 수 있었다. 남자에게서 풍겨 나오는 포스를 보아하니 비록 지금 두 사람이 사귀는 사이가 아닐지는 모르지만 곧 그렇게 될 것 같았다.

석빈을 향해 근우는 살짝 웃었다.

"지미 씨에게 하실 말씀은 다 끝나셨습니까?"

정중하게 말했지만 그 속엔 이만 꺼져달라는 뜻이 확실하게 담겨 있었다. 근우의 반응에 석빈은 이를 꽉 악물었다.

못 가.

아니, 안 가.

하지만 그럴 이유나 명분이 없다. 지미의 말대로 그는 분명 그저 이웃에 사는 남자일 뿐이다.

"이런, 제가 크나큰 실례를 한 모양이군요."

석빈이 바로 옆 테이블에 털썩 주저앉는다. 그러더니 턱, 팔

짱을 낀다. 어디 내 눈앞에서 놀아봐. 이런 눈빛이다. 지미는 기가 막혔다.

아니, 이 사람이? 왜 자기 자리 안 가고 거기 앉는 거지?

석빈의 눈은 마치 바람난 아내를 잡으러 온 눈빛처럼 보였다.

"우리 그만 나가죠."

지미는 일어서며 석빈을 잔뜩 노려보았다.

"죄송해요."

밖으로 나와 일단 사과부터 했다. 근우는 그냥 웃기만 했다.

아무래도 틀렸지 싶다.

근우가 차라리 화를 낸다거나 아니면 기분 나쁜 표정을 지었다면 좀 더 마음이 편했을 것이다. 이런 쓸쓸한 표정은 뭘까, 아주 애매하다. 마치 유부녀와 만나다 그 남편에게 들킨 사람 같은 표정 아닌가. 아니, 그것보다는 김이 샜다는 표정이라고 할까?

아우, 난 이런 표정 짓는 사람은 불편해. 속을 알 수가 없잖아.

석빈의 일로 공연히 근우에게 미안했지만 그래도 그녀는 자존심 강한 도시여자다. 매달리는 인상을 주는 것처럼 보이는 것이 싫어 지미는 강하게 나가기로 했다.

"우리가 인연이 아닌가 보다 생각해야겠죠?"

절대로 싫어서 이렇게 말하는 것은 아니라고요. 그러니 내가 빼더라도 당신이 당겨줘요.

이런 신호를 보냈건만 알아듣지 못했나 보다.

"아깝군요. 좋은 인연이었으면 했는데."

뭐야, 아깝다? 겨우 그 말로 끝?

근우가 너무도 순순히 발을 떼는 것에 지미는 기운이 빠졌다. 허나 이제 와 석빈에 대한 변명을 구구하게 하는 것이 너무 구차스러워 지미는 눈물을 머금고 근우를 단념하기로 했다.

젠장, 아까워 죽겠네. 이 남자 정말 킹카인데.

갑자기 모든 원망의 화살이 석빈에게 향했다. 생각할수록 웃기는 남자 아냐. 정말! 아니, 하필 이곳에서 마주칠 건 뭐람.

"저, 이모한테는……."

"제가 잘 말씀드리겠습니다. 사람의 인연이라는 것이 어떻게 변하고 발전할지는 아무도 모르는 거니까."

근우의 눈에는 지미가 말은 이렇게 해도 아까의 남자에게 감정의 한 부분을 나누고 있는 것처럼 보였다. 두 사람이 소리를 높여 흥분했을 때 왠지 자신은 끼어들면 안 될 것 같았다. 게다가 지금 지미의 입에서 나온 말은 자신과의 인연을 원하지 않는 것처럼 들리지 않는가. 공연히 끼어들어 우습게 되는 것보다 빠져 주는 것이 좋겠다.

근우와 헤어진 지미는 옷을 갈아입기 위해 오피스텔로 터덜터덜 걸어갔다. 14층에서 내리니 복도에서 석빈이 서성대고 있었다. 석빈을 보는 순간 화가 치민 지미의 얼굴은 분노로 새빨개졌다.

"그 남자하고 바로 헤어진 모양이네?"

아주 기름을 끼얹네, 이 남자가.

"그래요. 댁이 무슨 짓을 한 줄 알아요?"

"내가 뭘 어쨌다고 그래요?"

"대체 내가 무슨 잘못을 했다고 와서 찬물을 끼얹는 거예요? 대체 왜 그래요? 나한테 무슨 억하심정이라도 있어요?"

"그 남자가 생긴 것과 달리 속이 좁네. 그저 장난을 좀 친 것 가지고."

"그게 장난이에요? 진짜, 기가 막혀서."

말이나 못하면 중간은 가겠다. 지미는 화가 나서 말도 제대로 나오지 않았다.

"그래도 한순간 내가 생각했던 것보다는 괜찮은 남자일지도 모른다고 생각했었는데, 이런 유치한 장난을 하다니 내가 정말 대단한 착각을 했나 보네요. 아니면……."

지미는 머릿속으로 이리저리 말을 골랐다.

"나한테 마음 있어요? 왜 남의 일을 파투를 내고 그래요?"

본인이 말을 내뱉어놓고도 행여라도 그런 생각은 하지도 않는다는 듯한 지미의 표정에 석빈은 또다시 살짝 약이 올랐다.

대체 이 근거없는 자신감은 어디서 오는 거야? 라고 말해주고 싶었지만 본심이 아니라는 것은 스스로도 알고 있는 사실이다.

잠시 입을 굳게 다물고 있던 석빈은 마침내 대답했다.

"그럴지도 모르겠네. 내가 지미 씨를 좋아하나?"

역효과를 냈다. 약이 바짝 오른다는 표정으로 지미는 이를 갈며 그대로 현관문을 쾅 닫고 안으로 들어가 버렸다. 조금도 믿지 않는 지미의 표정에 역시 약이 오른 석빈만 덩그러니 남겨두고.

윤석빈이란 인간이 이사 온 것은 지미에게 있어서는 행복 끝 불행의 시작이었다. 왜 하필 저런 인간이 이사 왔는지. 석빈으로 인해 망쳐 버린 근우와의 관계를 생각할 때마다 억울함이 북북 밀려와 지미의 속은 쓰릴 대로 쓰렸다.

마음에 드는 상대를 만나는 것은 해운대 백사장에서 바늘을 잃어버린 뒤 되찾는 것만큼이나 어려운 일이 아닐까?

그런데 그 기회를 박살 내? 인간이 말이야, 인성이 나빠.

지미는 벽을 흘겨본 뒤 허공에다 주먹질을 했다. 생각 같아선 그 인간이 사준 스카프를 갈기갈기 찢고 싶었으나 그러기에는 스카프가 너무 아름다웠다.

지미는 욕실로 들어가 물을 틀었다. 아, 따끈따끈한 물에 샤워나 해야겠다. 세련된 도시여자는 스트레스를 받으면 욕조에 뜨거운 물을 받아 몸을 담그고 몸을 푸는 것으로 나쁜 기억을 잊으니까.

"안녕하쇼. 좋은 아침입니다."

흥!

안 좋은 아침이다. 당신 같은 인간을 보며 시작하는 아침이 좋을 리가 있냐?

대체 이 인간은 왜 이 시간에 운동을 가는 거람?

지미가 가게에 나가는 시간에 석빈이 운동복 차림으로 집을 나와 같은 엘리베이터를 타기 시작한 것이 벌써 일주일이 넘는다. 석빈이 근우와의 만남을 간단하게 끝장내 준 바로 그 다음 날 아침부터 이렇게 매 아침마다 부딪치고 있는 두 사람이었다. 오늘 지미는 석빈과 마주치는 걸 피하기 위해 다른 날보다 10분 정도 늦게 나왔다. 그런데 옆집 문이 열리면서 석빈이 트레이닝복 차림으로 나오더니 '여어, 출근합니까? 이웃사촌?' 하고 말을 걸어오는 것이다. 이거 우연의 일치치곤 좀 너무하잖아. 설마 나 나오길 기다리고 있었던 것은 아니지?

지미에게 그런 의혹이 드는 것은 당연한 일이었다. 선을 망친 다음날 출근을 하려고 나오던 지미는 막 현관을 나서는 석빈과 딱 마주쳤던 것이다.

"난 아침 운동 갑니다."

누가 물어봤어?

아침부터…… 쯧! 하고 지미는 속말을 중얼거리며 석빈을 싹 무시해 주었다. 그리고 다음날 지미는 석빈과 마주치는 것이 싫어 5분 늦게 나왔다. 그랬더니 이 인간도 그날따라 5분 늦게 나오는 것이 아닌가. 그로부터 일주일, 마주치고 싶지 않아서 5분 빠르게 또는 5분을 늦게 나오는데도 이렇게 매일매일 마주치고 있는 중이다.

그러니 혹시 이 인간이 나 나오는 것을 기다렸다 나오나? 하는 생각이 드는 것은 당연한 일이었다. 하지만 지미는 문뜩 든 생각을 서둘러 털어버렸다.

그럴 이유는 없으니까. 하지만 어쨌든 이렇게 일주일을 하루도 빠지지 않고 계속 마주치는 것은 우연치고는 참 지겨운 우연이 아닐 수 없었다.

내일은 20분 늦게 나올 것이다! 결심을 하며 지미는 언제나처럼 팽 하고 석빈을 무시해 버렸다.

"거, 말 좀 하고 삽시다. 이웃끼리."

이웃 좋아하네.

지미는 엘리베이터에 달려 있는 거울을 보는 척하며 싸악 흘기는 눈초리로 슬쩍 석빈을 노려봐 주다 그만 거울 속 석빈의 눈과 정통으로 마주쳐 버렸다.

"김지미, 당신 지금 나 째려본 거지?"

벼락같은 석빈의 말에 재빨리 눈을 내리깔던 지미는 펄쩍 뛰어올랐다.

"아뇨. 째린 게 아니고요. 그냥 눈에 뭐가 들어가서 눈에 힘을 주고 있는데…….."

아우 씨. 이런 말 안 해도 되는 거잖아. 급히 입을 다문 지미는 다시 새침한 표정을 지었다. 분하다! 상대하지 않고 지낸다는 결심이 일주일도 못 가고 석빈에게 말려들어 깨진 것이다. 쌕쌕 숨소리만 내고 있는 지미를 보며 석빈이 싱글거리며 웃었다.

엘리베이터가 서자 석빈이 바람처럼 훌쩍 뛰어나갔다. 공원을 향해 뛰어가는 석빈의 뒷모습이 무척이나 건강하고 활기차 보였다.

뭐 저런 인간이 다 있담.

주먹을 휘두르던 지미는 그가 돌아보는 바람에 깜짝 놀라 얼른 딴청을 피며 고개를 돌렸다. 그 바람에 석빈의 얼굴에서 웃음이 피어나는 것을 그녀는 미처 알아차리지 못했다.

풍부하다고밖에 표현할 수 없는 지미의 표정에 오늘도 석빈은 웃고 말았다. 지미의 표정은 언제나 풍부하다. 뭔가 마음에 안 들면 볼이 오리처럼 부푸는 것을 본인도 알고 있을까? 그 볼이 석빈을 만날 때마다 부풀어 오르는 것도 웃기지만 얼굴을 45도 홱 돌려 버리고는 모르는 척, 새침 떠는 표정이나 분명 그가 안 볼 때마다 눈을 흘기는 모습이나 허공에다 주먹질해 대는 모습.

웃긴단 말이야. 귀엽기도 하고.

그의 생각과 달리 지미는 절대 석빈을 웃기거나 귀엽게 생각하지는 않는 것이 분명하지만.

선 자리를 망친 후 그녀는 마치 석빈을 철천지원수처럼 생각하는 듯했다.

석빈은 지금도 자신이 왜 그렇게 행동했는지 이해하지 못하고 있었다. 지미가 남자를 향해 예쁘게 웃는 것이 가증스러워 보여 비위가 상했는데, 그렇다고 그렇게까지 하는 것은 좀 너무했다는 생각을 뒤늦게 하고 있었다.

공원에 도착한 석빈은 좀 더 속력을 내 달리기 시작했다.

김지미의 얼굴을 보며 아침을 여는 게 참 재미있었다.

쿡쿡쿡. 생각만으로도 웃음이 나 석빈은 저도 모르게 소리 내 웃고 말았다. 그의 어깨로 아침의 눈부신 빛이 반짝이며 내려앉았다.

4장
정체가 뭐야?

"사장님, 빨강 풍선 이벤트예요."

명우의 말에 지미는 얼른 목장갑을 벗으며 전화를 받았다.

[지미 씨, 저 유은숙이에요.]

"아, 네! 안녕하셨어요, 은숙 씨."

유은숙은 두 블록 너머에서 제법 큰 이벤트 회사의 실장으로, 이벤트에 꽃이 필요하면 꼭 지미에게 연락을 해오는 단골이었다.

[바쁘세요?]

"바빠도 은숙 씨 전화는 늘 반갑죠. 저 일 주시려고 전화하신 거잖아요."

전화기 너머로 은숙이 커다랗게 웃었다.

[맞아요. 지미 씨 일 주려고 전화했는데…… 맡아줄 거죠?]

"당연하죠."

[그래요. 꼭 해줘요. 이거 고맙고 미안하네.]

"뭐가요?"

[그게, 조금 급해서요. 이번 토요일이거든요.]

"이번 토요일? 내일모레 글피요?"

[네.]

"아니, 뭐가 그리 급해요?"

[다른 회사에서 이벤트 기획을 맡았다가 갑자기 취소시켜서 넘어온 일이라 그래요. 거기 사장이 갑자기 큰 교통사고가 나서 우리가 맡기로 했거든요.]

지미는 살짝 미간을 찌푸리며 스케줄 표를 확인했다. 토요일이면 사흘 뒤, 결혼식 화환 주문이 벌써 네 개가 들어와 있었다.

"토요일은 행사가 많은데……."

[부탁해요, 지미 씨. 다른 꽃가게는 내 마음에 차질 않는단 말이에요. 게다가 이번 행사는 아주 중요하거든. 지미 씨, 혹시 길슨 웨이드가 비공식으로 내한한 것을 아나요?]

"아무렴요, 저 길슨의 광팬이에요."

[그 길슨 웨이드가 참석하는 행사장을 빛내줄 꽃 장식이에요.]

길슨이 나오는 자리라고? 정말 그 오매불망, 꿈에서라도 보기를 희망했던 그 길슨?

길슨 웨이드에 관한 일인데 뭐가 더 필요해? 당연히 해야지.

[지미 씨에게 부탁할 것은 테이블 열세 개하고 단상 양 사이드를 장식할 화환 두 개 그렇게 총 열다섯 개예요. 해줄 수 있죠?]

총 열다섯 개. 꽃이란 것이 미리 만들어놓는 것도 한계가 있는 데다 미리 화환 주문받은 것도 있어 그걸 하려면 하루 전날 밤은 꼬박 새야 하지만 뭐 그게 대순가. 길슨을 위한 일인데.

길슨, 길슨. 기다리세요. 내가 당신을 위해 무지개 수반에 황금 장미를 꽂아드리리다. 야호! 이럴 땐 정말 내 직업에 긍지를 느낀다니까. 난 사랑의 꽃을 장식하는 플로리스트야.

"네. 네. 제가 최고로 예쁘게 만들게요."

[정말이죠? 그럼 나, 꽃은 마음 놓고 있을 거예요. 약속했어요? 그럼 금요일에 한 번 더 통화하도록 해요.]

전화를 끊은 지미는 스케줄 표에 '토요일 행사장 꽃장식 열다섯 개'라고 적어 넣고 하트로 마무리한 뒤 돼지꼬리를 달았다. 내 사랑 길슨을 만나는 날이라고.

"사장님, 제발 정신 차리시죠?"

"뭐?"

"길슨은 사장님 사랑이 아니에요. 그 남자는 슈퍼모델하고 사귄다고요. 곧 결혼도 한다더만. 그럼 그놈은 반 유부남인 거잖아요? 반이라도 유부남은 안 되죠. 그리고 사장님은 국산품 애용도 몰라요? 우리나라 멋진 놈들 다 놔두고 왜 하필 노랑머리 외국 놈을 곁눈질해요?"

"명우야, 빨간 장미가 좋아? 하얀 장미가 좋아?"

지미가 빨간 휴지 줄까 파란 휴지 줄까 하고 묻는 화장실 귀신처럼 눈초리 착 내리고 음산하게 물었다. 심상찮음을 느낀 명우가 흘끔 그녀의 눈치를 보았다.

"왜요?"

"좋다고 하는 장미꽃으로 널 때려주마. 어디서 감히 우리의 길슨 서방님을 노랑머리 외국 놈이라고 하는 거얏?"

길슨이 영화사 직원과 만난다는 행사장에 쓸 꽃 장식을 싣고 지미는 직접 배달을 나왔다. 살벌하기까지 한 행사장 입구를 통과한 지미는 행사장 안으로 들어왔다. 가슴이 두근거린다.

제자리에 꽃을 장식한 뒤, 지미는 행사장을 나가지 않고 한 테이블의 수반 앞에 섰다. 일부러 빼 든 꽃을 들고 심각하게 수반을 노려보았다. 마치 뭔가 틀린 것을 바로잡는 것처럼. 행사 요원이 대충하고 나가라고 아까부터 채근하는 중이었지만 절대 그럴 수 없었다. 혹시라도 이러고 있다 길슨을 볼 수도 있을지 모르는데.

"아, 대충하고 나가라니까."

"대충하다니요. 작품 망칠 일 있어요?"

열다섯 개의 꽃 장식을 만들기 위해 밤부터 소쩍새는…… 아니, 잠 한숨 자지 못하고 날밤 새워 만들었는데 대충이라니? 험악하게 눈을 치뜨던 지미는 남자의 잔뜩 화가 난 눈에 질려 그만 꼬리를 팍 내리고 서둘러 수반을 내려놓았다. 이제 더 이상 이곳에서 미적거릴 이유가 없는 것이다.

"아, 빨리 나가요. 마지막 점검할 거니까."

지미는 꽃 장식을 천천히 둘러보았다. 나가기 싫어. 나가지 않을래. 길슨 웨이드를 직접 볼 수 있는 이런 기회가 일생에 몇 번이나 될까? 그야말로 천재일우 아닌가. 그것을 허투루 날려버릴 순 없다.

"저기요."

"뭡니까?"

"저 여기서 조금만 구경하면 안 돼요?"

"안 돼요."

예쁘고 상냥하게 사정했지만 무참할 정도로 단호하게 거절했다. 하긴 이 행사는 비공식 행사로 초청되지 않으면 기자도 들어오지 못한다고 했다. 그러니 잠시 남아서 행사를 보여달라는 지미의 청이 먹힐 리가 없었다.

"얌전히 있을게요. 한구석에서요."

오늘 지미는 옷장을 발칵 뒤집어서 길슨이 좋아하는 푸른색 계통의 옷을 찾아 입었다. 그녀의 옷장에 있는 옷 중에서 요즘 계절에 어울리는 푸른색의 옷은 딱 한 벌뿐으로 실크였는데 어찌나 드레시한지 원피스를 입은 지미를 보고 명우가 고개를 절래 흔들었을 정도였다.

"사장님, 어디 파티라도 가세요?"

그 뒷말은 뻔했다. '정신 차리세요. 그게 뭐예요?' 겠지. 지미
는 그저 눈 흘김으로 명우의 입을 막고 무안한 것을 굳건히 버
텨냈다. 길슨을 먼발치에서라도 볼지도 모른다. 그래서 화려한
원피스 차림으로 꽃집 로고가 써진 작은 용달을 타고, 명우가
운전하며 내내 피식거리는 것까지도 참으면서 꿋꿋하게 왔다.
그랬는데…….

낙담을 해 고개를 푹 숙이는 지미를 보고 행사요원이 혀를 끌
끌 찼다.

"멀쩡하게 생겨서는…….."

멀쩡하게 생겨서 뭐가 어쨌다고? 멀쩡하게 생긴 것도 죄인
가? 파티에 가고 싶은 게 멀쩡한 거랑 무슨 상관이야? 이래 봬
도 이 이벤트 준비하는 사람하고 나하고 좀 아는 사이거든? 당
신이 그렇게 말한 거 유은숙 씨한테 말하면 당신도 잘릴지 모른
다고.

하지만 그것은 어디까지나 마음속의 독백일 뿐, 그저 말없이
산 도둑같이 생긴 행사요원을 멀뚱히 쳐다볼 뿐이었다.

남자는 생긴 것만큼이나 몰인정하게 지미를 쫓아냈다. 한심
하다는 얼굴을 감추지 않고 동냥하는 거지를 내치는 것처럼 쌀

쌀맞게 굴었다. 여차하면 억지로라도 끌어낼 태세라 지미는 눈물을 머금고 행사장에서 물러 나왔다. 그녀의 앞을 굳게 버티고 선 행사요원을 흘겨주고 돌아서서 걸어나오는데 무척이나 서러웠다.

길슨은 보지도 못하고 졸지에 멀쩡한 얼굴이 죄가 된 사람이 되다니.

복도를 무겁게 걸어나가는데 누군가가 앞을 턱 가로막았다.

"혹시 김지미 씨?"

에?

"나 모르겠어요? 석빈이 집에서 본, 왜 방울토마토 주던 날…… 그날 봤는데."

"그래요?"

"그리고 저번에 카페에서도 석빈이랑 같이 있었는데요."

그때의 일은 생각도 하기 싫은 지미였다. 게다가 윤석빈이란 인간과 관계된 사람은 더욱더 상대하기 싫다. 무시하고 가려는데 남자의 말이 발목을 잡는다.

"지미 씨도 초대받았어요?"

"초대라뇨? 그럼 저기, 여기 초대받고 오신 거예요?"

"네."

이런 행사에 초대받다니, 좋겠다. 부럽다. 지미는 단숨에 풀이 죽었다.

"전 여기 꽃 배달 왔어요."

"꽃 배달이요?"

"네, 제가 화원을 경영하거든요."

재민의 눈이 그런데 그런 옷을 입고 왔느냐고 묻고 있었다. 봉긋한 튤립 소매에 레이스 하늘거리는 플레어스커트는 자신이 봐도 우스웠다.

"그런데 왜 이러고 있어요?"

"이거 비밀인데요."

지미는 살짝 낯을 붉혔다.

"사실은 제가 길슨 웨이드의 광팬이에요. 그래서 혹시 먼발치에서라도 길슨 웨이드를 볼 수 있을까 하고 버티다가 쫓겨나는 중이에요."

지미의 얼굴은 좀 더 붉어졌다.

"그렇게 길슨이 좋으면 석빈에게 부탁하지 그랬어요?"

갑자기 웬 석빈? 재민의 말은 꼭 자다 봉창 두드린다는 말처럼 뜬금없었다.

"그러면 초대장쯤은 받았을 텐데."

"네?"

"어, 몰랐어요? 석빈과 길슨은 친한 사이인데. 게다가 이번 길슨의 통역을 석빈이 맡았잖아요."

지미는 재민의 말을 도저히 이해하지 못했다.

이게 무슨 소리? 윤석빈과 길슨 웨이드가 친한 사이라고? 에이, 그건 말도 안 된다. 친구라면 비슷한 수준이어야 하는 것 아닌가? 어딜. 길슨과 그 인간이 친구일 수 있담. 그 둘은 하늘과 땅처럼 차이가 나는데.

"지금 농담하는 거죠?"

"왜 내가 농담한다고 생각해요?"

"그 인…… 아니, 윤석빈 씨가 길슨과 친구라는 것은 정말 말도 안 돼요. 절대 그럴 리가 없어요. 정말로 윤석빈 씨가 길슨과 친구라면 내가 그 사람을 업고 다니죠."

"왜 업고 다녀요?"

"길슨처럼 위대한 분과 친구면 땅을 밟지 않아도 되니깐요."

"사양하겠어. 당신에게 업히느니 차라리 걸어다니겠어."

홱 고개를 돌린 지미의 눈에 석빈의 모습이 들어왔다.

에? 이 남자가 그 남자야?

대체 어디로 간 거지? 빛바랜 티셔츠나 무릎 나온 트레이닝복의 모습은? 윤이 반짝반짝 흐르는 새까만 양복을 입고 있는 윤석빈의 모습은 놀랄 정도로 젠틀했다.

여자의 변신은 무죄라는 말이 있다. 그럼 남자의 변신은 유죄인 건가? 석빈의 변신은 지미에겐 충격 그 자체였다. 양복이 잘 어울린다는 말로는 표현할 수 없는, 언제 집에서 낡은 트레이닝복 차림을 하고 있었나 싶을 정도로 그의 양복 입은 모습은 윤기가 좌르르 흐르고 있었다. 귀티가 줄줄 넘쳐 났다. 석빈의 슈트에서 흘러내리는 선은 어찌나 날렵한지 한숨이 나올 정도로 황홀해 보였다. 널따란 어깨도 날이 선 긴 바지도 어디 하나 흠 잡을 곳이 없어서 지미는 자꾸만 자신의 눈을 의심해야 했다.

이건 뭐 완전 모델이네.

무엇보다도 놀라운 것은 길슨과 나란히 앉아 있는 석빈의 모습이었다. 재민의 말대로 두 사람은 친구 사이가 분명했다. 친숙하고 스스럼없는 태도로 툭툭 쳐가며 농담을 하는 두 사람을 보면서 지미는 몇 번이나 자신의 손등을 꼬집어봐야 했다.

석빈의 말 한마디에 문전박대했던 그 행사요원이 대체 무슨 수를 썼냐는 표정으로 지미를 안으로 들여보내 주었다.

하지만 정해진 자리만큼은 어찌할 수 없었던지 그녀는 재민과 자리를 해야 했다. 그토록 선망했던 길슨은 두 테이블 건너 석빈과 자리하고 있는데.

하지만 그것도 나쁘지 않았다. 멀지도 않고 가까운 곳에서 모두들 그러하듯 길슨에게 노골적인 시선을 줘도 이상할 것이 없었기 때문이다.

"그렇게 좋아요?"

파트너처럼 곁에 앉아 다른 곳에만 시선을 두는 지미가 민망했는지 마침내 지금까지 조용히 기다리던 재민이 말을 걸어왔다.

"네?"

"너무하시네. 여기 앉아서 나한테는 말 한마디 걸지 않고 오로지 길슨만 쳐다보고 있으니."

서운한 듯 말하지만 그 말투 속에 다분히 녹아 있는 놀림에 지미는 샐쭉한 표정으로 웃었다.

"지금이 아니면 언제 또 길슨을 이렇게 가까이서 보겠어요? 본토에서 사는 사람들도 이런 기회는 흔치 않을걸요."

그래, 절대 흔하지 않은 기회다. 대한민국 국민이라면 더욱 이런 기회는 로또 1등 당첨되는 것보다 더 확률이 적은 기회일 것이다.

그런 월드스타와 친구가 되는 사람은 대체 뭐란 말이야?

그녀의 시선이 이번에는 길슨의 곁에 앉아 자신들의 사진을 찍는 것에는 상관 않고 길슨과 대화를 나누고 있는 석빈에게 향했다. 마치 무슨 농담을 한 듯 길슨이 그의 말에 또다시 웃고 있다. 그가 웃자 온 실내가 다 환해지는 기분이다.

아, 이래서 사람은 영어를 배워둬야 하는구나. 누가 예상했겠냐고? 이런 유명 헐리웃 배우와 한 장소에 있게 될 거라는 걸. 후회스럽다. 대학 시절 토플을 좀 더 공부했더라면 자신감을 갖고 길슨에게 다가가 말이라도 한번 걸어볼 수 있었을 텐데.

이제 와서 보니 윤석빈, 정말 존경스러운 인물이다. 길슨과 농담을 주고받는 사이라니.

더군다나 세계적인 배우와 함께 앉아 있음에도 불구하고 그는 조금도 부족할 것이 없는 당당한 모습이었다. 모르는 사람이 봤다면 아마도 같이 영화를 찍은 배우겠구나 싶을 정도로 외모조차도 길슨과 대등하게 빛나고 있었다.

윤석빈이 저런 남자였단 말인가?

그녀가 자신을 보는 것을 느꼈는지 길슨과 얘기를 나누고 있던 석빈이 갑자기 그녀를 쳐다보았다. 시선이 마주치자 석빈은 싱긋 웃어 보였다.

쳇, 누가 자기를 쳐다보고 있는 줄 알아? 꿈 깨셔!

그 순간 기적이 일어났다. 아니, 꼭 그런 것은 아니었지만 적어도 지미에게는 그러했다. 길슨이 석빈의 시선을 따라 이쪽을 바라본 것이다. 지미를 본 길슨이 석빈에게 몇 마디 묻는 것을 보며 지미는 길슨이 석빈에게 무슨 말을 한 것인지 느낄 수 있었다.

분명 이렇게 아름다운 여인이 누구인지 묻고 있는 것이겠지. 이 팔랑거리는 파란 원피스를 입고 오길 잘했어. 몇 벌 안 되는 화려한 옷 중 하나였지만 굿 초이스다.

석빈과 몇 마디를 나눈 길슨이 갑자기 자리에서 일어나 이쪽으로 걸어오기 시작했다. 오 마이 갓! 설마 나한테 말을 걸려고 오는 것은 아니겠지? 난 영어를 못하는데. 그리고 영어를 잘 못하는 것을 저 윤석빈에게는 보이고 싶지 않은데. 그는 아마도, 아니, 반드시 그럴 것이다. 그녀가 몇 마디 나눈 짧은 영어를 두고두고 흉내 내며 그녀를 볼 적마다 놀릴 것이다. 그 늑대 사건만 봐도 알 수 있지.

"이쪽으로 오고 있어요! 어떻게 해요?"

그제야 지미는 곁에 앉은 재민에게 다급하게 말을 걸었다.

"그냥 웃어주면 돼요."

그런 모습의 지미가 귀여웠는지 재민은 성의껏 대답을 해주었다.

"웃어요? 미친 사람처럼 보이지 않을까요?"

"미친 사람처럼 웃지만 않으면 돼요."

그 순간 두 남자가 빛을 가리며 섰다. 지미는 얼떨결에 자리에서 일어섰다.

석빈이 먼저 지미를 소개했다.

「이 사람은 김지미…….」

그 외에는 알아듣기 힘들었다. 몰라서 못 알아들은 것은 절대 아니다. 이건 순전히 너무 빨라서 못 알아들은 거다.

하지만 마치 다 알아들은 양 지미는 고개까지 끄덕였다.

"지미 씨, 이 사람은 당신도 잘 알고 있지? 길슨 웨이드."

길슨이 갑자기 한 손을 내밀었다.

오호호! 이 유명 월드스타의 손을 잡아볼 수 있는 기회가 내게도 오는구나!

그녀는 재민의 코치대로 미친 사람처럼 웃지 않으려 무진장 애를 쓰며 한 손을 내밀었다.

그 순간이었다. 길슨이 갑자기 그녀의 손을 끌어당겨 손등에 입을 맞추는 것이 아닌가. 오 마이 갓! 아냐, 릴렉스, 릴렉스! 심장이 가슴 밖으로 튀어나오는 것 같았지만 이 자리에서 마음처럼 펄펄 뛰었다가는 길슨이 당장 잡은 손을 놓고 입을 닦을지도 모른다.

그녀의 손에서 입술을 뗀 길슨이 무슨 말을 중얼거렸다.

「정말 아름다우시네요. 이래서 석빈이…….」

젠장, 그다음은 무슨 말인지 못 들었다. 절대 몰라서 못 들은 것이 아니다. 순전히 너무 빨라서 못 알아들은 것이다.

어쨌거나 내가 정말 예쁘다고 한 거, 제대로 알아들은 거지?

석빈이 그 말에 가볍게 대꾸하자 길슨은 큰소리로 웃었다.

"시 유 어겐!"

"시, 시 유? 오케이, 시 유 어겐."

오호, 이건 분명히 알아들었다. 길슨이 나한테 또 만나자고 한 거 맞지?

두 남자가 툭툭 치며 자리로 돌아가고 나서도 지미는 록 콘서트라도 여는 듯 마구 두드려 대는 심장을 진정시키기 힘들었다.

오, 이 손! 가슴에 가만히 대고 있던 손을 지미는 다른 한 손으로 잡아보았다.

그래, 이 손. 이제 넌 내 보물이야. 길슨의 키스를 받은 손이잖아? 사인받은 종이처럼 코팅해서 영원히 보존할 수만 있다면 얼마나 좋을까.

쿡 소리에 흘끔 곁을 본 지미는 재민의 웃음을 참는 표정을 어렵지 않게 볼 수 있었다.

"길슨이 그렇게 좋아요? 손을 떠받들기라도 할 것처럼 보이네."

"네. 가능하다면 대대손손 알릴 수 있게 기념사진이라도 있었다면 얼마나 좋을까 생각하고 있어요."

"아마도……."

무슨 말을 하려던 재민은 애써 다음 말을 삼켜 버렸다.

"아마도 뭐요?"

그런 것을 놓칠 지미가 아니다.

"석빈은 길슨과 찍은 사진이 몇 장 있을 겁니다. 전에도 길슨의 본가가 있는 영국에 여행을 갔다가 개인적으로 만나고 온 적도 있고……."

결국 석빈이 길슨과 사진을 찍은 거 대신 자랑해 주는 거였어?

"나도 길슨과 찍은 사진이 있거든요."

엥? 석빈뿐만이 아니라 여기 재민도 길슨과 사진을 찍었다고?

하긴, 재민이 석빈의 아파트에 놀러 오는 것을 보면 둘이 상당히 친하다는 것이고 석빈의 친구와도 친하단 뜻이겠지. 그럼 재민은 인기 헐리웃 배우를 한 다리 건너 알고 지낸다는 뜻도 되는 것이고.

아앙, 부럽다!

"그러니까 석빈에게 부탁을 한다면 그게 어렵진 않을 거라는 말씀이죠."

오호! 그런 거였어?

순간 반짝였던 지미의 눈이 이내 다시 시들해졌다.

잘도 해주겠다. 얼마 전까지 얼마나 내가 못되게 굴었는데. 사실 그 이유야 다 그가 선 자리에서 보인 그 못된 행동 때문이지만. 요즘은 좀 이상하게 구는 것이 전 같지는 않겠지만 또한 그게 무슨 꿍꿍이인지 아직 파악도 다 하지 못했다. 혹시 좋아하는 건가 싶기도 하지만 말도 안 되는 것이, 어제까지는 완벽한 남남처럼 별 관심 없이 행동하던 사람이 오늘이라고 좋다고 할 리는 없는 일이다. 분명 무슨 꿍꿍이가 있을 것이다.

그래도 밑져야 본전이라 생각하고 한번 부탁해 봐?

"그거 알아요? 길슨이 의외로 원예에 관심이 많은 거."

"네? 정말이요?"

하긴 저 얼굴은 순정만화에 꽃들과 함께 샤방샤방한 모습으로 나타나는 왕자님의 그림과 다를 것이 없다. 사납게 생긴 누구와는 달리 꽃을 좋아한다 해도 전혀 이상할 것이 없는 인물이었다.

"전에 석빈이 해준 얘긴데, 길슨의 영국 저택에 온실도 있는데 거기에는 희귀한 꽃이 참 많답니다."

완전 귀족이네, 귀족.

"지미 씨 꽃가게 하죠? 둘이 말만 통한다면 공통된 관심사도 많을 것 같은데."

이참에 영어 학원 끊어?

"이 꽃 장식도 지미 씨가 만든 거죠?"

재민이 테이블 위에 놓인 수반을 가리키자 지미는 불안한 시선으로 재민을 바라보았다. 지금까지 긍정적인 얘기를 죽 늘어놓고 설마 이런 실력으로는 길슨과 얘기할 수 없다, 이런 말은 안 하겠지?

"네. 이상해요?"

"내가 이렇게 규모가 큰 파티를 몇 번 참석했었는데 개중에 눈에 띄어서요."

"진짜요?"

이내 지미의 표정이 환하게 밝아졌다. 꽃 장식에 대한 칭찬 한마디에 길슨에 관한 이야기는 그새 다 잊은 모양이다.

"솜씨가 좋으신데요."

"그렇죠? 실은 자랑할 것은 아니지만 여기 이벤트 관계자도 그래서 꼭 내가 해주길 바란다고 한 거예요. 시간만 촉박하지 않았어도 더 괜찮은 작품을 만들어올 수 있었을 텐데."

"아닙니다. 아주 훌륭해요. 제가 이벤트를 했다 해도 꼭 지미 씨를 썼을 거예요. 아는 사람들에게 추천을 하고 싶을 정도입니다."

오호! 그 정도였어?

지미의 눈빛이 바뀐 것을 깨달은 재민은 자신의 찬사가 너무 지나쳤다는 생각을 했다. 하지만 이미 때는 늦었다. 지미가 핸드백을 뒤적이더니 작은 금박 명함 케이스를 꺼내는 것이다.

"제가 명함을 몇 장 드릴게요. 괜찮은 이벤트가 있으면 이 명함 하나만 건네주시면 돼요. 이름도 기억하기 쉬워요. 김지미

꽃집. 대한민국 국민이라면 대다수가 기억할 수 있는 꽃집 이름이죠."

이 중요한 순간에도 보이는 놀라운 마케팅의 열의와 순발력을 보시라! 장사의 귀재 김지미 나가신다!

"아하하, 네. 그러죠."

재민은 하는 수 없이 지미가 내민 명함을 받아 자신의 지갑에 집어넣었다. 명함 몇 장에 금세 갑부의 지갑처럼 두툼해졌다.

안주머니에 지갑을 집어넣던 재민은 문득 자신을 쏘아보고 있는 한 시선과 마주쳤다. 석빈이 어느새 재민의 손길을 따라 지갑을 노려보고 있다. 방금 지미에게 뭘 받았냐는 시선이다.

재민은 웃음이 흘러나오는 것을 애써 참았다.

아까 길슨과 함께 이 테이블로 왔을 때 석빈이 길슨을 지미에게 소개시켜 주던 멘트가 떠올라서였다.

아마도 지미는 하나도 못 알아들었을 것이다. 알았다면 지금 관계로 보았을 때 분명 화를 냈을 것이 분명하니까.

「길슨, 이쪽은 내가 최근에 각별하게 생각하고 있는 김지미 양이네.」

그리고 길슨이 지미의 손등에 키스하며 그녀가 얼마나 아름답게 빛나고 있는지 영국인 특유의 찬사를 섞어 말했을 때 석빈은 웃었지만 그의 입에서 나온 말은 웃음과는 전혀 무관한 내용이었다.

「자네, 그게 진심이었다면 자네 가족은 지금보다 훨씬 큰 부자가 될 거야. 보험회사에서 큰돈을 지불할 거니까.」

진심이었다면 가만두지 않았을 거란 뜻이었다. 그게 농담인 것을 알고 있었기에 길슨도 큰소리로 웃었고 재민 자신도 큰소리로 웃었다.

하지만 재민은 어렴풋이 느끼고 있었다. 며칠 전 그 커피 하우스에서 있던 일로 미루어볼 때, 지금 석빈의 그 말이 농담만은 아니란 것을.

석빈이 자신을 쳐다보고 있는 것을 알면서 재민은 지미를 향해 환한 미소를 지어 보였다.

"좋은 파티가 있을 때 꼭 전화하도록 할게요."

자신이 받은 것이 명함이라는 것을 굳이 알리기 위해 재민은 지미에게 전화 거는 손짓까지 하는 치밀함을 보였다. 무표정해 보였던 석빈의 이마에 살짝 줄이 간 것을 보며 재민은 마침내 석빈의 속내를 확신할 수 있었다. 저 녀석, 진짜 질투하고 있다.

"이렇게 신경 써주셔서 정말 감사해요."

재민의 속셈을 모르는 지미는 고마워할 따름이었다. 어제 꽃 꽂이를 하고 꽃 장식을 만드느라 밤을 새다시피 했지만 정말 보람있다. 오늘은 정말로 그녀의 스물일곱 일생에 있어 최고의 날

중 하나라 칠 수 있겠다.

길슨을 실제로 볼 수 있었고, 또 길슨의 손을 잡아볼 수 있었고, 길슨의 키스를 손등에 받았고, 사업상 또 하나의 잠재적인 판로를 얻은 것이니까.

착하게 제시간에 맞춰 울려주는 자명종 소리에 석빈은 시계를 껐다. 아침 여덟 시 반.

그러나 그는 이미 십오 분 전에 잠이 깨 있었다.

조금 있으면 지미가 출근하러 밖으로 나올 것이다.

그리고 며칠 전부터 석빈은 그녀의 출근 시간에 맞춰 '기막힌 우연'의 타이밍처럼 늘 그 시간에 문을 열고 나갔던 것이다.

파티가 끝나자 지미는 일찌감치 돌아갔다. 어차피 몇 명의 경호원들에 둘러싸인 길슨과 또다시 얘기하긴 그른 것 같고 더 이상은 볼일이 없다는 듯 그렇게 휑하니 나가 버렸다.

길슨의 공식 일정은 끝나지 않아 그날 길슨의 부탁으로 통역을 맡은 만큼 석빈은 길슨을 따라 다음 일정까지 따라가야 했다.

그리고 길슨의 마지막 공식 일정이 끝난 자정 무렵에야 석빈은 모든 일을 마치고 집으로 돌아올 수 있었다.

피곤에 지쳐 곧바로 침대에 들었고 잠이 많지 않은 그는 일찍 잠에서 깬 것이다.

트레이닝복을 입던 석빈은 문득 어제의 일을 기억하고 미간을 찡그렸다.

재민이 놈! 분명 지미에게 받은 것은 명함이었다. 전에 왔을 때 지미가 귀엽다, 예쁘다 하더니 보란 듯 그녀에게 명함을 그의 면전에서 받아낸 것이다. 석빈에게 약이라도 올리는 것처럼.

내가 어제 길슨에게 한 말을 들었음에도 불구하고 말이다.

지미, 그 여잔 대체 뭐 하는 여자람? 얼마 전에는 내가 선물한 스카프를 두르고 선을 보더니, 어제는 길슨이 좋다고 파티에 들여보내 달라고 애원하다시피 하고, 들여보내 줬더니 길슨만 쳐다보며 재민에게 명함을 주었다.

아침마다 어떻게든 말을 걸어보려고 애를 쓰는 나한테는 눈길 한 번 주지 않더니 말이다.

자존심이 팍 상했다.

그래, 운동을 하려고 이 시간에 나가는 거지 오늘은 지미, 당신을 만나려고 이러는 것이 아니야. 나도 자존심이란 것이 엄연히 있거든?

그는 호기있게 문을 열어젖혔다. 그리고 혹시 지미를 마주치지는 않을까, 마주쳐서 기가 막힌 우연을 만들었단 의심을 사기 싫어 뒤도 안 돌아보고 엘리베이터로 곧장 향했다.

현관 앞의 거울에서 자신의 모습을 마지막으로 점검하고 있는 지미의 기분은 상쾌하기 짝이 없었다.

아직도 잊을 수 없다. 어제의 그 감동이란. 그토록 좋아하던 배우 길슨을 가까이서 보았다. 그뿐이던가, 그 길슨에게서 손등에 키스를 받았다. 대한민국 20대 미혼 여성 중 길슨의 입술에 키스를 받은 여자가 있으면 나와보라고 해! 비록 그게 입술이 아니라 손등이었지만 그런 것은 지미에게 중요한 것이 아니었다.

잠을 제대로 못 잔 것은 지극히 당연한 일이었을지도 모르겠다. 그렇게 기분이 들떴는데, 그 들뜬 기분을 절대 가라앉히고 싶지 않은데 잠이란 것이 오겠는가.

잠을 못 자서 두 눈이 충혈되었지만 그래도 오늘 아침, 기분만큼은 최고조였다.

문이 열리는 소리에 지미는 신발을 신다 말고 화들짝 놀랐다.

아니, 옆집 문이 먼저 열리다니 이런 기적이 다 있나?

마치 일부러 그러는 양 그녀가 문을 열면 바로 옆집 문이 열리며 기가 막힌 우연을 만드는 것 같았는데 오늘은 그런 우연이 겹치지 않을 모양이다.

하지만 그녀는 이내 생각을 바꿔먹었다.

그래도 길슨을 만나게 해준 사람인데, 길슨을 알고 지낸다면 업고 다니겠단 생각을 했을 정도로 대단한 사람인데, 최소한 감사의 인사 정도는 해줘야 할 것 같다.

다행히 엘리베이터는 막 도착한 모양인지 문이 열리고 있었다.

"잠시만요!"

다른 때라면 그 엘리베이터가 내려갔다 다시 올라올 때까지 기다렸을 것이겠지만 지금은 아니었다. 그녀는 소리를 지르며 엘리베이터가 닫히기 전에 간신히 안으로 들어갔다.

석빈이 무표정한 얼굴로 엘리베이터의 열림 버튼을 눌러주고 있었다.

검은색 트레이닝복. 어제의 그가 생각이 났다. 검은 정장이 놀랍도록 잘 어울렸던 석빈. 석빈이 그렇게 멋있는 남자라는 것은 그 순간 처음 깨달았다. 아니, 조금 잘생겼다고는 생각했지만 그렇게 한눈에 콱 박히는 그림인 줄은 그때 처음 알았다. 그는 확실히 검은색이 잘 어울렸다.

"좋은 아침이네요."

처음 있는 일이었을 것이다. 이렇게 살갑게 지미가 먼저 말을 걸었던 것은. 아니, 생글생글 웃는 얼굴을 한 것이.

그는 대답도 없이 고개만 끄덕이고는 엘리베이터 문이 열리길 바라는 듯 시선을 정면에 고정시키고 있었다.

다른 때라면 얼마 전에 그랬던 것처럼 마치 희롱이라도 하듯 농담을 던졌을 그였기에 그의 그런 반응은 지미에게 의외였다.

"어젠 고마웠단 말을 하고 싶었어요. 정말로 내 생애 최고의 순간이었을 거예요."

썰렁한 분위기가 더욱 그녀로 하여금 꿋꿋하게 말을 잇게 만들었다.

"석빈 씨가 아니었다면 정말 길슨을 직접 볼 수 없었을 거예요."

"……."

오늘은 정말 분위기가 이상하다. 평소의 석빈이라면, 아니, 평소는 절대 아니지만 최근의 석빈이라면 그녀가 운동하러 가는 이 아침에 나긋하게 말 한마디 걸어준 것에 대해 무척이나 반가워했을 것이다. 하지만 그는 무슨 심통이 난 것인지 그녀의 말에 도통 대꾸를 해줄 생각을 않고 있다.

"길슨 웨이드가 내가 제일 좋아하는 배우인 것 알아요? 어제 몇 년 동안 꿈꾸던 것을 이룬 거예요. 물론 같이 사진이라도 한 장 찍었더라면 좋았을 텐데, 아니, 사인이라도 한 장 얻었다면 그거로도 만족했을 거예요. 조금 아쉽긴 하지만 그래도 길슨의 손을 잡아보고 길슨이 손등에 키스도 해주었으니까, 사실 그것만으로도 엄청 만족은 하고 있어요."

조심스럽게 자신의 목적을 슬그머니 내비쳐도 그의 대꾸가 없자 엘리베이터 안의 분위기가 마치 혹한기에 밖에 세워둔 냉장고 안처럼 썰렁하게 느껴져 그녀는 자신도 모르게 수다스럽게 변하고 있었다. 속으로는 이 극한의 고통스러운 상황에 제 발로 뛰어들어 온 것을 원망하면서도 말이다.

그의 머리가 살짝 움직이는 것이 보였다. 마치 그가 코웃음이라도 친 것처럼 말이다. 아니, 정말로 코웃음을 친 건가? 왜?

이렇게 상쾌한 아침부터 무슨 안 좋은 일이라도 생겼나? 새벽에 작업한 것이 마음에 들지 않는다는 전화라도 받은 건가?

여하튼 대답은 끝끝내 돌아오지 않았다. 그녀도 그에게 말을 걸 기분이 사라지고 말았다.

변덕은 여자의 전유물인 줄 알았더니 그게 아닌 모양이다. 어제까지는 자신을 어떻게든 꼬셔보려고 하는 것처럼 보였는데 단 하루 만에 뭐가 바뀐 모양인지 그는 지미에게 살갑게 눈웃음 한번 쳐주지 않았다.

쳇, 말아. 나도 굳이 무시당하면서 말 걸 기분은 아니니까.

엘리베이터가 1층으로 내려올 때까지의 시간은 그녀가 엘리베이터를 탄 중 가장 숨 막히는 순간이었다.

마침내 엘리베이터가 1층에 서며 문이 열리자 그녀는 재빨리 인사했다.

"그럼 먼저 갈게요."

행여라도 그가 마음이 변해 말을 걸세라 그녀는 엘리베이터 문이 다 열리기도 전에 밖으로 향했다.

"잠깐."

그때였다.

그녀의 손은 이미 그의 강한 손에 잡혀 있었다. 지미의 시선이 자신을 잡은 손에서 그 주체인 석빈의 얼굴로 옮겨갔다. 그가 미간을 찌푸린 채 그녀를 내려다보고 있었다.

"우리, 데이트해 보는 것이 어때요?"

"뭐라고요?"

이런 얼굴로 데이트 신청하는 남자는 진짜 처음이다. 얼굴만 보아서는 누가 데이트 신청하고 있는 거라 생각할까.

"데이트 말이야. 저녁도 같이 먹고 영화도 같이 보러 가고, '나 잡아봐라' 하면서 바닷가도 달리고 하는 그런 데이트."

머리가 어떻게 된 거 아냐? 며칠 전부터, 먹던 약을 끊었나? 왜 갑자기 이러는 거야?

"내가 왜요?"

그녀의 질문에 말문이 막힌 듯 석빈은 잠시 입을 굳게 다물었다. 그러나 이내 그는 마치 못할 말이라도 하는 듯 작은 목소리로 중얼거렸다.

"다섯 번만 만나. 첫 데이트 때 길슨을 다시 만나게 해줄게요."

정말 머리가 어떻게 된 것이 맞다. 지금 그걸 말이라고 해? 내가 어린애야? 길슨을 만나게 해준다는 말에 넘어가게.

"길슨이요?"

하지만 지미는 자신의 의지와는 상관없이 그가 한 말을 확인하는 절차에 들어가고 있었다.

그가 고개를 끄덕였다.

"다섯 번만 만나면 된다고요?"

"다섯 번 만나고 나서 다시 결정하자는 말이요. 다섯 번은 만나야 최소한 상대가 어떤 사람인지는 알 수 있지 않겠어?"

'모르는 척 무시해 주려고 했는데.'

사실 지금 석빈의 감정은 살짝 비틀려 있었다. 길슨에게 완전히 넋이 나가 있던 어제의 지미 모습이 신경에 거슬려 어젯밤은 거의 잠도 자지 못했다. 공연히 약이 오르고 서운했다. 자신에겐 흥흥 코웃음만 치는 여자가 어제 길슨에겐 그렇게 환하게 웃었다. 분명 내가 각별히 생각하고 있다는 말을 내비쳤는데도 거기에 대해선 눈곱만큼의 반응도 보이지 않는다.

좋다. 나도 자존심 하나만은 에베레스트산만큼 높고 커다란 사나이다. 나를 따라다닌 여자들을 줄 세우면 서울에서 부산까지 왕복할 정도로 까마득하다. 그런 내가 뭐가 아쉬워 나 무시하는 여자를 상대하랴.

그래서 무시했더니 갑자기 친근한 척 다가와 상냥하게 말을 붙이더니 결국 이야기의 끝을 길슨으로 한다.

끊임없이 내뱉는 지미의 길슨이란 말에 결국 석빈의 냉랭함은 깨졌다.

석빈은 지미를 알고 싶었다. 왜 그녀가 다른 남자들과 웃으며 이야기하는 것을 볼 때마다 이렇게 가슴이 들끓는 것인지 그 이유를 확인하고 싶었다.

"알았어요. 약속 지켜야 해요."

짧게 대답하고 지미는 엘리베이터 밖으로 총총 달려나갔다.

그런 그녀의 뒷모습을 보며 석빈은 머리를 쥐어뜯듯 움켜잡고 서 있었다. 아, 정말 비참하다. 데이트하기 위해 친구를 팔아넘기다니. 윤석빈, 대체 왜 이렇게 된 거야?

5장
데이트? 데이트!

얼렁뚱땅한 약속이라도 약속은 약속일 터!

비록 석빈이 데이트 이야기를 꺼낼 때는 이 무슨 헛소리냐 하는 얼굴로 한껏 내숭을 떨었지만 솔직히 석빈에 대한 감정이 그리 나쁜 것은 아니었다. 일단 행사장에서 본 양복 차림의 석빈은 그야말로 킹카 중의 킹카였다. 생각해 보라. 영화 번역가에서 독보적이라지, 게다가 양복 입은 것을 보니 꽤나 간지 흐르지, 얼굴도 그만하면 잘생겼지, 며칠 전 선을 고의로 망친 그 사건만 아니었다면 그에 대해 나쁜 감정은 하나도 있을 것이 없다.

그러니 그가 제안한 5번의 데이트 약속은 지미에게는 횡재나 마찬가지였다. 무엇보다도 길슨을 만나게 해준다고 했으니 횡재 중에서도 아주 대단한 횡재라 할 수 있었다. 길슨 웨이드를 만날 수 있다면야 5번이 문제냐? 50번 100번도 해줄 수 있지.

꽃집에 나온 지미의 마음은 풍선처럼 부풀어 있었다. 어제 길슨을 만났다는 감격도 채 가시지 않았는데 다시 길슨을 만나게 된다는 행운이 눈앞에 펼쳐졌으니 얼마나 기쁜지 꼭 꿈을 꾸는 기분이었다. 그래서 지미는 명우가 20분이나 지각을 했는데도 너그럽게 용서했다. 그뿐이랴.

"어머, 달려왔구나. 내가 시원하게 냉커피 타줄까?"

지각을 해서 잔소리를 들을 것이라 생각했던 명우는 지미의 뜻밖의 태도에 금붕어처럼 입을 벙긋거렸다.

"사장님, 왜 그래요? 혹시 어제 길슨 웨이드를 먼발치에서나마 본 거예요?"

"아니."

먼발치는 무슨. 바로 코앞에서 보았단다. 금실 같은 머리카락을 10센티 거리에서 보았다고. 그 새파란 눈동자를 보며 인사했다고. 그뿐인가. 길슨웨이드가 이 손에 직접 키스를 했다고.

여기지? 하며 자신의 손등에 입술을 문지르는 지미를 보며 명우가 고개를 갸웃거렸다. 오늘 지미가 이상해도 아주 많이 이상했다.

"왜 그래요? 사장님. 무섭게."

"무섭다니? 너 말을 해도."

지미가 주먹을 쥐자 명우가 냅다 도망을 치기 시작했다. 좁은 화원 안을 뱅뱅 돌던 지미가 끝내 잡히지 않은 명우를 향해 티슈 통을 집어 들어 던지려는데 전화벨이 울렸다. 살았다는 듯 명우가 대뜸 전화를 받았다.

"네. 이 세상에서 가장 아름다운 김지미 꽃집입니다."

한국말이 어려운 것은 같은 문장을 말해도 아주 여러 가지로 해석될 수 있기 때문일지도 모른다. 이 세상에서 가장 아름다운 김지미 꽃집입니다라는 말만 해도 그렇다. 가장 아름다운 것이 김지미 그 여자를 말하는 건지? 아니면 영화배우 김지미 씨를 말하는 건지? 그것도 아니면 꽃집이 아름답다고 하는 건지 확실히 알아듣게 말해야 하는 것 아닌가. 밑도 끝도 없이 전화 받아서는 뭐? 이 세상에서 가장 아름다운 김지미 꽃집이라니? 누군지 모르지만 이놈 한국말도 제대로 할 줄 모르는 놈이잖아. 말이란 상대에게 자신의 의중을 가장 정확하게 전달해야 하는 거 아닌가?

마뜩찮은 생각에 인상이 써지는 걸 참고 석빈이 목소리를 다듬었다.

누구냐 넌? 이렇게 묻고 싶은 것을 꾹 참고.

"윤석빈이라고 합니다. 김지미 씨 좀 부탁합니다."

[아, 예. 잠깐 기다리십시오.]

상대가 석빈만큼이나 목소리를 깔았다. 이놈 보게? 은근 기분 나쁘게 나오는데? 공연히 마음속에서 무언가가 화르륵 타오르기 시작했다. 급작스럽게 기분이 나빠졌다.

[여보세요?]

전화로 듣는 지미의 목소리는 평상시보다 더 낭랑했다. 약간은 톤이 높은 목소리가 따르르 울려 나왔다. 무엇을 했는지 숨을 헉헉 내쉬고 있는 지미였다. 석빈은 눈썹을 들어 올렸다.

헉헉 몰아쉬는 지미의 숨소리가 연상시키는 것이 좀 민망해서였다.

"대체 뭘 하고 있는 거요?"

[네?]

"뭘 하고 있냐고."

[전화 받잖아요.]

"받기 전에 한 것을 물은 겁니다."

[남이야 뭘 하든 윤석빈 씨가 뭔 상관이래요?]

그건 그렇다.

"전화 받은 남자는 누구요?"

[누구든 뭔 상관인데요?]

그것도 그렇다.

젠장, 석빈은 이유없이 씩씩거려지는 것을 참기 위해 책상을 발로 뻥 찼다.

"윽!"

젠장, 좀 살살 찰 것을. 발끝에 전해지는 통증이 어찌나 찌르르한지 그 발을 잡고 경중거리고 싶을 정도였다. 저도 모르게

낸 신음 소리를 지미가 못 들었기를 바랐지만 그것은 헛된 희망이었다.

[어머, 왜 그러세요?]

눈치없게 즉각 물어온다. 석빈은 저도 모르게 퉁명스럽게 대꾸했다.

"뭘 상관이요?"

허, 참.

분명히 그런 소리가 들린 것도 같지만 그것이 진짜 들렸는지 어쨌는지 모르고 암튼 잠깐 동안 전화기 속에선 아무 소리도 들려오지 않았다. 아마도 진짜로 지미가 그런 소리를 냈다면 퉁명스런 그의 말투에 발끈한 것이리라. 전화기를 가리고 혼자서 종알거리거나 눈을 흘기고 있을지도 모른다. 그거 참 귀여운데. 석빈은 지미가 혼자서 입술을 삐죽거리거나 새침을 떨 때의 표정을 생각하며 저도 모르게 슬쩍 웃음 지었다.

"왜 아무 말도 안 하는 거요?"

아, 이렇게 퉁명스럽게 말할 생각은 없는데. 왜 지미에게만 말이 퉁명스럽게 나가는 것인지 모르겠다. 또 샐쭉하겠는데?

[여보세요, 전화 건 사람은 제가 아니고 윤석빈 씨거든요. 그러니까 할 말이 있는 사람도 윤석빈 씨 아닌가요?]

역시나. 팩 토라진 것이 분명하다. 어쩌면 고양이처럼 허공을 손톱으로 할퀴고 있을지도.

"우리 데이트 날짜 때문에 전화했는데. 내일모레 시간 좀 내지."

[안 돼요. 내일모레는 휴일도 아닌데……]

"길손이 내일모레 아니면 시간을 낼 수가 없다는데."

[어머나. 그래요? 그럼 내일모레로 해요. 호호호.]

갑자기 지미의 웃음소리가 간드러졌다. 좋아 죽는 모습이 눈에 선하게 그려졌다. 공연히 기분이 나빠진 석빈이 잔뜩 인상을 썼다.

"그럼 내일모레요. 우리 첫 데이트 날짜."

[네, 네. 그런데 윤석빈 씨, 그날 정말로 길손을 만날 수 있는 거죠?]

"믿지 못하면 말든지."

[아뇨, 아뇨. 아니에요.]

석빈은 전화를 뚝 끊어버렸다.

이 여자가 누구는 윤석빈 씨고 누구는 길손이야? 뭔가 자꾸 기분이 나빠지고 있었다.

모든 준비를 끝내고 석빈을 기다리는 동안 지미의 심장은 그야말로 혼자서 야단법석을 떨어댔다. '쿵쿵쿵쿵쿵쿵쿵쿵' 이런 소리도 내고 '두근두근 두근두근……' 이런 소리도 내면서 말이다.

지미는 시간을 확인했다. 석빈이 11시에 온다고 했으니 이제 5분만 기다리면 된다. 거울 앞에서 매무새를 점검한 지미는 흡족한 미소를 지었다.

뭐 이 정도면 나도 썩 괜찮지 않아?

이틀 동안 전신마사지에 피부 마사지 그리고 네일에 헤어케어까지 평소의 그녀로선 엄두도 못 낼 것들을 전부 한 뒤라 그런지 피부는 촉촉하고 머릿결은 윤이 자르르 흐르는 것이 그녀가 봐도 반짝거렸다. 게다가 눈 질끈 감고 지금 입고 있는 옷도 백화점에서 질렀다. 검은색에 하얀 스트라이프의 무척이나 세련돼 보이는 세미 정장이었다.

지미가 마지막으로 화장대에서 향수를 들어 손목과 목덜미에 흠뻑 뿌리는데 벨이 울렸다.

문을 열자 석빈이 지미의 모습에 놀란 얼굴을 했다. 쓰으윽 지미의 위아래를 훑어 내렸다. 찬탄의 빛이 그의 표정에 새겨지는 걸 보고 지미는 만족의 웃음을 웃었다.

"크리스찬 디올?"

숨을 들이켠 석빈의 표정이 조금 굳어졌다.

"네, 길슨 웨이드가 제일 좋아하는 향수라면서요."

"아닌데."

"네?"

"디올은 그저 공식적으로 좋아하는 향수라고 한 거고 실제로 길슨이 좋아하는 향은 그것이 아닌데. 길슨은 사실 무스크 향 쪽을 더 좋아하지. 그 향기만 맡으면 그냥 넘어갈 거야."

"정말요?"

"길슨이 향기에 민감한 거 모르나? 팬이라면서."

"그럼요, 그러니까 크리스찬 디올을 뿌렸죠."

"그쪽은 생각이 얕군. 향기에 민감한 사람이 더구나 늘 여자들의 유혹에 시달리는 사람이 자신이 좋아하는 향수 이름을 순순히 가르쳐 줄까? 만나는 여자마다 자신이 뻑 넘어갈 향수를 뿌린다면 그것이 얼마나 괴롭겠어. 그래서 그는 자신이 별로 좋아하지 않는 향수를 좋아한다고 했다고."

그럼 괜히 이걸 뿌렸네. 무스크 향도 하나 가지고 있는데. 지미의 생각을 눈치 챘는지 석빈이 빙글 웃었다.

"아직 안 늦었으니 다른 옷으로 갈아입지 그래요? 다른 옷을 입고 무스크 향을 뿌려요."

은근한 석빈의 목소리가 무척이나 유혹적이었다.

무스크 향이 강한 페레가모를 뿌리기 위해 입고 있던 옷을 갈아입고 세수도 다시 했다. 왜인지 모르지만 석빈이 20분 시간을 주겠으니 다시 준비를 하라는 제안을 했기 때문이었다. 새로 산 옷을 입지 못한다는 것이 좀 억울했지만 어쩔 수 없는 일 아닌가. 그녀는 디올의 잔향이 배인 옷을 벗고 즐겁게 다른 옷을 입었다. 핑크빛 셔츠에 군청색 바지를 입고 목에다 군청색 물방울 무늬가 있는 하얀 스카프를 맸다. 물론 그 스카프에 페레가모를 듬뿍 뿌리고서.

"그건 뭐요?"

시간이 돼 다시 집으로 찾아온 석빈이 지미가 끌어안고 있는 꽃다발을 턱짓했다. 길슨이 좋아한다는 하얀 칼라를 한 아름 안고 있던 지미는 자랑스럽게 대답했다.

"길슨 웨이드에게 주려구요. 길슨이 칼라 꽃을 가장 좋아한다고 해서요."

석빈이 불편한 속을 혼잣말로 중얼거렸다. 참으로 곤란했다. 칼라 꽃을 안은 지미의 모습이 묘하게 아름다웠다. 핑크빛 셔츠가 수줍은 소녀처럼 보이게 하는 데다 칼라 꽃은 청순해 보이기까지 만들었다. 뭔가 마술을 부리기라도 한 것인지 모른다.

절대 그럴 리가 없겠지만…… 아니, 또 모른다. 이러다간 길슨이 반해 버릴 수도 있겠다.

"데이트는 나하고 하면서 꽃은 다른 사람에게 주는 거 어떻게 생각해요?"

"아무 생각도 안 하는데요?"

"그럼 생각해 봐. 지금 이러는 게 데이트하는 사람에 대한 예의인지 아닌지."

기가 막혀서. 지미는 코웃음을 칠 뻔했다. 내가 데이트하는 사람 놔두고 한눈파는 것도 아닌데 무슨 말을 이렇게 한담? 뭐? 데이트는 나하고 하면서 꽃은 다른 사람에게 줘? 아니, 길슨 웨이드가 사람이야? 월드스타지. 팬으로서 꽃다발을 주겠다는 걸 뭘 그리 예의 따지고 든담.

"그리고 정말 궁금해서 묻는데 대체 길슨 웨이드보다 훨씬 잘

생기고 멋진 남자는 놔두고 왜 길슨이 멋있다고 하는 거요?"

"내가 누굴 놔두었는데요?"

"나."

"윤석빈 씨가 길슨 웨이드보다 멋지다고요?"

"키도 더 커, 얼굴도 더 잘생겨, 인간성도 더 좋아, 내가 길슨보다 못한 게 한 가지라도 있는 줄 알아?"

"유머 감각은 확실히 더 많은 것 같네요."

아무리 농담이라지만 어떻게 길슨에게 자신을 비교할 수 있담. 쫙 눈을 째렸다가 지미는 고개를 갸웃했다.

음, 뭐 좀이지만 잘…… 생기긴 했구나.

길슨을 만난 곳은 그가 투숙하고 있는 호텔 지하의 카페에서였다. 카페에 구비된 룸은 엘리베이터의 옆이어서 이용하기도 편하고 출입구와 가까우면서도 입구가 차단돼 있어 사람들의 이목을 피하기 좋은 곳이라고 했다.

정말로 만난다.

어둑하지만 굉장히 고급스런 카페의 룸으로 들어선 지미는 웃는 얼굴의 길슨을 발견한 순간 오면서 계속 되뇌던 인사말을 모조리 잊어버렸다.

'하우 두 유 두'도 '나이스 투 미트 유'도. 하다못해 '하이'까지도.

"안녕하세요, 길슨. 또 만났네요? 정말 반가워요."

길슨의 앞으로 달려간 지미가 한국말로 신나게 인사말을 하며 안고 온 칼라 꽃다발을 내밀었다.

"땡큐……."

칼라 꽃을 받으려고 손을 내밀던 길슨의 동작이 일순 멈추었다.

"오, 노."

웬 오노? 오노라면 동계올림픽…… 이 몹쓸 유머 감각 같으니라고.

"노오."

얼굴이 하얗게 질린 길슨이 고개를 돌리고 헛구역질을 시작했다. 그의 경호원과 비서들이 기겁을 하고 몰려들었다. 누군가에게 밀쳐진 지미는 순간 멍해졌다. 뭔가 몹시 소란스럽고 긴박해졌다.

왜 저러지? 속이 안 좋은가?

길슨의 비서가 뭔가를 다급하게 하는 말을 들은 석빈이 지미의 어깨를 건드렸다.

"미안하지만 오늘의 미팅은 여기서 끝내야 할 것 같은데. 보다시피 길슨의 건강이 안 좋아. 지미 씨가 여기서 나가줬음 좋겠다고 요구하잖아."

"왜요?"

"저런 모습을 보이고 싶겠어?"

하긴 그럴 테지. 길슨 옆에서 물러 나와야 한다는 것은 슬플 정도로 안타까웠지만 어쩔 수 없는 일이었다.

"일단 나갑시다. 저 모습을 보이기 싫은 모양이니까. 그리고 길슨의 저런 모습을 본 것에 대해선 누구에게도 말해선 안 돼."

"아, 네. 알았어요, 아무 말도 하지 않을게요. 그런데 길슨의 건강이 많이 안 좋은 거예요?"

영어가 조금만 길면 길슨이 왜 저러는지 알아들을 텐데. 지미는 별수 없이 룸에서 물러 나왔다. 지미가 나가자 새하얀 얼굴로 욱욱거리던 길슨이 석빈을 향해 손가락을 까딱했다.

「많이 괴로워?」

「일부러 그랬지?」

「뭘.」

「그녀에게 무스크 향을 뿌리게 한 것 말이야.」

길슨은 15살 때 대취한 적이 있었다. 그때 술에 잔뜩 취해서 향수를 마셔본다고 입안에 털어 넣은 적이 있었다. 그것이 무스크 향수의 한 종류였고 그 진한 향기로 눈물이 전부 빠질 때까지 오바이트를 했다. 그 후 무스크 향만 맡으면 그때가 연상돼 반동처럼 속이 뒤집히는 길슨이다. 그걸 잘 아는 석빈이 동행한 여자에게 무스크 향을 뿌리게 하고 데려온 것이다.

「하여간 자넨 나쁜 놈이라니까.」

「뭐, 그건 나도 잘 아는 일이지.」

두 사람은 다음을 기약하고 악수를 했다. 언제 또 만날지 아니면 이젠 다시 못 만날지 기약할 수 없었지만 그저 다음에 보자라는 말만 나누었다.

「빈, 메일로도 좋으니 가끔 연락을 해.」

「오케이.」

「예쁜 아가씨에게도 인사 전하고.」

지미에게서 풍기는 향수의 냄새만 아니라면 지미를 불러 그녀의 뺨에다 키스를 해서 석빈이 저지른 짓을 보복할 텐데 워낙에 그 향기에 질려 버린 길슨은 지미를 불러들일 엄두를 내지 못했다.

교활해졌구나. 윤석빈.

상당 기간 잘 알았던 친구의 얼굴을 바라보며 길슨은 싱긋 웃었다.

그의 눈엔 친구가 사랑에 빠진 남자의 모습으로 보이고 있었다.

쳇, 이게 뭐람.

지미는 풀이 죽은 얼굴로 서 있었다. 석빈은 길슨이 위로 올라가기 전 그와 잠깐 대화를 나누고 있다. 다 죽어가는 얼굴의 길슨을 보니 이건 자신을 빨리 보내려는 꾀병은 아닌 듯한데, 어젯밤 잠을 설치며 연습했던 몇 마디의 영어를 한마디도 써보기 전에 모든 상황은 끝나 버리고 말았다.

이러기 위해서 며칠 전부터 백화점이다, 스킨케어다 다녔단 말인가. 옷은 바깥 공기를 쐬기도 전에 벗어야 했고 이 말갛고 투명한 피부를 보이기도 전에 길슨은 얼굴이 하얗게 질렸다. 네 일아트를 한 것은 눈치나 챘을까?

아휴! 이게 내 복이란 거지. 왜 하필 지금 갑자기 몸이 아픈 것인지, 십여 초의 시간 동안 길슨을 만나고 남은 것은 그닥 마음이 가지 않는 옆집 남자, 윤석빈과의 데이트뿐이다. 그것도 다섯 번씩이나!

사람 마음이란 것이 어디 들어갈 때 다르고 나올 때 다르다더니 길슨을 만나기 전에는 석빈과의 데이트가 감사할 따름이었지만 이젠 꿈 같은 방학 기간이 며칠 안 남고 숙제만 산더미처럼 쌓인 학창 시절의 그때와 같은 기분일 뿐이었다. 한마디로 석빈과의 데이트는 숙제란 말이다.

길슨이 수행인들에 둘러싸여 자신의 객실로 올라가고 자신의 곁에서 짐짓 미안한 표정으로 서 있는 석빈을 바라보며 지미는 작게 한숨을 내쉬었다.

"어디 갈까?"

마치 숙제를 미리 끝내고 남은 방학 기간을 마음껏 즐기려는 학생 같은 표정의 석빈. 어찌 이리 자신과 상반된 얼굴일까?

"생각해 둔 곳 있어요?"

얼굴에 자신의 생각이 드러날까, 그래도 길슨을 만나게 해주기 위해 힘을 쓴 석빈에게 최대한의 예의로써 애써 웃어 보이며 지미가 물었다.

어디든 단둘이 있을 만한 곳. 으슥한 곳. 음침한 곳. 내 집의 침실.

석빈의 머릿속에는 순식간에 가고 싶은 곳이 수도 없이 떠올랐지만 입 밖으로 꺼냈다가는 그나마 단 한 번의 데이트도 제대로 끝내지 못하고 끝날 것이다.

"저녁 먹으러 갑시다."

"저녁이요?"

별로 내키지 않았다. 지금 이 기분에 석빈과 저녁을 먹으면 반드시 체할 것 같은데.

"스테이크를 맛있게 하는 집을 알고 있어. 그 집 샐러드도 괜찮다지?"

생뚱맞게 웬 샐러드? 고개를 갸웃거리던 지미는 그가 한 말의 뼈있는 농담을 알아차렸다. 그때 근우와 하던 대화를 비꼬는 것이다.

"스테이크 진짜 싫어하거든요."

그리 싫어하는 것은 아니었지만 지미는 심술이 나 퉁명스럽게 대답해 버리고 말았다.

"한정식 사주세요."

30여 가지의 풀코스로 나오는 한정식을 배부르게 먹은 지미는 아까보다는 기분이 많이 나아져 있었다. 그냥 집으로 데려다 달라고 하지 않을 정도로 최소한의 예의를 지킬 만큼은.

"이 집 뒤에 작은 산책로가 있어. 여기서 배불리 먹고 적당히 산책을 할 수 있도록 말이야."

조금씩 먹었음에도 그 많은 가짓수에 과식을 하게 된 지미는 산책을 하잔 말이 그리 싫지는 않았다. 그의 말대로 조금 걷다 보면 배불리 먹어서 튀어나온 이 똥배가 들어갈 것이다. 예쁜 여자와 똥배는 어울리지 않으니까.

식당 뒤의 낮은 동산을 향한 멋진 철책으로 산책로는 이어져 있었다. 거부감이 안 들 정도로 아름다운 가로등이 그 길을 밝히는데다 아직 그 길을 즐기는 많은 연인들로 인해 그리 위험해 보이지도 않았다.

맑은 산 공기를 맡으며 지미는 나무로 된 계단을 하나씩 밟고 올라가기 시작했다.

아무 말 없이 석빈은 그녀의 뒤를 따랐다. 그녀에게서 풍겨나는 시원한 향취. 길슨에게는 속을 뒤집는 향이었겠지만 석빈에게는 오로지 남성을 유혹하는 페로몬일 뿐이다.

난간을 손으로 잡으며 천천히 계단을 오르는 지미. 노란 가로등 불빛 때문인가, 그녀의 뽀얗고 작은 손이 그의 시선을 사로잡았다. 잡고 싶었다.

하지만 그런 행동은 그녀를 놀라게 할 것이다. 놀라서 비명을 지를지도 모르고 그를 밀쳐 버리고는 다시는 안 보겠다고 할지도 모른다.

젠장, 대체 뭐가 이리 어려워?

석빈의 인생에 있어서 여자는 쉬운 존재였다. 한 번도 누군가를 유혹해 본 적이 없었다. 그럴 마음이 들 정도로 그를 매혹시킨 여자도 없었고, 괜찮은 여자다 싶어도 항상 먼저 접근을 해왔으니까. 그랬기에 지미는 그에게 있어 어떻게 해야 할지 난감한 존재였다. 한 번도 안 해본 고민을 하게 만들고 있었다. 하다못해 이곳에 온 다른 커플들처럼 손을 잡거나 어깨를 끌어안고 가는 것이 아니라 꽁무니나 쫓아 올라가는 것이 전부가 아닌가.

젠장, 여기 가로등은 왜 이리 휘영청 밝은 거야? 조금 어둡기라도 했으면 지미가 발을 잘못 옮겨 비틀거리기라도 했을 텐데. 그럼 아주 자연스럽게 그녀의 손을 잡아주었을 것이다.

마치 온몸에 '거부'라는 갑옷을 입은 여전사처럼 지미는 씩씩하게 이곳을 잘 올라가고 있다.

포니테일로 묶은 뒷머리 아래 뽀얀 목덜미가 오늘따라 그를 유혹하듯 보인다. 입술을 대보고픈 가냘픈 목덜미다.

손도 안 잡아본 사이에 목덜미에 입술을 가져다 댈 순 없는 거지. 일단은 손을 잡는 것이 중요해, 손!

그는 슬그머니 지미의 곁으로 나란히 서서 계단을 오르기 시작했다.

계단이 꺾이는 곳에 선 지미는 잠시 서서 난간에 두 팔을 기댄 채 지금까지 자신이 올라온 곳을 바라보았다. 그리 높이 올라오지는 않았지만 이 식당 자체가 조금 깊은 산중에 있는 터라 두 사람이 서 있는 위치에서도 저 아래 계곡과 멀리 차가 지나가는 도로의 붉은 불빛들이 아른거리게 보였다.

"여기 마음에 들어요, 석빈 씨."

대체 왜 그녀를 동그랑땡이라 생각했을까? 왜 그녀를 들창코라 생각했을까? 이렇게 귀엽기만 한 것을!

"오늘 데이트, 기대했던 것보다 나름 괜찮았어요."

지미의 집 앞. 석빈은 애써 미소를 지어 보일 수밖에 없었다.

괜찮았다고? 그것도 나름?

석빈에게 있어 데이트를 한 중 가장 최악을 꼽으라면 바로 오늘을 택할 것이다.

대체 뭐가 괜찮았다는 거야? 대체 뭘 했는지조차 생각이 안 나는 오늘 하루였다. 한정식을 먹었어도 그 맛이 괜찮았는지, 산책을 하면서도 무슨 공기가 좋다는 것인지, 풍경이 어떠했는지 알게 뭐야? 자신의 신경은 온통 지미의 손과 지미의 목덜미와 지미의 입술에 전부 가 있었는데.

누구나 부러워하던 잘난 윤석빈, 잘난 배경과 외모와 직업까지, 뭐 하나 누구에게 지지 않는 최고의 킹카 중 킹카인 그가 여자의 손에 집착을 하고 호시탐탐 노리기나 하고, 급기야는 목덜미에서 '아우우우!' 하는 늑대 울음소리가 터지려는 것을 막아야 했다. 오늘 그는 사람이 아닌 한 마리 외로운 늑대에 불과했다.

"그럼 굿 나잇!"

좋은 밤이 되라고? 젠장, 욕구불만으로 떠는 밤이 어찌 좋을 수 있겠느냔 말이다!

하지만 석빈은 그녀를 향해 빙긋 웃어주며 신사답게 한발 물러섰다.

"당신도 굿 나잇!"

한 단계 더 나아갈 수 있는 다음 데이트를 위해.

그의 코앞에서 지미의 집 문은 조금의 아쉬움도 없이 닫혀 버렸다.

문을 닫은 지미는 그때까지 갑갑하게 느껴졌던 스카프를 풀었다.

뭐야, 이거? 길슨을 십 분도 채 보지 못한 아쉬운 마음을 뒤로한 채 그나마 데이트라 해서 기대했는데 결국 비싼 집 가서 저녁 먹고 끝?

그래, 돈 많이 버는 거 안다. 한정식 사달라고는 했어도 그렇게 비싼 집에 갈 줄은 몰랐다. 매너? 끝까지 좋았지. 하지만 대체 저 표정은 뭐냐고? 나랑 데이트 다섯 번 하자고 한 거 후회하는 건가?

끝까지 그는 어딘지 모르게 불편한 인상을 풀지 않았다. 뭐가 불만인지 알기나 하면 최소한 오늘 하루만큼은 불편하지 않기 위해서라도 노력을 해봤을 텐데, 저녁 먹은 거 체할 뻔했잖아.

거기다 산책로에서, 그의 험악한 인상 때문에 소리라도 지르며 달아나고 싶은 마음이 절로 들었다. 딱히 그가 뭘 하지 않았기에 그녀는 용기를 짜내어 태연을 가장했다.

그의 무서운 얼굴을 조금이라도 펼 수 있을까 지미는 애써 화사하게 웃어 보였다. 그의 기분을 좋게 하기 위해 장소가 마음에 든다고 아부까지 날렸다.

그런데 더욱 험악스러워진 그의 얼굴이라니, 그것도 모자라 마치 더러운 뭔가라도 피하듯 한발 뒤로 물러서기까지 했다. 매너가 아주 꽝이란 말씀이시다.

흥, 나도 당신 그렇게 호감있지 않거든. 길슨보다 인간성 좋고 잘생기고 키도 크다고? 길슨보다 나은 것은 그 교만함뿐일 것이다. 어디서 감히 비교를!

그래, 참자, 참아. 어차피 오늘 하는 것 보니 나머지 네 번의 데이트는 안 해도 될 것 같다. 나야 고마울 따름이지. 천만다행일 뿐이지. 그나마 한 가지 고마운 것은 면전에 대고 앞으로의 데이트는 없을 거라 통보하지 않아 준 것이다. 마지막까지 최소한의 매너만큼은 지켜줬단 것뿐이다.

그래 아주, 몹시 고마우니까 나도 선물 하나 해야겠군. 전에 꽃다발 받은 거 무척이나 기뻐했지? 이번에도 꽃다발 하나 안겨 줘야지. 아주 깊은 뜻을 가진 꽃으로 골라서.

석빈은 자판 위에서 부지런히 놀리던 손을 멈추었다.

대체 무슨 생각으로 번역을 하고 있었던 것일까?

무의식중에도 잘도 해석은 해놓았다. 하지만 단지 그것뿐이었다. 자신만의 독특하고 유쾌한 해석은 사라지고 그대로 직역만 해놓은 꼴이다.

역시 아니야.

그는 미련없이 오늘 일한 분량의 파일을 휴지통에 버렸다. 이대로는 일도 못할 것 같다.

하루 종일 다음 데이트에 대한 계획을 세우느라 일은 두 번째였다.

지미의 손을 잡을 수 있는 곳. 나아가서는 가벼운 스킨십도 가능한 곳.

영화를 번역하다 보면 알고 싶지 않아도 별 잡다한 것을 알게 된다. 로맨틱 코미디를 번역하다 느낀 것 중 하나가 유독 놀이공원이 자주 나온다는 사실이었다.

정했어! 이번 데이트 땐 놀이공원으로 가는 거야. 가서 유령의 집인지 귀신의 집인지도 들어가 보고 롤러코스터도 타보고 마지막 코스로 관람차도 타보는 거야.

처음 있는 일일 것이다. 둘만이 한 공간에 있다는 것이.

상상만 해도 흐뭇한 기분에 혼자 히죽거리고 웃고 있는 그에게 경고라도 하듯 초인종 소리가 들렸다.

둘이 텔레파시라도 통한 것일까? 문밖에 서 있는 것은 방금 전까지 그의 머릿속 구름 안에서 그에게 폭 안겨 있던 지미였다.

본능적으로 그는 자신의 표정을 감췄다. 그 늑대와 같은 얼굴

을 보였다가는 지미가 한 걸음만 옆으로 옮기면 들어갈 수 있는
자신의 집으로 숨을 것이 뻔했기 때문이다.

"뜻밖이네. 당신이 날 찾아와 줄 줄은."

"생각해 보니 어제 길슨에게는 꽃을 주고 정작 데이트를 한
당신에게는 꽃을 주지 않은 것이 내내 마음에 걸리잖아요. 꽃집
사장이면서."

등 뒤에 숨겼던 꽃다발을 지미는 불쑥 앞으로 내밀었다.

작은 석죽화가 한가득 하얀 은구슬과 함께 귀엽게 포장되어
있었다. 석빈의 눈이 커다래졌다.

지금 나한테도 꽃을 주는 거야? 구슬과 부직포와 커다란 리
본이 화사한 투톤의 꽃을 아름답게 장식하고 있었다. 특별히 신
경을 쓴 티가 난다.

"은혜에 감사한단 뜻인가? 당신에게 베푼 것도 없는데."

석빈의 말에 지미는 눈을 살짝 가늘게 떴다. 이 꽃은 절대 그
런 뜻이 아니다.

"무슨 은혜요?"

"카네이션. 감사, 뭐 이런 뜻 아니야?"

푸핫! 지미는 웃음을 터뜨리고 말았다. 투톤의 석죽화가 얼핏
보면 작은 개량종 카네이션처럼 보일지도 모른다는 생각은 하
지 못했던 것이다.

"이건 카네이션이 아니라 석죽화라고요. 뭐, 비전문가가 하는
소리니까 틀렸어도 화는 안 낼게요."

그 꽃이 무슨 뜻인지 안다면 약 좀 오를 거다. 그것도 오랜 시간이 지나 알게 되었으면 좋겠다. 저 벽에 걸린 노란 장미처럼 말이다.

헉! 노란 장미를 벽에 걸어놨잖아? 버린 줄 알았더니. 이 남자, 의외로 감수성이 예민한 사람인가?

어쨌거나 언젠가는 버리겠지. 그 꽃말을 아는 것은 부디 서로가 얼굴도 안 쳐다볼 정도로 무관심하거나 심하게 싸웠을 때였으면 좋겠다. 한참 사이좋을 때 꽃말을 알게 되면 심하게 민망할 테니까.

어쨌거나 이젠 바이바이, 다음에 길슨이 내한하게 되면 그때 다시 데이트를 해보자구요.

지미는 개운한 표정으로 뒤돌아섰다.

"참, 우리 다음 데이트 말이야."

그 순간 지미는 남극의 한가운데 서 있는 듯 온몸이 얼어버렸다.

"다음…… 데이트요?"

그녀의 질문에 석빈은 오히려 이상하단 표정을 지었다.

"앞으로 남은 네 번의 데이트. 설마 잊었다고 말하는 것은 아니겠지?"

"아니, 난 그게 아니라…… 어제 하도 인상을 쓰고 있어서……."

그 순간 석빈이 어제의 그 표정을 지었다.

"내가 어제 인상을 썼다고?"

"그래요. 그래서 난…… 더 이상 데이트를 안 하겠구나 하고…… 작별과 감사의 뜻으로……."

'교만'이란 꽃말의 꽃을 정성스레 포장했던 것이다. 한마디로 '너 잘났다, 그래' 하는 심정이었는데, 그러면서 이젠 정말 숙제 끝이라 생각했던 것인데, 이 남자에게는 그게 아니었던 모양이다.

아니, 그럼 대체 왜 그런 우거지상을 하고 저녁 내내 끌고 다닌 거야? 왜 내가 불결한 사람이라도 되는 듯 멀찍이서 따라온 거야? 대체 왜?!

"속이 안 좋아서 그랬어. 우리 약속하고는 전혀 상관없는 일이야."

청천벽력이란 말이 이런 것이로구나. 날벼락이란 말이 괜히 있는 것이 아니구나. 처음부터 그런 기대나 하게 하지 말지, 공연히 혼자 상상하고 결론을 내렸었다.

"그 꽃다발, 작별 선물이었거든요. 하루나마 데이트를 했던 상대라고 많이 신경 써준 거거든요. 도로 내놔요."

뒷북이란 꽃말을 가진 꽃은 왜 없는 것일까?

지미의 말에 석빈은 꽃을 든 손을 높이 치켜들어 절대 빼앗길 의사가 없음을 확실히 밝혔다.

"꽃집이 주말은 바쁠 거 같으니까 아예 이번 주 중으로 날짜를 잡도록 할게. 오케이?"

끄덕. 지미는 힘없이 고개를 끄덕였다.

"놀이공원에 갈 예정이니까 편한 옷을 입고 나와요."

놀이공원? 순간적으로 지미의 눈이 반짝였지만 석빈은 지미가 준 꽃에 시선을 주느라 그녀의 그 번득임을 포착하지 못했다.

놀이공원에서 있을 일을 조금이라도 미리 알았더라면 석빈은 아마도 절대로 놀이공원에는 가지 않았을 것이다. 특히 저기 속으로 웃고 있는 김지미와는 절대로 함께 가지 않았을 것이다.

처음 계획은 이러했다.

첫째 롤러코스터를 타서 함께 웃고 떠들며 이 어색한 우정과 애정의 중간쯤 되는 기운을 없애고자 했다.

하지만 그는 처음 알았다. 자신이 롤러코스터를 탈 수 없는 유전자를 가지고 태어났다는 사실을. 천천히 레일을 타고 위로 오를 때까지만 해도 앞으로 자신에게 닥칠 그 공포는 예상하지 못했다.

롤러코스터가 첫 하강을 시작한 순간 그는 웃고 소리 지르며 지미와의 관계를 개선하려 했던 것은 모두 잊고 어지럼증과 울렁거림을 참기 위해 손이 새하얘질 정도로 앞의 손잡이를 움켜잡았다.

그 순간 그는 놀라운 경험을 했다. 영혼이 몸에서 빠져나와 멀찌감치서 얼굴이 새하얗게 변한 자신을 보는 느낌이 들었던 것이다.

문득 그는 그 아비규환의 현장에서도 옆에 앉아 귀청이 떨어질 정도로 비명을 지르는 지미가 걱정되었다. 어떻게든 그 공포를 가라앉혀 주기 위해 지미를 바라보았다.

그리고 그는 자신과는 정반대의 유전자를 가진 지미를 공포 어린 시선으로 바라볼 수밖에 없었다. 그녀는 웃고 있었다. 내지르는 비명 속에 커다란 웃음이 함께 섞여 있었다.

롤러코스터가 멈추는 순간 그는 자신이 살아 있단 사실에 신께 감사했다.

다시는 이런 곳에 아드레날린을 낭비하지 않을 것이다. 절대로 레일을 달리는 것은 타지 않을 것이다. 그것이 롤러코스터가 아니라 KTX가 된다 할지라도.

"재밌다! 우리 또 한 번 타요!"

차라리 날 죽여서 시체를 태우지 그래!

지미는 간신히 영혼만 붙어 있는 석빈을 또다시 롤러코스터에 태웠다. 그러고 나서 석빈은 남자화장실에 가서 먹은 것을 다 게워냈다.

그래도 유령의 집만큼은 자신이 있었다. 그 무섭다는 공포영화도 열두 편이나 번역을 했던 그였다. 웬만한 유령이나 피 칠을 한 괴생명체 정도는 가볍게 무시해 줄 수 있었다.

하지만 지미 또한 그럴 거라고는 생각지 못했다.

젠장, 전에 선볼 때는 그렇게 연약한 척은 다 하고서!

차라리 지미의 앞에 나타난 총각귀신이 불쌍했다. 깜짝 놀란 지미의 핸드백에 수차례 얻어맞았으니까. 그것도 모자라 지미는 달아나는 귀신을 쫓아가면서까지 용감하게 분노의 주먹질을 해댔다. 스킨십? 그녀와 스킨십을 이룬 것은 석빈이 아니라 지미의 주먹에 맞다 마침내 목숨의 위협을 느끼고 손으로 막은 그 총각귀신이었다.

관람차는 꿈도 꿔보지 못했다.

"관람차는 더러워서 안 타요. 전에 내 친구 세나가 그러는데 그 안에서 별짓을 다 한다던데요. 그러지 말고 아까 그거나 다시 한 번 타요. 재미있었는데."

그 세나라는 친구, 별로 마음에 들지 않는군.

덕분에 석빈은 지미를 놀이공원에 끌고 온 죄로 다시 한 번 롤러코스터를 탔다. 롤러코스터에서 내렸을 때 불사의 의지로 기절하지 않았다.

"한 번 더 타고 싶지만 석빈 씨 얼굴을 보니 더 타면 병원에 실려갈 거 같네요. 그만 타요."

지미의 동정심 가득한 그 말을 끝으로 석빈은 들어올 때 가지고 있던 온갖 로망은 다 버리고 노랗게 뜬 얼굴로 풀이 죽어 놀이공원을 나왔다. 그래도 미련을 못 버리고 바이킹을 흘끔거리는 지미를 간신히 달래면서 말이다.

"오늘은 정말 몇 년 사이 두 번째로 신났던 날이었어요."

돌아오는 차 안에서 지미는 실로 오랜만에 들떠 있었다.

"두 번째?"

이렇게 죽을 고생을 하며 유체이탈의 경험을 세 번이나 해줬는데 두 번째라고?

"첫 번째는 당연 길순을 만난 날이었구요. 물론 그것도 다 석빈 씨 덕이었지만요. 어? 정말 생각해 보니 그러네. 이제 보니 석빈 씨가 최근 가장 신나는 경험을 두 번이나 하게 해줬네요."

살짝 일어나려던 힘줄이 그 말 한마디에 이내 가라앉았다.

"말이 나와서 말인데 지금까지는 내가 가고 싶은 곳을 갔으니까 다음 데이트 장소는 지미 씨가 정해요. 어디가 좋아?"

지미로서는 그저 데이트 자체가 없었으면 하고 바라고 있던 터라 데이트할 장소에 대해 별다른 생각이 없었다.

"바다……."

그래, 멀지 않은 곳. 강화도나 안면도 정도, 아니면 인천 연안 부두 정도라면 괜찮겠다.

"바다?"

석빈이 싱긋 미소 지었다.

바다, 좋지.

그 짧은 순간 석빈의 머릿속에 아주 사악한 계획이 세워지고 있는 것을 지미는 알지 못했다. 석빈의 입가에 야릇한 미소가 떠오르는 것조차도 롤러코스터와 유령의 집에 들뜬 지미는 알지 못했다.

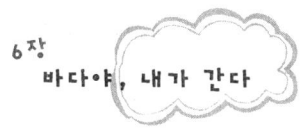

6장
바다야, 내가 간다

"세이프!"

"아웃!"

남들이 들었다면 아마도 야구 중계를 듣고 있나 했을 것이다. 한 건물의 귀퉁이를 차지한 작은 꽃집이 장사가 잘 안 되어 TV를 보고 있나 했을 것이다.

하지만 그것은 사장과 아르바이트생이 실랑이를 하는 소리였다.

"약속했잖아요."

명우가 한 치도 양보할 수 없다는 표정을 지으며 단호하게 말했다.

"세이프라고! 봐. 내 손목시계는 아직 15초나 남았잖아."

"사장님이 저 벽시계를 가리키며 지각하는 사람은 무조건 벌금이라고 하셨잖아요. 기준은 저 벽시계가 되어야 해요."

할 말이 없다. 야박한 녀석, 감히 사장에게 지각했다고 벌금을 물리다니.

문제의 발단은 얼마 전 위성TV를 집에 설치한 명우가 지각하는 것에서 시작했다. 위성TV를 달았다고 밤새 잠 안 자고 TV 보다가 지각을 일삼기 시작한 명우에게 경각심을 세워주기 위해 벌금제를 실시했다.

"사장님도 그럼 벌금을 내셔야 해요. 가끔 내가 가게 문을 열게 만들면서."

명우의 반박은 그럴듯했다. 사장이 되었으면 가게 문 정도는 열어야 했는데, 한동안 놀러 다니면서 나태해져 먼저 도착한 명우가 가게 문을 연 적이 몇 번 있기 때문이다. 자신을 추스르기 위해서 지미는 자신도 기꺼이 그 벌금제에 동참하고자 했다.

그런데 이 하극상의 극치인 명우 녀석이 쩨쩨하게 겨우 몇 초 늦은 것 가지고 벌금을 내라고 큰소리를 치고 있는 것이다.

"몇 초든, 몇 분이든 늦은 건 늦은 거잖아요. 어서 내세요. 안 그러면 나도 앞으로 벌금 안 낼 거예요."

그래, 알았다고!

'가난한 이들에게 피자를' 이라고 써 붙인 저금통에 기어코 지미는 거금 천 원의 벌금을 집어넣고 말았다. 두고 보자. 박명우, 너 배달 간 사이 혼자 시켜먹고 말 테다.

'벌금제로 인한 보복 금지'라는 명우의 소심한 글씨체가 저 금통 한 귀퉁이에 씌어 있건만 지미는 어떻게 보복을 할까, 잔뜩 눈치를 보며 화분들을 밖으로 내놓고 있는 명우를 노려보고 있었다.

전화벨이 울렸지만 지미는 꼼짝도 안 했다.

"박명우! 전화 받아."

열심히 화분을 옮기던 명우는 들고 있던 화분을 내려놓고 저 멀리서 헐떡이며 달려와 지미의 코앞에 있는 전화를 받았다.

"네, 무지 열받은 김지미 꽃집입니다."

이게, 재미 들였나? 이젠 자유자재로 내 이름 앞에 수식어를 갖다 붙이네.

"세나 누님이십니다."

"응. 무슨 일?"

[지미야, 내일모레 우리 방울이 좀 하루만 봐줄래?]

"안 돼. 나 그날 약속 있어."

[무슨 약속?]

세나의 말에서 못 믿겠다는 포스가 몽글몽글 풍겨 나온다.

이것이, 난 뭐 생전 약속 같은 게 없는 줄 알아?

"데이트. 바다에 갈 거야."

[너, 남자 생겼어? 거짓말!]

뭐냐? 얘, 왜 무슨 말도 안 되는 소리를 들은 것처럼 펄쩍 뛰지?

"뭐가 거짓말이야? 진짜인데."

[우와, 이게 무슨 세상 뒤집어질 일이람. 야, 네 엄마 아빠는? 아무 말 안 해? 너 남자 만든 것에 대해? 하기야, 너도 이제 남자 만들 나이긴 하지. 잘했어, 잘했어. 그날 나한테 조언을 얻을 게 있으면 뭐든지 물어봐. 내가 다 말해줄게.]

"애인도 없는 주제에 조언은 무슨. 끊어."

지미가 전화를 끊자 명우가 중얼거렸다.

"여자가 바다에 가자고 했으면 남자는 배가 끊어지는 상상을 하지요."

대체 무슨 생각을 하는 거야? 얘가 오늘따라 명줄을 재촉하네. 감히 어디서.

화를 내려던 그녀는 갑자기 그 말이 그럴듯하다는 생각이 들었다.

어림없지. 내가 그렇게 쉬운 여자인 줄 알아? 어째선지 이번 데이트는 정신을 바짝 차려야 할 것 같다.

드디어 데이트 날, 석빈이 서해안 고속도로를 탔을 때 지미는 자신들의 행선지가 연안부두가 아니라 안면도겠거니 하고 생각했다. 하지만 서해안 고속도로에서 또다시 영동고속도로로 갈아타게 되자 지미는 살짝 불안한 마음이 들었다. 영동고속도로의 끝은 강원도였기 때문이다. 물론 속도를 내서 가면 세 시간 반이면 가는 곳이었지만 그녀의 머릿속에 서해를 제외한 나머지 동해와 남해는 1박 코스에 들어간다는 것이다.

"지금 어딜 가는 거예요?"

그때까지 당연하다 생각했기에 묻지도 않았던 행선지였는데 이제 와서 후회하며 물은들 무엇 하랴마는 그래도 그냥 지나치기도 또 그랬다.

"속초."

"거긴 너무 멀지 않나요?"

"그러니까 새벽같이 깨워서 나왔잖아."

사실 정말 그는 새벽같이 지미를 깨웠다. 바다에 가자며 여섯 시에 초인종을 눌러대는 통에 그녀는 말 그대로 꼭두새벽인 그 시간에 눈을 비비며 일어나 준비할 수밖에 없었다.

다음에 진짜 애인이 생길 시에는 절대 옆집에 살면 안 된다는 교훈도 하나 얻으면서 말이다.

"오늘 중으로 갔다 오려면 새벽부터 움직여야 한다고."

다행히 엄마한테는 어제 미리 말을 해두었다. 머리도 식힐 겸 세나하고 같이 당일치기로 여행을 갔다 온다고. 그러니 아침에 모닝콜을 해줄 필요는 없다고. 시간은 불확실했지만 그래도 아침에 떠날 거라는 생각에 미리 전화한 것이 그나마 정말로 천만다행이다.

그래, 오늘 중으로 돌아오기 위해 그 아침잠 많은 사람이 이렇게 노력을 해주는데 의심해선 안 되지. 암, 안 되고말고.

새벽부터 출발해서인지 두 사람은 정오가 되기도 전에 주문진 항에 도착했다.

모든 것은 순조로웠다.

주문진 항에서 회도 먹고 차를 몰아 유명한 오죽헌에도 들러 아름답게 가꾼 오죽헌 내부의 붉은 가로수들 사이에서 사진도 몇 장 찍고 여세를 몰아 낙산사까지. 낙산사 앞바다가 이렇게 예쁘다니.

한편 들떠 있는 지미와 달리 석빈은 언제까지 바닷가의 모래밭에서 떠나고 싶지 않아 하는 그녀를 보며 서두르는 기색을 보였다.

"이제 또 가고 싶은 곳 없어?"

"시간이 얼마나 있어요? 난 이왕이면 세나가 말해준 오대산의 억새밭도 가고 싶고 대관령에 들러 양떼 구경도 하고 싶고……."

석빈은 신중히 고려하는 표정이었다.

"오늘 중으로 서울에 돌아가려면 하나는 포기해야 한다고 생각해."

그 말에 지미는 오히려 내심 안심했다. 만일 다른 흑심이 있는 남자라면 최대한 시간을 끌기 위해 둘 다 가자고 했을 것이 뻔하기 때문이다. 이 남자, 최소한 약속을 지켜 오늘 중으로 서울에 데려다 줄 마음은 확실히 가지고 있는 모양이다. 정말 자신에게 멋지게 매너를 지켜 호감을 사려는 모양이다.

그녀는 흔쾌히 석빈의 말을 들었다.

"그럼 대관령은 빼요. 그게 시간을 잡아먹을 거 같으니까."

"그럽시다."

그는 마치 대기된 기사처럼 그녀를 위해 다시 운전대를 잡았다.

해가 뉘엿뉘엿 질 무렵 석빈의 차는 오대산을 끼고 구부러진 도로를 타고 나오다 보이는 한 작은 식당 앞에 멈추었다.

차에서 내리는 지미는 들떠 있었다.

오늘 정말 많이도 돌아다녔다. 주문진에, 오죽헌에, 낙산사에 들러 산꼭대기에 있는 해수관음상까지 직접 보았고 또 차를 돌려 오대산의 억새가 흐드러지게 핀 들녘에서 쓸데없이 억새도 몇 개 꺾어 손에 들고 사진도 찍었다.

그리고 석빈이 약속한 대로 둘은 서울로 향한 것이다. 오대산까지 들어간 터라 고속도로가 아닌 국도를 탔다.

국도는 길은 좀 돌지 몰라도 나름의 굉장한 멋은 있었다. 고즈넉한 가을의 들녘, 그것도 저녁의 붉은 햇볕이 낮게 드리워진 가을의 들녘은 그 어떤 사진작가가 찍은 아름다운 사진과 비교해도 부족함이 없을 정도로 가슴을 가득 채울 만큼 아름다웠다.

그렇게 한참을 달려 둘은 마침내 도로변에 있는 한 식당에 차를 세운 것이다.

"배가 고파서 뱃가죽이 등과 조우하고 있는 것 같아."

"나도 조금만 더 있으면 배고파서 기절할 거예요."

메뉴판을 보려는데 석빈이 한정식을 시켰다.

지미는 픽 하고 웃었다. 며칠 전에도 한정식을 배불리 먹었는데 여기까지 와서도 같은 메뉴이다. 어렸을 때 밥을 제대로 못 먹었나?

잠시 후 테이블이 한상 가득 수십 가지의 찬들로 채워졌다. 배가 고픈 지미는 체면 따위는 치워 버리고 허겁지겁 식사를 하기 시작했다.

"참, 내가 찍은 사진 전송해 줄게."

석빈이 식사 중 뭐가 그리 급했는지 휴대폰을 꺼내 만지며 그녀에게 말하자 지미는 생각없이 가방에서 휴대폰을 꺼냈다.

금방 석빈이 사진을 전송시켰다. 억새밭에서 억새 몇 개 꺾어 들고 예쁜 표정을 지으며 찍은 사진이었다.

"마음에 들어?"

지미는 싱긋 웃었다.

"어디선들 안 예쁘겠어요?"

농담으로 한 얘기였지만, 아니, 사실 반은 농담이었고 반은 진담이었다.

"배가 많이 고팠나 보군. 어서 먹어."

"농담이었어요."

반만.

"어디 가서 그런 농담 하지 마. 나니까 화 안 내는 거지……."

어머, 이건 진담?

그녀의 표정이 굳자 이번에는 석빈이 웃었다.

"농담이야, 당신도 농담하는데 나라고 못하겠어? 어서 많이 먹어요, 공주님?"

그 공주가 설마 '불치병이 걸린 그 공주'를 뜻하는 것은 아니겠지?

그녀의 못 미더워하는 표정에 석빈은 또다시 소리 내어 웃었다.

"그런 뜻 아니야, 정말로. 그만 화내고 마저 식사를 끝내요, 공주님? 오늘 중으로 서울 도착하려면 아직 갈 길이 멀다고."

그의 말이 맞다. 운전하는 것도 힘든데, 밤길 운전을 조금이라도 줄이려면 최대한 여명이라도 남았을 때 운전하게 해야지.

"화장실도 갔다 와요. 운전 도중에 차 세워달라고 하면 서로가 심히 민망해질 테니까."

별로 볼일 생각이 없지만 석빈의 말도 일리는 있다. 중간에 휴게소가 안 나오면 어쩔 수 없이 나무에 거름을 줘야 할 테니까. 석빈이 신사답게 돌아서서 안 본다 해도 그녀는 앞으로 석빈의 앞에서 고개도 못 들 것이다.

서둘러 화장실을 들어갔다 나오니 석빈은 이미 계산을 끝내고 그녀의 핸드백을 들고 밖에 나가 서 있었다.

"어서 가자고. 갈 길이 멀어."

아니, 서울 집에 꿀단지라도 숨겨뒀나? 서둘러도 너무 서두르네. 쳇, 그렇게 바쁘면 다른 날짜를 잡던가.

자신을 데려다 주려는 마음에 그런다는 것을 알면서도 지미는 은근히 재촉하기만 하는 석빈에게 서운한 마음이었다.

　어둠은 너무도 쉽게 여명을 삼키며 대지에 가라앉았다.

　석빈의 차를 탄 것이 처음은 아니었지만 이렇게 인적도, 불빛도 없는 캄캄한 도로 위에 함께 있어본 것은 처음이라 지미는 어색한 마음이 들었다.

　더군다나 무엇이 불만인지 석빈은 미간을 찡그린 채 아까부터 계속 계기판을 확인하고 있었다. 석빈이 말이 없어진 순간부터 지미는 불안한 기색을 감출 수 없었다.

　왜 저런 표정을 짓고 있는 것일까? 설마 뭐가 고장이라도 난 것은 아니겠지?

　"왜요? 뭐가 잘못됐어요?"

　혹시라도 말이 씨가 될까 지미는 차마 큰소리도 못 내고 모기만 한 소리로 물었다.

　마치 그게 신호라도 된 것 같았다.

　그녀는 확실히 들었다. '웅' 하던 엔진음이 뚝 끊어지는 것을.

　대체 이건 무슨 시추에이션?

　"젠장."

　석빈이 낮은 소리로 욕하며 차를 길가로 몰았다. 다행히 차는 길가까지 가고서야 멈춰 섰다.

"뭐, 뭐예요! 무섭게 왜 차를 세우는 거예요?"

설마, 그건 아닐 것이다. 절대 그럴 순 없다. 차가 고장이 나거나 그런 것은 절대 아닐 것이다. 고속도로도 아니고 이정표 하나 안 세워져 어딘지도 모르는 이 국도의 중간에서 말이다.

지미의 말에는 대꾸도 없이 차에서 내린 석빈은 휴대전화를 꺼내 들었다.

휴대폰을 밀어 올렸던 석빈은 또다시 욕을 했다.

"제엔장!"

"왜, 왜 그래요?"

영문을 모르는 지미는 단지 불안에 떨 뿐이다.

"휴대폰 배터리가 다 됐어. 당신 휴대폰으로 비상 콜센터를 불러야 해."

그의 말에 지미는 핸드백을 열어 더듬거리며 휴대폰을 찾기 시작했다.

"어…… 라?"

휴대폰이 없다?

어둠 속이라서 보이지 않을 것이다. 그녀는 필사적으로 휴대폰을 찾기 시작했다. 석빈이 다가와 라이터까지 켜보았지만 빌어먹을 휴대폰은 보이지 않았다.

분명 식당에 들러 밥을 먹을 때까지 휴대폰을 가지고 있었는데. 석빈이 사진을 전송한다고 해서 확인해 보았지 않은가.

그 순간 그녀는 혼이 몸을 빠져나가는 것을 느꼈다.

그랬다. 그곳에 놓고 온 것이다. 서둘러 나오다 휴대폰을 거기에 두고 나온 것이다.

"어떡해요. 식당에 두고 온 것 같아요."

"뭐라고? 정말이야? 다시 찾아봐. 당신이 챙겼을 거 아냐?"

"미안해요. 정말로 놓고 온 것 같아요. 챙긴 기억이 안 나요. 그릇이 너무 많아서 안 보이니까 챙기는 걸 잊은 거 같아요. 급하게 나오기도 했고⋯⋯. 화장실 갔다 나오니까 당신이 벌써 가방 들고 나갔잖아요."

석빈이 망연자실한 표정을 지었다.

"맙소사, 정말 놓고 온 모양이군. 하필 일이 이렇게 꼬이다니, 머피의 법칙인가?"

"차가 고장난 거예요?"

"아니야. 나도 서둘러 오느라 깜박하고 기름 넣는 것을 잊었어."

지미의 두 눈에 순간적으로 공포가 서렸다.

그래서 그렇게 아까부터 심각한 표정으로 계기판을 노려보았던 거로구나. 이젠 어떻게 해야 하지?

대책도 없이 갑자기 눈물이 흐르기 시작했다.

석빈이 곁에 있지만 그래도 무섭다. 이 쌀쌀한 가을밤에 석빈과 단둘이 있는 것도 무섭고, 인적도 불빛도 없는 길 위에 오도 가도 못하고 서 있어야만 하는 것도 무섭고, 긴 밤 잘 곳도 없이 뜬 눈으로 있어야 하는 것도 무섭다. 모든 것이 무섭기만 하다!

"가자."

대책도 없이 석빈이 그녀의 손을 잡고 이끌기 시작했다.

"어딜 가요?"

공포에 사로잡혀 석빈에게 처음으로 손을 잡힌 것도 의식하지 못한 채 지미가 물었다.

"대한민국에 첩첩산중이 아닌 다음에야 어디든 사람이 살 거 아냐? 하룻밤이라도 등을 비빌 곳을 찾아야지."

"하지만……."

첩첩산중은 아니라 해도 양옆이 산인데 어디서 민가를 찾는단 말인가.

"가만히 서 있는 것보다는 나을 거야."

"그러다 차를 도둑맞으면요?"

"지금 차가 문제야? 그리고 기름 없어서 훔쳐 가지도 못해. 열쇠도 내가 들고 있는데."

그가 다시 그녀의 손을 이끌었다.

의지가 있는 것이야. 집에 돌아가려는 의지가.

단단한 그의 손이 지금 이 순간은 믿음직스럽다.

"날 믿어, 절대로 길바닥에서 잠자게는 안 할 테니까."

정말로 믿음직스럽다.

그렇게 40분을 걷고 나서야 두 사람은 양옆에 솟아 있던 산이 끝나는 지점에 도착할 수 있었다. 그러고도 또 10여 분을 걸어 마침내 논밭이 나타나고 저 멀리 작은 불빛이 깜박이는 것을 발견했다.

"드디어 민가가 나왔다."

석빈의 목소리에 지미는 마음이 놓여 그 자리에 주저앉을 뻔했다.

너무 힘들었다. 아마 낙산사에서 오대산까지 그렇게 걷지 않았다면 그나마 힘이 남아 있었을 것이다. 열흘치 정도를 하루에 움직인 것 같은데다 또다시 한 시간 가까이를 걸었으니 힘이 안 들었다면 그것은 거짓말이었을 것이다.

"힘들어?"

그녀가 피곤해하는 것이 보였는지 석빈이 물었다.

"정 힘들면 내가 업어줄까?"

그 말에 없던 힘이 솟았다. 지미는 애써 아무렇지도 않은 척 씩씩하게 걸었다. 그녀의 뒤를 따라온 석빈이 다시 그녀의 손을 잡았다.

"내 기운을 나눠 줄게."

쌀쌀한 가을밤에도 그의 손은 따스했다.

민가에 가까이 가자 개 짖는 소리가 들리기 시작했다. 개소리가 이렇게 반갑게 들릴 줄이야.

"누구드래요?"

인기척을 느꼈는지 방문이 열리더니 한눈에도 무뚝뚝해 보이는 할아버지가 방에 앉은 채로 물어왔다.

"저, 지나가던 사람들인데 차가 고장이 나서요. 전화도 안 되고 주변에 민가라고는 여기밖에 안 보이고 해서 그런데 빈방이 있으면 민박을 좀 할 수 있을까요?"

"영재 아니냐?"

방 안쪽에서 백발이 된 할머니가 머리를 밖으로 내밀며 석빈의 말에 대답이라도 하듯 말을 걸었다.

"영재 아니자네."

할아버지가 할머니를 억지로 방 안에 밀어 넣었다.

"방이 하나밖께 없드래요. 부부나?"

할아버지의 눈이 쓰윽 석빈과 지미를 훑는다. 이거 아무래도 꼬장꼬장한 노인네 같다.

"부부 아니면 다른 곳 가보드래요. 우리 집은 여관이 아니니까네."

석빈이 흘끔 지미를 쳐다보다 얼른 그녀의 어깨를 감쌌다.

"아하, 네. 부부 맞습니다. 모처럼 강릉에 놀러 갔다가 그만 차가 고장이 나는 바람에…… 집사람이 지금 너무 힘들어해서요."

부부 아니란 말이에요!

하지만 지미는 절대 그 말을 입 밖으로 할 수 없었다. 그녀도 부부가 아니라면 하나밖에 없는 방을 절대 안 내줄 거라는 노인의 강한 의지를 이미 깨닫고 말았으니까.

그제야 할아버지가 방에서 주춤거리며 일어서더니 밖으로 나

바다야, 내가 간다 **153**

와 얼른 방문을 닫았다.

"할마이가 정신이 없어서래……."

집을 빙 돌자 희한하게 집 옆으로 또 들어가는 방문이 하나 있다. 마치 골방마냥 작게 만들어진 방이었다.

세 사람이 들어가 누우면 꼭 찰 만큼 좁은 방이다. 그나마 둘이라 다행이다.

방을 가르쳐 주고 다시 돌아가는 할아버지를 보며 지미는 얼른 석빈에게 속삭였다.

"전화요, 전화. 전화 쓸 수 있나 물어봐요."

그래도 전화를 할 수 있으면 콜센터를 부를 수 있을 것이고 굳이 여기서 잠을 안 자도 될 거라는 계산에서였다.

노인을 붙잡고 묻던 석빈은 노인이 고개를 끄덕이자 지미에게 남아 있으라는 손짓을 했다.

"전화는 내가 할 테니까 당신은 여기서 쉬고 있어."

그럴까? 사실 발이 너무 아파서 이젠 걷는 것도 고역이었다. 강원도까지 올 줄 알았다면 운동화를 신고 올 걸, 바닷가 간다고 해도 가까운 서해안을 갈 거라 생각해 그나마 굽이 낮은 구두를 신었지만 오래 걸으니 발바닥에 무리가 가지 않을 수 없었다.

마루에 앉아 기다리고 있으려니 잠시 후 석빈이 돌아왔다. 두툼한 이불 한 채를 들고서.

"그건 뭐예요?"

"어쩔 수 없었어. 콜센터에서 너무 밤이 늦은데다 차가 어디 있는지 정확히 모르면 힘들대. 이런 국도에서 자칫 놓치면 낭패라고. 내일 날 밝은 다음에 온대."

"그런 방만한 콜센터가 어디 있어요? 그럼 정말 당신하고 둘이 방을 써야 한단 말이에요?"

"할아버지 방까지 들어가 전화하는데 정확한 사정을 말할 수도 없잖아? 아까 봤잖아, 부부 아니라고 했으면 아무리 근처에 집이 없다 해도 방을 안 내줄 기색이었는데. 공연히 잘못해서 콜센터에서 차도 안 보내주고 이 집에서도 쫓겨나면 그땐 정말 다시 차로 돌아가서 거기서 잠을 자야 할지도 모른다고."

그건 또 맞는 말이었다. 상당히 보수적으로 보이는 할아버지, 게다가 할머니가 치매라니 남자끼리, 여자끼리 있을 수도 없는 것이다. 그녀가 할 수 있다 해도 할아버지가 치매에 걸린 노인과 생판 모르는 여자를 한방에 두고 잠이 오진 않을 테니까.

"일단 추우니까 얼른 방에 들어가서 얘기해. 여기서 말하다가 할아버지가 듣기라도 하는 날에는 정말 쫓겨나니까."

하는 수 없이 지미는 방으로 들어갔다. 아까 밖에서 보았을 때도 상당히 비좁아 보였는데 들어와 보니 더욱 비좁다.

그가 앉아 있어서 그런가 숨이 막힐 정도로 좁게 느껴진다.

씻겠다는 핑계로 지미는 방에서 나와 수돗가로 향했다. 하지만 언제까지 씻고만 있을 수는 없는 노릇이었다.

게다가 석빈도 씻으려는지 수돗가로 따라 나오는 바람에 지미는 더 이상 씻는 핑계를 댈 수도 없어 방으로 다시 들어가고 말았다.

석빈이 방으로 돌아왔을 때 지미는 썰렁한 방 한구석에 앉아 두 무릎을 세우고 양팔로 깍지를 끼고 있었다.

뭐가 그리 무서운지 잔뜩 경계에 들어간 표정으로 지미는 석빈과 시선조차도 마주하지 않으려 한다.

"그런 눈 하지 마. 난 나쁜 놈이 아니라고."

마침내 그가 그녀에게 또다시 말을 걸었다. 그대로 두면 지미는 긴장이 지나쳐 몸살에 걸릴 것만 같았다.

"내 눈이 어때서요?"

애써 태연하게, 퉁명스럽게 말했지만 지미의 목소리는 아직 긴장이 남아 있어 떨리고 있었다.

연애 경험이 없는 것은 아니었다. 대학 시절 남들 다 있는 애인, 이 예쁜 얼굴에 안 생길 턱이 없잖은가. 하지만 짧았던 몇 달의 연애 기간은 그가 선을 넘어서려 하면서 그대로 끝나 버리고 말았다.

대학에 들어가고 처음 술을 마시겠다고 엄마한테 허락받던 날 엄마는 갑자기 그녀를 앉혀놓고 말씀하셨다.

'순결은 딱 하나뿐인 거야. 아무한테나 줘서는 절대 안 돼. 꼭 사랑하는 남자한테 줘야 한다. 진짜로 사랑한다 생각하는 사람한테 줘야 하는 거야. 알겠지? 술을 적당히 마셔야 해. 술을 적당히 마시지 않는 것은 남에게 내 몸을 맡기는 거나 마찬가지

야. 정신 똑바로 차리고, 믿을 만한 사람 앞에서만 술을 마셔라.'

결국 그 뜻은 술이 머리끝까지 취해서 사고 치지 말라는 오지랖 넓은 충고였던 것이다. 그나마 대학에 가고 나서 그런 말을 들어서 다행이었다. 어떤 친구는 고등학교 다닐 때 그런 말을 들었다니.

어쨌거나 엄마의 그 말 때문이었던가, 결국 지미는 자신의 애인이 동침을 요구한 그날로 헤어져 버렸다. 고려의 여지도 없었다. 그냥 싫었다. 싫은 것을 보면 사랑하지 않았던 것 같다.

그리고 그 후 그녀에게는 변변한 애인이 생기지 않았다.

그래서 오늘 자칫하면 그리 애지중지하던 순결을 이 남자에게 한순간에 빼앗길지도 모른다는 심한 불안감에 그녀는 벌벌 떨고 있었던 것이다.

"내가 구태의연한 말 한마디를 해야겠어?"

여전히 긴장의 끈을 놓지 않는 지미에게 석빈이 또다시 말을 걸었다.

"오빠…… 믿지?"

그 한마디에 지미는 '풋' 하고 웃음을 터뜨리고 말았다. 그게 드라마나 영화에 흔히 쓰이는 말이 아니었다면, 그래서 석빈이 패러디하듯 그 말을 하지 않았다면 마치 '난 늑대야, 조심해' 하고 대놓고 떠벌리는 것처럼 들렸을 것이기 때문이다.

"그럼 정말 믿어요?"

그녀의 말에 석빈은 그녀의 얼굴을 똑바로 쳐다보았다. 그리고 천천히 확신을 주듯 고개를 끄덕였다.

"그럼 그건 어떻게 해결할 거예요?"

그녀의 시선이 석빈의 옆에 얌전히 놓인 이불로 향했다.

"이불?"

"겨우 한 채잖아요. 부부라고 해서 그렇게 준 것 같은데."

"어떡하지? 보니까 보일러도 안 넣어줄 것 같은데."

하긴, 그 할아버지 두툼한 솜옷을 입고 있는 것을 보니 안방에도 불은 안 넣은 것 같다. 원래 강원도에서는 이 정도 추위는 추위도 아닐 것이다.

"가위바위보로 나눌까?"

석빈은 지미에게 작고 좁고 두꺼워서 덮지도 못할 요보다는 커다랗고 푹신한 이불을 줄 생각이었다. 하지만 지미가 저렇게 겁에 질려 있으니 조금이라도 긴장을 풀게 하기 위해 굳이 제안한 것이다.

"신사도를 발휘할 생각 없어요?"

"없는데."

그제야 잔뜩 겁먹었던 지미의 얼굴에 살짝 도전의식이 나타났다.

이불 쟁탈전? 질 수 없지. 게다가 지미는 심리전에 강해 가위바위보에서 웬만해서는 진 적이 없었다. 특히 그녀의 비법은 지능적인 사람에게 오히려 더 잘 먹혔다. 제 꾀에 넘어가게 만드는 것이다.

"난 가위 낼 거예요."

이러면 상대방은 일단 머릿속이 복잡해진다. 가위 낼 거라 말하면 상대는 이리저리 머릿속으로 고민을 하다가 결국엔 세 수, 네 수 앞으로 가 마침내 가위를 이기는 주먹을 내기 때문이었다. 그때 보자기를 내면 거의 80프로는 이겼다. 딱 한마디만 하면 된다. '정말 가위 낼 줄 알았어?'

그러니까 머리가 좋은 사람일수록 먹히는 방법인 것이다.

하지만 석빈은 만만치 않았다.

"그럼 난 주먹 내야지."

오케이, 그럼 더 확실하네. 무조건 보자기야.

"가위, 바위, 보!"

하지만 결국 그녀는 자신의 잔머리에 넘어가고 말았다. 그가 가위를 이기는 주먹을 내면 지미는 보자기를 내면 되는 것이었다. 그리고 승리의 세레모니를 하면 되었던 것이었다.

하지만 현실은 그렇지 않았다. 그가 가위를 내고 놀리듯 자신을 바라보고 있었다.

"바보, 정말 주먹 낼 줄 알았어?"

아흑! 이건 내가 쓰려던 대사였는데!

"고르세요."

큼직한 이불을 눈독 들이던 지미는 체념한 표정으로 중얼거렸다. 저 이불이라면 온몸에 둘둘 말고 자면 춥지도 않았을 것이다. 요 한 장 가지고 어떻게 이 추운 밤을 지내란 말인가. 문틈으로 찬바람이 술술 들어오고 있는데.

"요."

석빈이 싱긋 웃으며 대답하는 순간 지미는 천사를 보는 것 같았다. 이 남자, 정말 신사잖아! 자신을 위해 기꺼이 이불을 양보해 준 것이다.

"정말이죠? 나중에 후회해도 안 바꿔줄 거예요."

"후회 안 할 테니까 당신이 이불 가지고 가."

"춥다고 넘어오면 안 돼요."

"둘이 누우면 가득 차는 방에서 어디로 넘어간단 말이야?"

"어, 어쨌건! 넘어왔다가는…… 만일 그러면…… 짐승이라고 불러줄 거예요."

"안 넘어가면 짐승만도 못한 놈이라 부르겠단 말로 들리네."

"절대로 그런 일 없거든요. 꿈 깨셔요."

애써 태연한 어투로 말했지만 지미는 정말로 바닥에 손가락으로 보이지 않는 경계선을 그렸다.

"여기, 장판에 줄이 갔죠? 이 금 넘어오기 없기예요. 알았어요?"

대답도 없이 석빈은 지미를 노려보듯 쳐다보았다. 더 했다가는 화를 내겠다는 뜻으로 보이는 것이 여기서 다짐받는 것은 그만 해야겠다. 자존심 상한 모양이다.

조용히 지미는 이불을 몸에 감고 최대한 벽 쪽으로 몸을 붙였다.

"불 끈다."

"끄지 마세요!"

"난 불 켜놓으면 잠을 못 자는데. 내가 잠을 못 자면 당신이 불안하지 않나?"

"당장 꺼요."

조금의 고려할 기색도 없이 지미는 얼른 대답했다. 재미있다는 듯 석빈은 미소를 지으며 노란 구식 백열등의 스위치를 돌렸다.

불이 꺼지자 지미는 둘둘 만 이불을 두 손으로 더욱 꽉 움켜쥐었다. 지금까지는 석빈이 믿을 수 있게 행동했지만 이젠 진짜 밤이다. 그가 어떤 야수로 돌변할지 아무도 모르기 때문이다.

하지만 그것도 잠시, 하루 종일 돌아다닌 피로 때문인가 지미는 어느새 곤히 잠들었다. 작게 코까지 골면서.

그래서 그녀는 알지 못했다. 석빈이 달빛에 비친 그녀의 얼굴을 한참 동안, 아주 오랫동안 바라보고 있었단 사실을. 기나긴 밤, 동물적인 본능을 억누르느라 잠을 설쳤다는 사실을.

따스했다. 마치 어린 시절 아빠의 품에서 잠들었던 그때처럼, 든든하고 따뜻했다. 느낌이 좋았다.

지미는 본능적으로 그 따스한 기운을 향해 파고들었다.

아빠의 따끔거리는 수염이 이마에 와 닿자 지미는 살짝 미소를 지었다. 처녀티가 난다며 이젠 아빠가 품에 안고 잘 수도 없을 만큼 컸다며 불평하시던 아버지. 다 큰 딸 안고 잔다고 엄마한테 혼날 텐데……. 하지만 정말 그리웠던 느낌이었다. 조금만 더 이렇게 있고 싶었다.

그런데 언제 집에 들어갔지? 분명 어제는 바다에 갔었는데.

이미 그 순간 지미는 자신이 누구의 품에 고이 안겨 있는지 눈치 챌 수 있었다.

두 눈을 뜨고 자신을 안고 있는 존재를 올려다보는 순간 지미는 자신도 모르게 온 집 안이 뒤집어질 정도로 크게 비명을 지르고 말았다.

"꺄아아아아아아!"

이어 그 비명만큼이나 큰 고함이 이어졌다.

"이 짐승! 짐승! 짐승! 당장 저리 못 가욧?!"

그녀의 머리 밑으로 한 팔을 넣고 또 한 팔로 허리를 두르고 있는 석빈의 시선은, 마치 먹이를 앞에 둔 맹수같이 보였다.

7장
그래, 내가 덮쳤다

이제 보니 옛말은 다 맞는다. 아니, 옛말은 모두 명언이다. 방귀 뀐 놈이 성낸다는 옛말은 더욱더 명언이다. 정말 그 말은 기가 막히게도 지금 지미의 행동에 딱 어울렸다.

지미가 화를 내고 있지만 정작 억울한 것은 석빈이었다. 처음부터 그의 요를 끌어간 것은 지미다. 욕심도 많지 이불이나 돌돌 말고 자면 됐지, 아무리 잠결이라곤 해도 간신히 덮고 있는 석빈의 요까지 욕심 사납게 탐을 낸다.

요가 생각대로 끌려가지 않자 요 위로 올라와 다시 이불 돌돌 말고 잔 것이 누구냐. 오른쪽 어깨를 바닥에 대면 왼쪽 어깨가 들뜨고 왼쪽 어깨를 대면 오른쪽 어깨가 들떠서 찬 기운 단속하느라 제대로 잠도 못 자는 그와 달리 지미는 쌕쌕 잠도 잘 자면서, 남의 요까지 탐을 내더니 결국엔 새끼 고양이처럼 그의 품으로 파고들어 왔다.

그래 놓고는 누구더러 짐승이라고 저 난리인 건지.

그의 잘못이라면 딱 하나다. 따뜻한 체온이 너무 좋아 그냥 품 안으로 굴러들어 온 지미를 끌어안은 것밖에 없다. 이대로 확 잡아먹어 버릴까 하는 유혹에 감쪽같이 넘어갈 뻔했지만, 그래도 어젯밤 지미와 한 약속이 생각나 어금니 악물고 물리쳤는데 그것도 모르면서 생난리다.

석빈은 어이없는 표정을 지으며 차창을 열었다. 그런 그에게 지미는 당당히 요구한다.

"사과해요. 안 그러면 당신하고 같이 서울에 안 갈 거예요."

석빈은 마침내 길가에 차를 세웠다.

"당신이 넘어온 거니까 당신이 사과해야지. 엄연히 말하면 당신이 날 덮친 거잖아."

"당신이 흑심 가득한 눈으로 날 쳐다보고 있었잖아요!"

"내 눈이 충혈된 것은 밤잠을 설쳐서 그런 거지, 흑심을 품어서 그런 게 아니야. 그러니까 당신이 인정하고 사과해."

"됐어요. 진짜 같이 못 가겠네."

지미는 차에서 내렸다. 오기가 있지, 내가 사과하면 내가 덮친 거란 말이잖아. 그렇게는 못한다. 창피해서 못한다.

"나 오늘 집에 가서 일해야 해. 괜히 오기 부리지 말고 차에 타.”

“싫거든요. 혼자 가세요. 나는 다른 차 얻어 타고 가면 되니까.”

그녀가 걷기 시작하자 석빈의 차가 느릿하게 그녀를 따라오기 시작했다.

“정말? 여긴 국도라 차가 언제 올지 모르는데. 또 그 차가 당신을 태울지도 모르는 일이고 또 남자 차를 얻어 탔다가는 어찌될지 모르는데? 게다가 그거 알아? 아까 콜센터에서 나온 사람이 그러는데 우리가 어제 그나마 민박이라도 해서 다행이래. 이근처에서 연쇄살인이 일어나고 있다고. 저기 저 이정표 보이지? 여자 머리만 나온 곳이 저기라고 하더라고. 아직 몸은 찾고 있다던데.”

그 말에 등골이 오싹했지만 그렇다고 얼른 석빈의 차를 타는 것은 처음부터 그 차에서 내리지 않은 것만 못하다.

거짓말일 거야. 그래도…… 탈까? 저 말이 정말이면 어떡해?

“좋아, 알았어. 나도 당신 안 태워. 나도 오기가 있지. 당신이 타겠다고 해도 안 태워. 정말 타고 싶으면 당신이 나한테 먼저 넘어왔다고, 나 덮쳤다고 내가 들을 수 있게 큰소리로 열 번 말해. 그럼 내가 마음 풀고 태워줄 테니까.”

그녀가 뜸 들이는 것에 오기가 났는지 마침내 석빈이 최후 통첩을 했다.

지미가 달리 뭐라 대꾸도 하기 전 석빈은 이미 차에 속도를 내고 있었다.

쳇, 조금만 더 달래주지. 그랬으면 탔을 텐데.

몰인정하게 100미터나 멀어진 석빈의 차가 놀리듯 느릿하게 앞으로 가기 시작했다. 그녀의 걷는 속도에 맞춰서.

조금 전에 한 말이 진심인가 보네? 미친 거 아냐? 만약에, 그러니까 예를 들자면, 정말로 여자가 남자를 덮쳤다고 치자. 세상 그 어떤 여자가 자기가 덮친 거라고 고래고래 소리를 지르겠냐고. 조용히 넘어가도 모자랄 판에.

진짜로 석빈은 계속 그녀와 차의 간격을 고집스럽게 100미터를 유지했다.

'태워달라고 할까? 미안하다고 말하고.'

무슨 남자가 저렇게 치사하냐? 내가, 그래 좀 너무했다고 하자. 잠결에 자기 품으로 파고든 것을 갖고 오히려 펄펄 뛰었으니 화가 날 만하다고 치자. 그렇기로 진짜 화를 내는 건 아니지. 너그럽지 못한 거 아냐? 적어도 남자라면 그런 거 다 눈감아줘야 하는 거 아냐?

지미는 앞서 가는 차를 바라보면서 한숨을 내쉬었다. 굽어진 계곡을 넘어가는 차, 곧 보이지도 않을 것이다. 오싹 두려움이 밀려왔다.

다리가 아픈 것은 둘째였다. 음산한 바람이 계곡을 지나거나 다리 아래 숲을 지날 때마다 지미는 두려움에 몸을 떨었다.

석빈이 한 말이 거짓말일 거라고, 설령 진짜라 해도 이런 대낮에 무슨 살인마 같은 것이 무섭겠냐고 생각했지만 무서움은 묘한 것에서 시작됐다.

휘이이잉.

불어오는 바람 소리나 그 소리 외엔 지독할 정도로 조용한 정적이 두려움을 불러일으킨다. 호젓함, 인적이 없는 산천이 갖고 있는 힘에 굴복당한 것이다. 금방이라도 산속에서 짐승이나 그 외 뭐 신령한 것들이 나타날지도 모른다는, 그런 두려움에 지미는 젖어들었다.

에이, 나쁜 놈!

저렇게 멀리 떨어져 있다가 느닷없이 옆에서 연쇄살인마가 나타나 내게 칼을 휘두른다면 그땐 어쩌려고? 이대로 죽는 모습을 보려고 그러는가?

다리가 너무 아팠다. 날씨도 너무 추웠다. 정말로 차 안이 절실하게 그리웠다.

치사한 인간! 그렇게 해야겠다 이거지?

내가 저 차, 절대 안 탄다, 치사해서 안 탄다!

그러면서 지미는 계곡을 향해 섰다.

"그래요! 내가 넘어갔어요! 내가 넘어갔다구요, 씨! 넘어가려고 넘어간 게 아니고요, 어쩌다 보니 추워서 그렇게 되었어요! 그래요! 내가 넘어갔어요!"

억울해서 눈물이 다 난다. 집에 가서 봐. 다시는 보지도 않을 거다. 데이트? 흥, 어림도 없어. 다신 안 해.

"내가 석빈 씨 덮쳤다구요, 젠장! 그렇다고 치사하게 그걸 꼭 이렇게 밝혀야 해요? 나도 자존심이 있는데, 넘어갔단 말을 하게 만들어야 직성이 풀려요?!"

내가 어쩌다 그까짓 추위 하나 이기지 못하고 그런 실수를 저질렀는지 이건 정말 천추의 한이다, 한이야.

처음엔 나오지 않던 목소리가 점점 커졌다. 아무도 없는 계곡 아닌가. 소리를 지르다 보니 분이 솟구쳐 점점 크게 소리 질렀다.

"그래요! 내가 넘어갔어요! 내가 덮쳤어요! 잘 자고 있는 석빈 씨 덮친 거, 바로 나라고요! 내가 넘어갔어요! 내가 넘어갔어요! 내가 덮쳤다구요! 됐어요?"

될 대로 되라!

분하고 창피해서 눈물이 났다. 눈물을 닦는데 도로 옆 계곡 쪽에서 '킥킥' 거리는 소리가 그녀의 귀에 선명하게 들렸다. 소리가 난 쪽을 흘끔 본 순간 지미는 근처의 나무 뒤에 숨어 있는, 낫을 가진 남자의 모습을 포착했다.

그 순간 그녀의 눈에는 보이는 것이 없었다. 차를 향해 죽어라 달리기 시작했다.

"석빈 씨! 그 사, 사, 살인마가! 계곡에 있어요!"

"저기서 식사나 할까?"

석빈이 턱짓하는 곳에 한적한 길가에 어울리지 않는 아주 커다란 간판을 단 식당이 나타났다. 점심시간이 많이 지난 후라 그런지 석빈의 말이 끝나기가 무섭게 지미의 뱃속이 요동을 쳤다. 그러고 보니 아침부터 아무것도 먹지 않은 상태였다.

"뭐…… 그러지요. 음, 점심은 제가 살게요."

나는 세련된 도시여자, 데이트 비용도 일부 부담할 수 있는 자립심 강한 여성이다라고 주장하고 싶지만 사실 그것보다는 석빈에 대한 미안함이 더 커 음식 값을 내겠다고 한 것이다.

이 사람 생각보다 좋은 사람 같아.

아까 그녀가 낫을 든 남자를 보고 기겁을 하고 뛰어가자 석빈은 무척이나 미안해했다.

"미안, 내가 너무 겁을 준 모양이군."

"미안해. 미안해."

몇 번이나 말을 해 오히려 지미가 미안할 지경이었다. 사실 아침에 석빈을 오해하고 짐승이라고 소리소리 지른 것도 은근히 미안한 일이었기에 지미는 오히려 당황했다.

"뭐…… 석빈 씨가 미안할 일은 아니지요."

"아니, 내가 미안해. 이렇게 된 거 다 내 잘못이잖아, 자동차 기름만 채워놓았어도 이렇게 안 됐을 테니까. 거기다 어제 식당에서 지미 씨 핸드폰을 챙기지 못한 잘못도 있고."

"아니라니까. 석빈 씨가 일부러 자동차 기름 안 넣은 것도 아닌데 왜 그게 석빈 씨 잘못이에요? 핸드폰만 해도 그래요. 내 핸드폰이니 내가 챙겼어야죠. 그러니까 석빈 씨 잘못은 아니에요."

"아냐, 내 잘못이야."

"그렇게 따지면 지구가 둥근 것도 석빈 씨 잘못이게요? 자꾸 그러지 말아요. 석빈 씨 잘못이 아니니까."

마치 계획이라도 한 것처럼, 톱니처럼 맞물려 일어난 일은 머피의 법칙일 뿐이라고 지미는 생각했다. 차라리 그것은 잘된 일인지도 모른다. 지미는 어제 석빈이 보여준 여러 가지 행동을 생각하면서 석빈에 대해 다시 생각하게 되었으니까 말이다.

이 남자는 믿을 수 있는 남자 같아.

딱 한 번 했던 연애, 그때 그 남자가 동침을 요구하면서 이렇게 말했었다. 남자란 동물적 본능이 강해서 여자와 단둘이 한방에 있으면 그게 서로 그런 감정이 없었다 해도 그 순간만큼은 참을 수 없이 여자를 정복하고 싶어한다고. 그랬기에 자신은 지금까지 지미에게 손대지 않은 것이 성자와 같은 인내를 했기 때문이라고. 이젠 그런 고문을 더 이상 받고 싶지 않다고. 그래서 고문받지 말라고 미련없이 헤어졌다.

하지만 그 말이 지미에게 많은 것을 알게 해준 것은 사실이다. 남자와 단둘이 한방에 있게 될 경우 최대한 긴장을 하고 자신을 지켜야 한다는 것을.

어제 같은 경우라면 대부분의 남자는 짐승이 되지 않을까? 하지만 어제 석빈은 전혀 짐승이 될 수 없을 만큼 모든 면에서 신사였다.

가위바위보에서 이기고도 이불을 양보해 줬고 지쳐 잠든 지미에게 덤벼들지도 않았다.

꽃을 든 남자 대신 낫을 든 남자를 만난 뒤―후에 이 남자가 불법 벌목꾼일 가능성이 더 크다는 쪽으로 생각이 기울어 그나마 조금 안심이 되었다―지미는 석빈이 보여주는 태도에 감격해서 완전히 석빈에게 마음이 기울어졌다.

그뿐인가, 지미가 휴대폰을 찾기 위해 중간에 잠깐 선 휴게소의 공중전화로 자신의 번호를 찍어봤지만 아예 전원이 꺼져 있다는 것을 알았을 때 석빈은 지미의 표정을 보며 같이 어제의 그 식당에 가보자는 말까지 해주었다. 자신도 일을 해야 하기 때문에 바쁘다 해놓고서.

"누가 집어간 거 같아요. 휴대폰 배터리가 잔뜩 남아 있었는데 꺼진 거 보니까. 가봤자 없을 거예요."

비싼 돈 주고 산 것이지만 자신에게 그리 마음 써주는 석빈에게 미안하고 고마워 지미는 스스로 휴대폰을 포기했다. 어쨌거나 석빈은 그간 지미가 보고 느꼈던 그런 사람은 아니었던 것이다. 다정하고 속 깊고 매너도 깍듯한 사람이었던 것이다.

몰래 석빈이 음흉하게 웃고 있는 것을 지미는 전혀 눈치 채지 못했다.

석빈은 자동차 콘솔박스를 흘끗 바라보았다. 그 속 깊이 지미의 핸드폰이 꼭꼭 들어 있는 것을 이 여자는 꿈에도 모르리라.

운전을 하는 사람이 계기판에서 기름을 확인하는 것은 기본 중의 기본이다. 깜박 잊고 기름을 안 넣었다는 것이 말이 되는가? 어제의 일은 석빈이 치밀하게 계산했던 일이었다. 그리고 모든 것이 그의 예상대로 됐다.

모든 일에는 순서가 있다.

어제 곱게 재운 것도 다 계산 속에 있는 일이었다. 마음먹었다면 어젯밤 그렇게 그대로 잠들게 놓아두지는 않았을 것이다. 하지만 만일 자신의 충동대로 했다면 그 관계는 거기서 끝이 났을 것은 불을 보듯 뻔한 것이었다. 그리고 진정으로 그가 원하는 것은 그것이 아니었다.

석빈은 이 엉뚱한 김지미와 진정 연애가 하고 싶었다. 그래서 치솟는 충동을 이를 악물고 참아냈다. 지미에 대해 잘 알기도 전에 그녀와 헤어질 마음은 추호도 없으니까. 그러기 위해서는 지금은 곱게 내버려 두는 것이 옳은 것이다. 어쨌거나 그 모든 일을 꾸민 소정의 목적은 이룬 것 같다. 지미와 가까워지는 것. 하룻밤 같이 보내고 나니 이젠 제법 애인 사이 비슷한 분위기가 두 사람 사이에 흐르게 되었다.

그랬기에 지미가 점심식사를 위해 식당을 고르는 것에도 까

다로운 것을 그는 인내를 갖고 기다려 줄 수 있었다.

처음 들어가고자 했던 갈빗집. 어제 너무 잘 먹어서 그랬는지 지미는 고기를 먹고 싶지 않았다.

그러다 눈에 띈 유명 체인점인 감자탕집. 이런 곳까지 와서 아무 데서나 먹을 수 있는 저 메뉴는 아닌 것이다.

그래서 정한 메뉴가 춘천이니 '춘천 막국수'가 좋다는데 춘천 막국수 중에서도 '맛있어 보이는 집'이 눈에 띄지 않는 것이다.

그러다 거의 춘천 경계선까지 오게 되었다.

춘천을 넘어가면 막국수라 해도 더 이상 춘천 막국수가 아닌 것이다.

지미는 고플 대로 고픈 배와 미안한 마음이 뒤섞여 석빈을 흘끔 쳐다보았다. 그가 말을 하지 않아도 화가 났을 것 같단 생각에 차마 말도 못 걸었다.

하지만 그건 그녀만의 생각인 듯 그는 마침내 한 식당이 보이자 반가운 목소리로 가리켰다.

"저기 들어가자. 이젠 저 집이 마지막인 것 같은데."

"저기요, 우리 아빠가 그러는데요. 모르는 지역에 나가서 식당에 들어갈 때는 식당 앞에 차가 많이 세워진 곳으로 들어가랬어요. 잘못 들어가면 음식 맛이 없다고."

토를 달 상황이 아니지만 또다시 꺼려지는 이 마음을 어이하리.

차 한 대 없는 식당 앞을 바라보다 석빈이 시간을 확인했다. 2시가 넘어 있었다. 지미와 아침부터 쓸데없는 말씨름을 하느라 길에서 시간을 버리는 바람에 어영부영 때를 놓쳐 버렸다.

"한 끼인데 뭐. 맛없어 봤자지."

석빈이 차에서 내리자 지미도 따라 내렸다. 석빈의 뒤를 따라 식당에 들어선 지미는 걸음을 우뚝 멈춰 섰다.

먹은 것이 단단히 체한 모양이었다. 지미는 두 번이나 휴게소에 들러야 했다. 식은땀도 나고 구역질도 나고 무엇보다도 머리가 깨질 것처럼 아파서였다. 두 번째 휴게소에서 석빈이 약을 사다 주었다.

"그러게 뭐 하러 그걸 다 먹어?"

아까 점심을 먹으러 들어간 식당은 너무도 지저분했다. 웬만하면 그냥 나오고 싶었지만 식당 주인이 노인네인 것을 보고는 차마 나오지 못하고 그대로 들어가 눈에 거슬리는 모든 것들을 꾹 참고 먹었더니 된통 체한 모양이다.

지미가 약을 먹고 나자 석빈이 그녀의 손을 잡고 엄지와 검지 사이를 꼭꼭 눌렀다.

"아얏."

"조금 참아. 체한 것이 내려갈 테니."

체해도 단단히 체했는지 지미의 얼굴은 하얗게 질리고 손은 얼음처럼 차가웠다.

"먹기 싫으면 먹지 말라고 했잖아."

"그러면 할머니가 민망해할 것 같아서요."

안 그래도 식당 주인답지 않게 음식이 맛이 없진 않을까, 입에 안 맞지는 않을까, 노심초사 신경 쓰는 모습이 보였다. 냉장고 안을 다 뒤져 내온 듯 막국수와는 전혀 어울리지 않는 멸치 반찬까지 상에 올라왔다.

늦은 점심시간이라고는 하나 아직 그렇게까지 손님이 없을 시간이 아니건만 휭한 식당 안을 보며 왠지 그 노부부에게 측은한 마음이 들어 지미는 노인들이 모르게 그릇 밑에 팁을 두둑하게 깔아놓았다.

"맛이 없었나 보네. 반도 더 남기고. 미안해서 어떡해? 그냥 음식 값, 반만 내고 가요."

미안해하는 얼굴의 할머니를 보며 지미는 생긋 웃어주었다.

"아니에요. 잘 먹었어요, 다 받으세요."

지미가 도시여자답게 자신이 치른다고 했던 밥값을 내고 돌아서자 테이블을 치우던 할아버지가 그녀를 불렀다.

"이건 무슨 돈이여? 돈을 놓고 갔어."

팁이요……

조용히 받아두실 것이지 굳이 돈을 들고 따라 나오는 할아버지를 보며 지미는 뭐라고 말할까 변명거리를 찾았다. 팁이라고 하면 역정을 내실 것 같고, 동정이라고 말할 수도 없고, 음식 값이라 하기엔 지금 또 지불한 것이 있으니 핑계가 되지 않았다.

수고비라 말하기에는 너무도 적당치 않은 큰 액수인 것이 문제였던 것이다. 놓고 나올 땐 좋은 일 하는 거라고 생각해 기분이 좋았었는데.

"아, 그거 말입니까?"

그때 석빈이 나서서 입을 열었다.

"아까 보니까 마당에 장독 눌러놓았던 큰 돌 있잖습니까, 제가 수석을 모으는 취미가 있는데 그게 상당히 마음에 들어서 산다고 말씀드리려고 돈을 꺼내놓은 것이, 말씀드리는 것이 좀 늦었습니다."

오호! 그 순간 나왔던 석빈의 순발력! 지미는 속으로 감탄을 했다.

"겨우 장독 눌러놓은 돌, 그냥 달라고 해도 줄 건데……."

"아닙니다. 아무리 수석에 대해 모르신다 해도 양심상 거저 달라고 말씀드릴 수는 없잖습니까. 그 정도 가치는 나가는 돌입니다."

"그런가? 내 눈에는 아무리 봐도 그냥 돌인데……."

"돌 모양 자체가…… 그러니까 꼭 한 마리의 용이 승천하듯 용솟음치는 한쪽의 급경사와 한가로이 헤엄치는 물고기 한 마리의 등지느러미처럼 부드러운 곡선이 합쳐져…… 어쨌거나 이건 그 정도 가치는 있는 수석이 확실합니다."

그 말을 들으니 정말 그런 것도 같네.

"그래?"

할아버지의 눈이 빛나는 것이 횡재했다는 표정이다.

"그러게, 계곡에서 딱 마음에 들게 생겨서 주워오긴 했지, 암. 그럼 잠시만 기다려요. 내가 차까지 들어다 줄 테니."

감개무량한 얼굴로 노부부는 차가 출발해 도로로 들어설 때까지 몇 번이고 손을 흔들었다. 석빈은 음식점이 안 보이는 곳까지 나오더니 차를 세우고 돌을 길가에 내려놓았다.

"수석이라면서요?"

"어느 돌이든 돌은 모두 수석이지."

"승천하는 용하고 물고기 등지느러미라면서요."

"어떤 돌이든 둘 중 하나는 해당돼. 날카로우면 용이고 부드러우면 지느러미고."

그의 말에 지미는 웃을 수밖에 없었다.

그 순간 지미는 그간 그에 대해 조금이나마 남아 있던 안 좋았던 이미지를 모두 지워 버렸다.

이 사람 진짜 괜찮네. 어쩌면 진짜 귀한 수석처럼 고귀한 인간성을 지닌 인간인지도 모르겠다.

그때를 생각하며 지미는 빙그레 웃었다. 오늘 석빈은 참 많은 부분을 지미에게 보여주었고 그것들은 다 좋았다. 지금의 행동처럼. 아프다는 그녀의 손을 잡고 주물러 주는 석빈의 손은 참 따뜻했다. 그리고 부드러웠다.

음, 섹시하네?

남자의 손에 약한 지미였다. 길게 쭉 뻗은 남자의 손은 여자의 손과는 다른 아름다움이 있었다. 강인하면서도 섬세한 아름다움. 여자의 손이 폭 파묻힐 것처럼 커다란 손을 보며 지미는 침을 꼴깍 삼켰다. 그런 뒤 망설이며 물었다.

"우리 네 번째 데이트는 어디로 갈까요?"

서울에 도착해 지하 주차장에 차를 세웠다. 지미는 차에서 내리며 석빈의 얼굴을 살폈다. 이틀 연속 운전만 한 석빈의 표정엔 피곤한 빛이 역력했다.

"피곤하죠?"

"조금. 일단 방으로 들어가면 바로 베드인해서 내일 아침까지 아무것도 안 하고 잘 거야. 지미 씨는 뭐 할 거야?"

"일단 옷 갈아입고 가게에 나가봐야죠."

후, 그리고 그것보다 중요한 일이 있다. 엄마에게 전화도 해야 한다. 아침에 공중전화로 차가 고장이 나서 밤에 올라가지 못했다고 대충 둘러대긴 했으나 걱정스러웠다. 어디서 어떻게 무엇을 했냐며 틀림없이 따지고 들 테니까 말이다.

세나와 급한 대로 말은 맞췄다. 전화를 해서 자신이 휴대폰을 잃어버린 일과 그녀와 놀러 나간다고 엄마에게 거짓말을 한 뒤 석빈과 강원도에 내려온 일을 간략히 전했다. 아무튼 지미에겐 이것저것 수습하고 짜 맞추어야 할 일이 한두 가지가 아니니 석빈처럼 베드인이라는 것은 꿈꾸지 못할 일이었다.

"데이트가 너무 즐거웠어."

"저도요."

엘리베이터의 좁은 공간 속에서 나란히 서서 서로의 얼굴을 보고 있자니 공연히 가슴이 콩닥거리기 시작했다. 이것은 어젯밤 단둘이 방 안에서 밤을 보냈던 것과는 아주 다른 기분이었다. 좁은 공간 안에 두 사람만이 존재한다. 뭔가 굉장히 드라마틱하다.

그런 그녀의 마음을 읽기라도 한 듯 그가 천천히 그녀에게 한 발 다가섰다.

부드럽게 시선을 맞추고 천천히 그의 얼굴이 그녀를 향해 다가오기 시작했다.

이게 바로 로맨틱 코미디 영화에서 많이 보는 바로 그 키스 타이밍?

오오, 노련하다, 낭만적이다. 그리고 놓치고 싶지 않다.

지미는 천천히 눈을 감았다. 천천히 입술을 앞으로 내밀었다. 그의 숨결이 가까이 오기를 기다렸다.

그리고 그의 입술이 자신의 입술에 닿기를 기다렸다.

'띵' 하는 엘리베이터의 도착을 표시하는 전자음에 지미는 화들짝 놀라 눈을 떴다.

그 순간 그녀의 얼굴이 새빨갛게 물들었다.

착각이었던 것이다. 그는 여전히 그 자리에 멈춘 채 자신의 얼굴을 바라만 보고 있다. 다가온다고 느꼈었는데, 그래서 입술을 내밀었는데, 혹시 이상한 여자라고 생각하면 어쩌지? 밝히는 여자라고 생각하면 어쩌지?

창피한 마음에 그녀는 얼른 돌아서서 엘리베이터를 나왔다.

그러나 그녀는 그 순간 그의 손에 이끌려 다시 엘리베이터 안으로 들어가고 말았다.

따스한 입술이 그녀의 입술 위에 짧게 머물렀다.

"어머⋯⋯."

아무리 도시여자라도 내숭은 필수, 아니, 도시여자이기에 세련되게 내숭을 떨어야 한다. 하지만 한 타이밍 늦었다. 아마 그도 눈치를 챘을 것이다. 또다시 부끄러운 마음이 들어 한마디 더한다.

"왜 이래요?"

싸악 눈을 흘겨주고 급히 자신의 오피스텔 현관문의 비밀번호를 입력하기 시작했다.

692⋯⋯. 채 숫자를 다 누르지도 않았는데 벌컥 문이 열렸다. 순간 지미는 아찔해졌다.

오 마이 갓. 난 이제 죽었다. 저승사자처럼 버티고 서 있는 부모님을 발견했기 때문이었다.

"어, 엄마 아빠!"

"들어오너라."

아빠의 눈이 지미의 뒤에 서 있는 석빈에게만 향해 있었다.

"둘 다!"

딱 걸렸다는 말은 이런 때 아주 정확하게 들어맞는 말이다.

석빈은 최대한 사람 좋은 얼굴로 예의를 갖춰 지미의 부모 앞
에 무릎을 꿇고 앉아 있었다. 지미의 아버지는 벌써 10분째 아
무 말 없이 석빈의 얼굴을 탐색하고 있었다. 빤히 쳐다보면서도
아무 말도 하지 않으면, 웬만한 사람이면 거의 다 안절부절못할
것이다. 하지만 석빈은 동요하지 않았다.

"그러니까, 기름이 떨어졌었다, 이 말이지?"

안절부절못하고 바짝 졸다 이실직고를 할 줄 알았건만 이 녀
석, 뻔뻔한 것인지, 강심장인 것인지 알 수가 없다. 석빈이 태연
한 얼굴로 자신이 입을 열 때까지 기다리는 것을 본 창우는 하
는 수 없이 기습공격을 했다. 기선제압. 요 녀석, 생긴 거 하나
는 아주 멀쩡하지만 감히 우리 딸을 데리고 같이 밤을 보내고
와?

이 순간을 상상 안 해본 것은 아니었다. 금지옥엽, 눈에 넣어
도 아프지 않는, 이렇게 예쁜 내 딸을 누가 채가기라도 할까 그
는 지미의 주변 경계에 유난히 힘을 썼다.

유치원에서 지미에게 반해 집에 놀러 오겠다고 떼쓰던 놈은
그냥 험악한 인상 하나로 끝냈다. 녀석은 그 후 지미에게 말조
차도 걸지 않았었다.

초등학교 때 숙제를 같이하겠다고 왔던 녀석, 멱살 잡고 지미
울리면 경찰 데리고 찾아가겠다는 말로 단칼에 잘랐다. 중학교

때 온 녀석, 비록 문을 열어놓았다고는 해도 단둘이 지미와 방에 들어가 공부하는 것을 보고 아예 그 방문 앞에 앉아 계속 헛기침을 하며 신문을 봤는데 다음날 지미 말이 그 녀석, 다른 애랑 공부하기로 했단다.

고등학교부터는 그런 걱정도 안 하게 아예 여학교를 보냈다.

대학 시절 남자친구가 있었던 것 같았지만 아내의 만류에 어찌하지도 못하고 뜬눈으로 밤을 지새우며 걱정만 했다. 다행히 별 탈 없이 둘이 헤어졌단다.

지미가 처음 독립을 하겠다고 했을 때 그의 가장 큰 걱정은 바로 이것이었다. 안 내보내려고 온갖 핑계를 대며 말렸지만 결국 지미의 유학 가겠다는 반 협박에 어쩔 수 없이 양보를 하고 말았다.

솔직한 말로 지미의 방에 CCTV라도 달고 싶은 마음이었지만 차마 딸의 사생활에 그런 짓까지 하지는 못했는데 그게 지금은 후회스러울 지경이다.

게다가 대체 뭐 하는 놈인지, 이 녀석, 아주 뻔뻔한 얼굴로 자신을 바라보고 있다. 잘못한 거 하나 없단 표정이다.

뭐? 기름이 떨어져? 그 레퍼토리는 사내라면 다 아는 기본 수칙 아닌가? 감히 이놈이 내 딸을 두고 그딴 수작을 부렸단 말이지?

하지만 녀석의 목소리를 듣기도 전에 지미가 먼저 대답을 했다. 아주 천진한 얼굴로.

"응, 아빠."

"음식점에서 핸드폰을 잃어버렸다고?"

"응, 아빠."

"민박을 하는데 방이 하나밖에 없었다고?"

"응, 아빠."

"아무 일도 없이 잠만 잤다고?"

"응, 아…… 빠."

점점 커지는 창우의 목소리와 달리 지미의 목소리는 점점 작아져 갔다.

"정말인데……."

그래도 사뭇 억울해하면서 끝까지 대답을 했다.

창우는 잠시 석빈을 쏘아보았다.

"자네 무슨 일을 하나?"

"외화 번역을 합니다."

"그 일을 해서 돈벌이는 되겠나? 우리 지미가 지금은 혼자 독립하겠다고 저런 행색을 하고 있긴 하지만 아주…… 아주 고급스러운 아이라네."

차마 딸을 앞에 두고 씀씀이가 헤프다는 둥, 명품만 밝힌다는 둥 있는 말 없는 말 지어낼 순 없어 그는 말을 신중히 골랐다. 그래, 도망칠 수 있을 때 도망쳐라. 길을 내줄 테니까. 너 같은 녀석한테는 내 딸이 아깝지. 감히 쳐다만 보는 것으로도 넌 중죄야!

"아빠, 내가 언제……."

석빈과 마찬가지로 지미는 이내 그 말뜻을 알아차리고 반박을 하려 했다. 억울하다. 딸이 혼자 독립을 했다고 해도 어디 정말로 너 혼자 사는 것이 어떤 것인지 겪어봐라 하시며 생활비 한번 지원해 준 적이 없는 아빠였다. 그런데 석빈 씨 앞에서 마치 자신이 아주 씀씀이가 헤프다는 뜻을 내비치고 있지 않은가.

그러나 아빠의 생전 처음 보는 날카로운 눈빛에 그녀는 더 이상 반박을 하지 못하고 얼른 입을 다물 수밖에 없었다.

너그러운 표정으로 창우는 석빈의 도망갈 자리를 터주고 거기서 넘어지지 않게 아예 땅까지 골라주었다.

"지금은 독립을 고집하니 내가 금전적인 지원을 해주는 것은 아니지만 결혼하고 나서도 저런 생활을 하게 두진 않을 걸세. 감당할 자신은 있나?"

뭐라고라? 결혼이라고라? 아니, 지금…… 겨우 세 번 데이트했고 방금 전에 엘리베이터에서 첫 키스를 했는데 뭐가 그리 성급하셔 가지고는…….

또다시 뭐라 반박을 하려던 지미는 달리 아빠가 자신에게 인상을 쓰지도 않았지만 마음이 변해 입을 다물었다.

뭐, 급히 결론을 내릴 건 없지. 사람 앞날은 아무도 모르는 거 아니겠어?

"모아둔 저축이 있습니다. 지금 하는 일이 수입이 적은 것도 아니고요. 웬만한 월급쟁이들보다는 많이 벌고 있습니다."

창우의 미간이 또다시 찌푸려졌다. 꽤 괜찮은 작전이라 생각했는데 녀석, 생긴 것만큼이나 겁이 없는 모양이다.

"나이는 몇인가?"

"서른두 살입니다."

"다섯 살이면 너무 차이가 나는 거 아닌가?"

엄마와 아빠의 나이는 여덟 살이나 차이가 난다는 사실을 알고 있는 지미로서는 참으로 그 말이 부당하게만 들렸다. 한마디로 지금 아빠는 생트집을 잡고 계시는 거다.

"생일은?"

"5월 23일입니다."

"음력으로?"

"네."

"삼복 생일이라. 나실 때 어머님이 고생깨나 하셨겠군. 그래, 부모님은 뭘 하시지?"

"제가 여덟 살 때 사고로 두 분 다 돌아가셨습니다."

짧지만 긴 침묵이 내려앉았다. 그것은 지미도 모르는 일이었다.

그녀의 시선이 석빈에게서 이내 아빠에게로 향했다.

그리고 그녀는 깨달았다. 아빠에게 석빈 씨를 허락받기는 불가능하다는 것을.

8장
그놈이 또?

　지미는 사뭇 진지한 얼굴로 꽃다발을 만들고 있었다.

　이 계절의 수선화는 사실 상당히 비싼 가격에 구하기도 쉽지
는 않았다. 하지만 그녀에게는 그것이 꼭 필요했기에 몇 군데
거래처를 다 훑어 마침내 찾아낸 것이다.

　"사장님, 이제 연애 모드 돌입?"

　수선화로 꽃다발을 만드는 것을 본 명우가 따로 할 일이 없었
는지 그녀의 곁에 다가와 앉아 심심하게 말을 걸었다.

　"응?"

　"전에 누가 와서 그 꽃말 때문에 꼭 수선화여야 한다고 우겨
서 그거 사러 반포를 다 뒤지고 다녔잖아요. 뭐, 우리 소심한 사

장님이 누군가에게 자뻑하지 말라는 뜻으로 주는 거라고는 믿지 않고요, 그렇다면 누군가에게 좋아한다고 고백을 한다는 뜻인데, 그 스카프 선물한 사람이에요? 돈 좀 있는 거 같던데……."

"내가 너 월급을 너무 많이 주는 거 같다? 하는 일에 비해서."

그녀의 말 한마디에 명우는 재빨리 헝겊 하나를 들고 창문으로 달려들어 별로 손자국도 안 난 유리창을 열심히 벅벅 문지르기 시작했다.

저 참견쟁이, 이럴 땐 좀 둔치였으면 좋겠건만, 눈치가 필요할 땐 한없는 둔치가 되었다가 꼭 쓸데없는 데서 눈치가 빛을 발한단 말이야.

지미는 명우를 한 번 째리고는 다시 꽃다발을 만드는 일에 전념했다.

오늘 중으로 석빈 씨에게 주려면 한가한 이 시간에 다 만들어 놓는 것이 좋을 것이다. 오후부터는 주문받은 꽃다발도 만들어야 하고 또 저녁에 꽃이 잘 팔리기 때문에 따로 시간을 내기 힘들 것이다.

사실 엊그제 석빈 씨와 함께 돌아오다가 부모님께 딱 걸린 그날, 석빈 씨에게 너무도 미안했다.

석빈 씨의 부모님이 그가 어렸을 때 다 돌아가시고 성인이 될 때까지 할아버지와 살았다는 그의 말을 들은 순간 그녀의 부모님은 무례할 정도로 차가운 태도로 더 이상의 대화를 끊고 그를 집으로 돌려보냈던 것이다. 그녀가 무안하고 미안할 정도였다.

솔직히 둘이 진짜 진지하게 사귀고나 있었으면 그렇게 미안하지 않았을 것이다. 그럴 땐 미안한 것이 아니라 마음이 아프겠지.

한 가지 다행인 것은 아빠가 너무 화가 나서 지미에게 다 그만두고 집에 들어오라고 하실 줄 알았는데 아빠도 그녀에게 미안했는지 아니면 그녀가 화를 안 내는 것이 불안했는지 더 이상말을 않고, 눈치만 보고 있는 엄마를 끌고 집으로 돌아가셨다.

석빈을 마주치게 되면 어떻게 말을 해야 할지 그녀는 그 걱정뿐이었다. 미안하단 말을 하기에는 너무도 미안했고, 아무 일없었던 것처럼 행동하는 것은 더더욱 미안해질 뿐이었다.

그냥 호감이 생겼었는데, 좋은 사람이라는 것을 처음 알았는데 그렇게 끝나게 되어 지미는 그것이 안타까울 따름이었다. 성인군자라 해도 그런 모욕을 받고는 다시 만나고 싶은 마음은 생기지 않을 것이라 생각했다.

하지만 그녀의 예상과는 달리 바로 그 다음날, 그녀가 출근하는 길에 석빈이 그녀를 기다리고 있었다.

오히려 그를 마주친 지미가 더 놀랐다.

"여어!"

그는 태연하게 그녀를 향해 손을 흔들었다. 그의 표정을 보면마치 어제 집에서 지미의 부모님을 만난 적도 없는 것처럼 보였다.

그를 본 순간부터 지미는 무슨 말을 꺼내야 할까 그 걱정부터 했다. 어젯밤 내내 고민하고도 결론을 내리지 못한 걱정이었다.

"석빈 씨……."

"오늘은 웬일로 출근이 늦네. 평소에는 그 시간만큼은 칼같이 지키더니."

아니, 아침 댓바람부터 왜 사과하려는 사람 화나게 만드는 거야? 원래 내가 시간만큼은 다 잘 지키는 사람인데.

평정심을 되찾고 지미는 석빈에게 애써 미안한 표정을 지었다.

"어제……."

"괜찮아. 좋은 분들 같던데. 지미 씨를 많이 사랑하고 아끼시는 것 같아. 그래서 나 같은 놈이 못 미더운 거겠지."

"석빈 씨 같은 놈을 못 미더워하는 거 아니에요."

놈? 이게 아닌데.

그녀의 말에 석빈도 기가 찬 듯 헛웃음만 지을 뿐이다.

"어쨌거나 너무 미안했어요. 원래 그런 분들이 아니신데 내가 하루 외박을 하는 바람에 많이 화가 나서서 그래요. 처음 있는 일이라……."

"처음 있는 일이라고?"

의미심장한 그의 말에 지미는 잔뜩 구겨진 이마를 하고 석빈을 노려보았다.

"그럼 내가 외박이나 일삼는 난잡한 사생활을 가진 여잔 줄 알았어요?"

"뭐, 그렇다기보다…… 성인이니까…… 집에 못 들어올 상황
도 있을 수 있지 않겠어?"

흠, 이게 무슨 뜻인지 다 안다. 그리고 아주 기분 나쁘다.

"미안한데, 난 아주 도덕적인 여자거든요. 내가 초딩 때부터
제일 잘했던 과목이 바로 도덕, 윤리 이런 거였다고요. 그건 다
만점받았거든요?"

"도덕 시험 못 보는 한국 사람도 있나? 웬만하면 다 잘하는
과목인데."

"아니, 아침 댓바람부터 왜 사람 인내심 테스트하고 그래요?
어제까지는……."

아차! 그녀는 얼른 말을 끊었다.

"어제까지는 뭐? 분위기 좋았으면서? 친절했으면서? 최고의
젠틀맨이었으면서?"

말자, 아니, 웃자.

그녀가 웃자 석빈도 잔뜩 심각했던 얼굴을 풀고 웃었다.

"약속은 지킬 거지?"

웃다 말고 뜬금없이 석빈이 물었다.

"네?"

"다섯 번의 데이트. 아직 세 번밖에 안 했잖아. 아무리 그래도
'나 잡아봐라' 까지는 해야지."

그제야 지미는 마음이 놓였다. 석빈은 어제의 일로 그녀를 멀

리할 생각이 없는 모양이었다.

"약속 날짜 잡아요. 약 먹는 거 잊지 말고."

"무슨 약?"

"왕자병."

　

수선화에는 두 가지 꽃말이 있다. 자만심 혹은 나르시시즘. 그리고 또한 의외의 꽃말을 가지고 있는데 당신을 좋아합니다 라는 의미다. 보통은 자만심으로 알고 있긴 하지만. 석빈도 그 렇게 받아들일 것이다. 하지만 상관없다. 차라리 그렇게 받아들 였으면 좋겠다. 그 속에 내포된 그녀의 마음을 꼭꼭 숨길 수 있 게.

그 아침 석빈이 그녀를 향해 활짝 웃는 것을 보며 지미는 느 낄 수 있었다. 석빈에 대한 감정이 이틀 전과는 많이 달라졌다 는 것을.

사랑? 그것은 모르겠다. 하지만 최소한 그녀가 석빈을 무척 이나 좋아한다는 것은 확실하게 알 수 있었다. 그가 웃는 순간 그의 뺨에 생긴 그 길쭉한 주름에 손을 대고 싶었으니까. 한 번 쓰다듬고 싶었으니까. 그 순간 가슴이 무척이나 두근거렸으니 까. 그리고 그가 또다시 키스해 줬으면 좋겠다고 생각을 했으니 까.

　

석빈은 마침내 번역 일을 포기하고 아예 소파에 드러누워 눈을 감았다.

일을 하려 했지만 집중이 잘되지 않았다. 집중을 하지 않아도 번역 정도는 할 수 있었지만 그리 좋은 번역은 나오지 않을 것이다. 영화 번역을 할 때 그가 가장 중요시하는 것은 원어(原語)가 주는 바로 그 느낌을 최대한 옮기는 것이었다. 유쾌한 느낌은 최대한 유쾌하게, 우울한 느낌은 최대한 우울하게. 바로 그 느낌을 지금은 가질 수 없었다. 그러기에는 머릿속이 너무도 복잡했다.

지미의 존재에 대해.

대체 이 감정은 무엇일까? 아직도 호기심인가?

아니다. 뭔가가 더 있다. 단순히 재미있을 것 같은 그런 호기심은 더 이상 아니었다. 오히려 그 느낌은 초조함에 가까웠다.

초인종 소리에 석빈은 깊은 상념에서 벗어났다.

노란 꽃다발을 든 지미가 자신있게 화면에 얼굴을 들이대고 있다.

"호랑이도 제 말 하면 온다더니, 꽃을 든 여인께서 어인 행차신가?"

"누구한테 내 얘기 했는데요? 혼자 있는 거 아니에요? 혼잣말?"

"내가 아무리 방에 혼자 콕 박혀 있다고는 해도 혼잣말을 할 만큼 미치지는 않았어. 단지 생각을 했을 뿐이지. 당신 생각."

아주 능청맞게 웃으며 석빈은 지미를 집 안에 들였다.

"이거 받아요."

지미가 들고 있던 꽃다발을 그에게 내밀었다.

전에 꽃다발을 받을 때와는 달리 석빈은 의아한 눈으로 그녀가 내민 꽃다발을 노려보았다.

"무슨 뜻이야, 이거? 내가 남자라고 해서 아무것도 모를 거라는 생각은 하지 마."

헉, 설마, 정말 그 뜻을 알고 있는 건 아니겠지? 그렇다면 곤란하다. 아주 곤란하다.

"내가 정말 잘생기긴 했고, 정말 성격 좋은 것도 알고 있고, 능력도 좋다는 것을 알고 있다고 해서 당신이 나한테 그런 말을 할 자격은 없다고 생각해. 당신도 공주님이라는 호칭을 아주 즐기고 있잖아."

그럼 그렇지. 딱 그만큼만 알고 있네. 아주 딱 필요한 만큼만.

"팔고 남은 꽃이라서 가지고 왔다고 핑계 대려고 했는데 딱 들켰네요. 그럼 다시 가지고 갈게요."

그가 절대로 돌려주지 않을 거라는 것을 알고 있으면서도 지미는 짐짓 토라진 표정을 지었다.

"괜찮아. 그래도 여자한테 꽃을 이렇게 자주 선물받는 남자는 대한민국에서, 아니, 전 세계적으로 나 하나뿐일걸. 그런 의미에서 감사히 받아주겠어."

말이나 못하면.

지미는 그가 흥얼거리며 꽃을 벽에 거는 것을 지켜보았다.

"어라? 아직도 못이 스무 개나 박혀 있네. 못 자국이 흉한걸."

저건 마저 채워달라는 무언의 압박?

"당신은 노란 꽃을 좋아하나 봐. 가지고 온 꽃이 전부 노란색이네. 아니면 당신네 꽃집에서 가장 인기없는 꽃이 노란색?"

그러고 보니 처음엔 노란 장미를 선물했고 그다음엔 노란 석죽화네. 그리고 오늘은 수선화까지. 노란색 꽃은 다들 그리 좋지 않은 꽃말을 가지고 있는 모양이다.

"수선화 꽃말이 자만이지? 이 꽃들 다 꽃말 있어?"

"피곤하지 않아요?"

당황한 지미가 얼른 말을 돌린다는 것이 그만 엄청난 실수를 하고 말았다. 자신의 벽에 꽃들이 걸려 있다는 사실이 신기한지 마냥 꽃들만 쳐다보고 있던 석빈의 몸이 순간적으로 굳어졌다.

피곤하지 않느냐는 말은 때와 장소에 따라 다른 의미를 가지고 있다. 말 그대로 피곤하냐고 묻는 것과, 또는 잘 시간이 되지 않았냐는 것. 그 말을 또 다르게 해석하면 같이 침대에 들자는 뜻도 된다는 것을 지미는 전혀 모르고 있었다. 그 말을 내뱉기 전까지.

꽃을 들고 들어와 느닷없이 피곤하지 않냐 물었으니 석빈은 분명 그 '또 다른' 의미로 해석을 했을지도 모른다. 아니, 분명 그랬다. 그의 몸이 일순간 돌처럼 굳어버린 것을 보면.

"아직 '나 잡아봐라'도 안 했는데?"

이내 돌아서는 석빈의 표정은 그의 입에서 나온 말과는 달리 분명 뭔가를 바라는 얼굴이었다.

"아니, 그냥 물어본 거예요, 그냥. 얼굴이 피곤해 보여서. 이, 이상한 생각은 하지 말아요."

"피곤하진 않고 배는 고픈데. 지미 씨는 저녁 먹었어?"

"아, 아뇨. 아직……."

다행히 그녀의 기도가 이루어졌는지 석빈은 그녀의 말이 끝나기 무섭게 주방으로 향했다.

"음식을 만들어놓은 게 없어서 냉동 스파게티가 있는데 그거라도 같이 먹을까?"

같이 먹자고? 그럼 오늘 저녁 먹는 것도 데이트에 포함인가? 그건 싫은데, 그렇게 얼렁뚱땅 넘어가고 싶지는 않은데.

"단, 오늘 저녁 먹는 것은 데이트로 치기 없기야. 안 그럼 저녁은 당신 집에 가서 먹든지."

"알았어요."

물론 고맙지요.

그녀는 안도의 한숨을 내쉬며 석빈의 거실 한쪽 벽, 노란 장미를 노려보았다.

다 너 때문이야. 석죽화라면 여러 가지 꽃말을 가지고 있으니 적당히 둘러댈 수 있지만 그래도 노란 장미는 뭐라고 변명할 수도 없다. 이별이란 꽃말을 가진 노란 장미. 거기다 정확하게 스물네 송이니 마음만 먹으면 모르는 사람도 저 꽃말을 추리해 내기는 어렵지 않을 것이다.

저걸 확 쓰레기통에 버릴 수만 있다면 소원이 없겠다. 앞으로 석빈의 집에 놀러 올 때마다 죄책감을 가지고 싶지는 않으니까.

아니지, 정말 확 버려? 실수로 만지다 부서졌다고 하면 그만 이지. 다른 꽃을 주겠다고 하고 말이야.

지미는 슬쩍 석빈이 있는 쪽의 눈치를 보았다. 냉장고를 주섬 주섬 뒤지는 것을 보니 조금은 시간이 있다.

얼른 꽃다발 아래로 달려간 지미는 얼른 손을 뻗었다.

그리고 좌절했다.

젠장, 왜 이리 높이 단 거냐고? 손이 닿질 않잖아.

까치발을 서도 간신히 손끝이 꽃다발 장식에 닿을 듯 말 듯하 다.

고민할 시간도 없었다. 지미는 펄쩍 뛰어 간신히 장미 꽃다발 에 손을 댔다. 하지만 낚아채는 것은 실패했다.

다만 그녀의 손에 두 송이의 꽃이 꺾여 밑으로 떨어졌을 뿐이 다.

"뭐 하는 거야?"

등 뒤에서 들린 목소리에 지미는 화들짝 놀라 얼른 뒤돌아섰 다.

"내 꽃다발에 손을 대려고 했던 것 같은데 말이야……."

그의 시선이 그녀의 발밑에 떨어진 두 송이의 장미에 고정되 었다.

"아, 그게…… 그러니까 아무리 드라이한 꽃이라도 너무 오래

되면 보기 흉해져서……. 내가 그러니까 이거 대신 새 거로 바꿔주려고 그랬죠."

"내 벽에서 물러나."

마치 범인에게 명령하는 형사처럼 석빈이 단호한 눈빛으로 말했다.

"내 꽃에는 아무도 손댈 수 없어. 설령 당신이 준 거라 해도 말이지."

"하지만 꺾어서 보기 흉한데……."

그녀의 말이 끝나기 무섭게 석빈은 방 한쪽에 있는 책상 서랍에서 셀로판테이프를 꺼내왔다. 그리고 아주 정성스럽고 세심한 손길로 바닥에 떨어진 꽃들을 다시 원래의 몸체에 붙이기 시작했다.

그 순간 지미는 포기해야 한다는 사실을 깨달았다. 무슨 일이 있어도 석빈은 저 꽃들을 포기하지 않을 것이다. 흉물이 되고 화석이 될 때까지 석빈은 저 꽃들을 벽에 걸어둘 것이다.

그 꽃이 의미하는 본뜻을 알게 될 때까지.

가을의 짧은 해가 지자 곧 어둠이 깔리기 시작했다. 현옥은 집 안의 불을 켰다.

너무 쓸쓸해.

아무도 없는 텅 빈집이 자꾸만 횅하게 느껴지는 것은 앞마당에 심어져 있는 몇몇 나무들에서 뚝뚝 떨어져 내리기 시작한 낙엽 때문인지도 몰랐다.

이럴 때 지미라도 있었으면 이런 쓸쓸한 느낌이 없었을 텐데.

뭐 그리 구속을 했다고 반란의 깃발을 쳐들었는지. 지미가 죽어도 독립을 한다고 한 것은 작년이었다. 물론 말도 안 되는 말에 코웃음 치자 독립 안 시켜주면 유학을 가겠다고 선언했다. 그때 한바탕 뒤집어졌었지.

지나치다 못해 과한 남편의 딸 사랑과 생전 반항이라곤 없던 지미의 항거는 요란한 소리를 내고 부딪쳤다. 두 사람 다 죽어도 양보 못한다고 팽팽히 맞섰고 결국 지미는 안 보내준다면 '제 마음대로 떠날 거예요'라는 최후통첩을 했다.

그때 현옥은 '부모의 사랑이 지나쳐서 싫다'는 말을 아주 대놓고 하는 지미를 보며 자식이란 존재는 아주 괘씸한 거라고 생각했다. 창우 역시 그녀처럼 그때 몹시도 충격을 받은 모양이었다.

'괘씸한 놈.'

몇 번이나 중얼거렸었다. 그러면서도 지미를 내보낸다는 생각은 절대로 하지 않았다. 지미가 태어나 열 살이 되는 해에 단세 식구면서 이렇게 큰 집을 지은 것이 나중에 지미가 결혼해 자식들을 낳고 살아야 한다는 이유에서인 것을 보면 남편은 지미를 시집보내는 것이 아니고 사위를 들여 같이 살 생각을 하는 것 같았다. 결국 그때의 전쟁은 지미의 독립으로 끝났지만 두 사람에겐 아직도 지미는 품 안의 자식이었다. 아침저녁 전화로 나가고 들어오는 것을 확인하고 하루 세 끼 제대로 먹나 하는 것까지 간섭을 하고 있었다. 그래서 이번 지미의 외박은 두 부부에게 충격이었다.

거짓말을 하고 남자랑 놀러 다녀? 그래서 외박을 해?

청천벽력이었다. 지금도 현옥이나 창우는 세상 물정 모르는 지미를 꼬드겨 같이 밤을 지새운 윤석빈이란 놈을 경찰에 신고하고 싶을 정도였다. 지미가 이제 어른이고 남자와 밤을 지새워도 아무런 법적 문제가 없는 어른이라는 것이 그들에게는 문제 되지 않았다. 알 필요도 없는 사실이다. 아직도 그들에게 지미는 나이만 먹었지 자신들의 보호가 필요한 아이일 뿐이고 그런 아이를 꾀어낸 윤석빈이란 놈은 천인공노할 나쁜 놈일 뿐이다.

지미의 말로는 아무 일도 없었다고 했지만 그 말을 누가 믿어⋯⋯. 하지만 믿어야지. 내 딸이 한 말이라서가 아니라 누구라도 그 말을 믿고 싶을 것이다. 마치 지푸라기를 잡는 심정으로 말이다. 언제나 정직하고 예쁜 우리 딸이 아니더냐. 그러니 믿어야 한다. 암, 그렇고말고. 설사 아니라고 해도 요즘 세상에 그런 일은 비일비재 별로 문제 삼지 않아도 되는⋯⋯.

현옥의 이마에 빠직 힘줄이 섰다.

정말 그랬다면, 윤석빈이라고 했지? 내가 이놈을 그냥 두지 않겠어.

영화 번역가? 그게 어떻든 현옥이나 창우의 눈엔 윤석빈은 얼굴만 멀쩡한 건달이었다. 세상의 어떤 남자도 눈에 차지 않아

자기 딸의 상대가 될 수 없다고 생각하는 창우와 달리 현옥은 좀 더 현실적이었다.

현옥은 지미가 스무 살이 되자마자 배우자에 대한 조건을 정했다. 양친 부모에 형제자매 있고 잘살고 많이 배우고 남 보기에 절대 빠지는 곳 없는 놈이어야 한다는.

그러니 지금 현옥에게 윤석빈이란 존재는 재고해 볼 가치도 없는 자였다. 우선 부모가 없다지 않은가. 게다가 할아버지가 살아 계신다고? 부모가 안 계신 것도 문제지만 홀로 된 할아버지를 모신다는 것은 더 마땅치가 않다. 그러다 병이라도 얻어서 앓아누우면 누가 그 병수발을 다 해야 하는가. 전부 다 지미가 해야 한다. 현옥 자신이 해야 할 일이라면 이렇게 고심하지는 않았을 것이다. 하지만 그게 애지중지한 내 딸이 해야 할 일이라면, 그건 정말 절대로 반대해야 할 일이었다.

게다가 그 직업 또한 그렇다. 영화번역을 해? 그것은 프리랜서라는 거다.

프리랜서라는 직업이 얼마나 불안한 직업인가. 뭐 하나 마땅한 것이 없다. 현옥은 절대 윤석빈이란 존재를 인정할 수가 없는 것이다.

내일이라도 오피스텔을 내놓고 그런 놈이 없는 곳으로 이사를 시켜? 아니면 집으로 들어오라고 할까? 외박하는 것을 들켰으니 순순히 들어올 것도 같은데.

딩동.

월 패드의 액정에 창우의 얼굴이 나타났다.

저이가 오늘 약속이 있다더니…….

액정에 나타난 창우의 얼굴은 왠지 피곤해 보였다. 현옥은 버튼을 눌러 문을 연 뒤에 현관으로 나가 남편을 맞이했다.

"오늘 저녁 약속 있다고 하시지 않았어요?"

"취소됐어."

창우의 가방을 받아 들고 집 안으로 들어온 현옥은 창우의 재킷을 받아 걸었다.

"왜 갑자기 취소됐어요? 중요한 약속이라고 하지 않았어요?"

오늘 만나서 내일 계약 체결에 대한 세부적인 사항을 결정한다고 한 것 같은데? 무척이나 중요하다고 했던 약속이 틀어진 때문인지 창우의 기분은 좋아 보이지 않았다. 현옥은 평상복을 꺼내주었다.

"씻어요. 저녁 차릴게요."

주방으로 나와 부지런히 저녁을 해서 상을 차린 현옥은 방문을 열고 창우를 부르려다가 방 안에 창우가 없는 것을 깨닫고 쯧쯧 혀를 찼다.

또 이층 지미의 방에 가 있나 보다. 이층으로 올라가니, 아니나 다를까, 창우가 지미의 방에 서 있었다. 지미의 벽에 걸린 가족사진을 하염없이 들여다보고 있었다.

"그놈의 계집애는 뭐 하러 보고 있어요?"

이 양반 지미 시집보내면 통곡을 하겠네.

허옇게 세기 시작한 머리와 주름살이 한때는 세상을 호령할 것처럼 강했던 남편을 약해 보이게 만들었다. 불쑥 뜻하지 않은 말이 튀어나왔다.

"이번 주말에 지미 불러서 외식이나 할까요?"

외식을 아주 싫어하는 현옥의 입에서 나온 말에 창우가 응? 하고 고개를 돌렸다.

"당신은 외식 싫어하잖아."

"가끔은 저도 먹는다고요. 비싸고 맛있는 거 지미더러 사내라 하고 드라이브도 하고 들어옵시다."

"그럴까?"

창우의 얼굴이 확 밝아졌다.

부모가 그러고 있을 때 지미는 네 번째 데이트는 어디가 좋을까? 라는 생각에 빠져 데이트하기 좋은 명소 100군데라는 책을 펴 들고 한창 검토 중이었다.

"사장님, 저녁 안 먹어요?"

"너부터 먹고 오렴."

"그럼 먼저 먹고 올게요."

"응, 맛있게 먹고 와."

명우가 나간 뒤 지미는 볼펜으로 이곳저곳 마음에 드는 곳을 동그라미 했다. 이제 데이트가 두 번 남았다. 두 번의 데이트를 한 뒤 우리 사귀어볼래요? 라고 정식으로 청해볼까?

아마도 거절하진 않을 것이다. 아주 생각이 없다면 그녀에게 그런 키스를 했을 리가 만무하니까 말이다.

일단은 사귀어보고…….

엄마나 아빠가 결사적인 반대를 할 것이란 것이 너무 뻔했지만 언제까지나 파파 걸 마마 걸 노릇을 하고 살 수는 없는 일이 아닌가.

아빠, 그 사람 꽤 멋지다고요. 무엇보다도 길슨 웨이드하고 친구이기도 하고요.

세계적인 스타와 친구일 수 있는 사람이 이 세상에 몇 명이나 되겠는가. 그러니 그런 것만 생각해도 보통 남자가 아니라는 걸 알 수 있을 텐데.

부모가 석빈을 못마땅해하는 것이 은근히 마음에 걸려 지미는 볼에 잔뜩 바람을 집어넣었다.

벨소리에 고개를 들자 비디오폰 액정에 방긋방긋 웃고 있는 지미의 얼굴이 나타났다.

어, 다른 때보다 빠른데?

20분 후 지미를 마중 나갈 생각을 하고 있던 석빈이었다.

아침에야 그렇지만 저녁 늦게 다니는 것이 걱정스러워 어제 가게 앞까지 마중을 나갔더니 지미가 무척 놀라워했다.

"마중 나왔어."

"누가 보면 어쩌라고요."

"나 만나는 것이 다른 사람들에게 창피해?"

"아뇨, 아뇨. 그런 것은 아니지만……."

펄쩍 뛰며 부인했는데 속마음은 달랐나 보다. 이렇게 일찍 온 것을 보니.

"일찍 왔……."

문을 연 석빈의 눈앞에 붉은 장미 한 송이가 떡 나타났다. 지미가 장미 한 송이를 내밀면서 방실방실 웃었다.

"이거 드릴게요."

장미를 주고받는 것은 사랑의 고백으로 알고 있던 석빈은 순간적으로 당황했다. 비록 시들어가지만 장미는 장미 아닌가. 이 여자가 내게 사랑을 고백하는 것인가?

"원래 장미는 사랑을 고백하는 거지만요. 이렇게 한 송이는요, 만나서 반갑습니다라는 뜻이 있어요."

지미가 오해하지 마세요라고 하는 것 같아 석빈은 은근히 기분이 나빠졌다. 만난지가 언젠데. 갑자기 왜 만나서 반가운 건데?

"이 꽃 줄 테니까 저거 떼내고 대신 매달아요. 원래 드라이플라워할 때의 꽃은 붉은색이 제일 예뻐요. 저렇게 말리는 것은 노란색이나 분홍색은 지저분해 보인다구요."

석빈은 지미의 손에 든 장미와 벽에 걸린 꽃다발을 번갈아 바라보았다. 지미 말대로 노란 장미는 말라가면서 색이 영 아니다 싶게 변해 있었다.

"그 장미는 주면 받겠어."

"준다니까요."

"단, 내 꽃다발은 탐내지 마."

화해를 위해서였다지만 어쨌든 처음으로 여자에게 받은 꽃다발이었다. 아무리 예쁘지 않다 해도 노란 장미는 석빈에게 처음으로 와 닿은 꽃이었다.

라이너스는 담요만 끌고 다녔지만 석빈에게는 많은 부분에서 여러 가지 형태로 집착이 나타났다. 낡은 남방, 낡은 차……. 너무도 익숙해 마음을 편안케 하는 것, 첫 번이라는 타이틀 때문일까? 노란 장미 역시 그에게는 어느새 라이너스의 담요처럼 콕 와 닿아 있었다.

"저거, 보기 싫잖아요."

"보기 싫든 말든 참견 마. 저건 내 것이거든?"

아무래도 틀렸지 싶어서 지미는 몰래 눈을 흘겼다.

"좋아요. 이 꽃 줄 테니 커피나 주세요."

석빈이 커피를 타는 동안 이번엔 망쳐 버리는 데 성공하면 된다. 완전 으깨 버리면 제가 어쩔 것이여.

"이 밤에 커피는 왜? 아침 일찍 일어나야 하잖아. 가서 자."

밀어내는 것 같은 석빈의 몸짓에 지미는 바깥으로 나와야 했다.

"잘 자."

눈앞에서 탁 문이 닫혔다. 이건 누가 봐도 축객령이다. 뭐야, 진짜. 지미는 어처구니가 없어서 잠시 멍해졌다.

"참 이상한 남자야."

자존심이 너무너무 상해 버렸다.

"그때…… 키스를 하는 것이 아니었어."

금방이라도 다시 문을 열고 지미를 확 잡아당길 것 같아 석빈은 주먹을 꽉 움켜쥐었다. 말할 때 오물거리는 지미의 붉은 입술이 갑작스럽게 고문이 돼버려 지미를 내쫓듯 내보낼 수밖에 없었다.

꽃처럼 향기롭고 달콤했었지.

눈에 보이는 것은 오로지 지미의 입술뿐이었다. 웃고 비죽거리며 말하고 토라지는 지미의 입술이 콕콕콕 눈을 찌르자 갑자기 흥분이 됐던 것이다.

너무도 좋았기에 석빈은 그 후 먼저의 키스가 착각이었을 거라고 생각하는 중이었다. 정말 그때의 느낌이 착각이었는지 아니었는지 다시 한 번 키스를 해 확인하고 싶었지만 이번엔 키스로 끝낼 자신이 없었다.

아마도 또 키스를 하게 된다면…….

그땐 지미의 모든 것을 가지려 할 것이 분명했다.

늦었다. 그냥 명우에게 맡기고 나왔어야 했는데. 엄마 아빠와 외식을 하기로 한 시간에 맞춰 일어섰는데 개업 집에 보낼 화분을 고른다는 손님이 들이닥쳤다.

명우가 제게 맡기고 가라고 눈짓했지만 지미는 끝내 그 손님을 자신이 맡아 홍콩야자와 난 화분 두 개를 팔았다. 명우 혼자도 잘할 수 있다는 것을 알면서도 결국 나서는 것을 보면 자신의 성격도 무척이나 피곤한 성격임이 틀림없다.

엄마 아빠에게 한마디 듣겠네.

시간을 확인하니 벌써 약속한 시간보다 10분이나 늦어 있었다.

"잠깐만요."

막 닫히고 있는 엘리베이터를 향해 지미는 냅다 뛰었다.

"아, 이런!"

늦었다. 결국 눈앞에서 닫혀 버린…… 오홋! 열린다, 열려.

지미는 다시 열린 엘리베이터 안으로 뛰어들었다.

이거야, 원. 공주란 원래 우아하고 느긋해야 하는 것인데 체면이 말이 아니다. 이제는 우아하게…… 9층을 누르려던 지미는 9층 단추에 불이 들어와 있는 것을 보았다.

"아하, 감사합니다. 어머."

그녀를 위해 엘리베이터 문을 열어준 남자에게 인사를 하던 지미의 눈이 동그래졌다.

"장 사장님!"

"이거, 지미 씨와의 만남이 우연인가요? 아니면 필연일까요?"

"장 사장님은 여기에 웬일이세요?"

"지미 씨는요?"

"저는 부모님과 이곳에서 식사하기로 했어요."

"아, 김 사장님과 여기서 식사하기로 하셨어요?"

아빠의 이야기가 나오면 분명 근우의 얼굴엔 호감이 흐른다.

"네. 장 사장님은요? 이곳 음식을 먹어보러 온 거예요?"

"그런가요? 뭐 그렇겠네."

"무슨 대답이 그래요?"

"이곳이 제가 운영하는 식당입니다."

"아, 그러시군요."

엄마가 잡은 약속 장소였다. 무척이나 이름 높은 곳인데 이곳이 이 사람의 소유였구나.

"그렇지 않아도 만나뵙고 싶었어요."

"왜요? 거절당한 남자 얼굴이 어떤지 궁금해서요?"

"어머, 장 사장님. 그건 아닌 것 같은데요. 이모의 말을 빌리면 거절당한 것은 저였어요."

'넌 그 사람 좀 꽉 붙잡지. 아깝지 않니? 어떻게 했기에 너에 대해 좀 더 생각해 본다는 말이 나오니. 너 거절당한 거야. 바보야.'

이모에게 석빈의 얘기가 들어갔으면 무척 피곤해졌을 것인데 근우가 뭐라 했는지 이모는 아쉬워하기만 했다. 거기에 대한 고

마음을 한번쯤 말하고 싶었던 지미였다.

"아, 그랬나요? 이런, 제가 소심한 복수를 했었다는 것을 그만 깜박 잊고 있었군요."

"장 사장님도, 참."

9층에 당도한 뒤 지미는 우아하게 등을 펴고 엘리베이터에서 내렸다. 입구에 있던 웨이터가 고개를 숙였다.

"예약하셨습니까?"

"네."

"어느 분 성함으로 예약을 하셨습니까?"

"김지미요."

"이쪽으로 오십시오."

지미는 근우에게 인사한 뒤 웨이터의 뒤를 따랐다. 실내 분수 뒤편에 먼저 와 앉아 있던 엄마와 아빠가 그녀를 보고 빙그레 웃는다.

"엄마, 아빠."

부모님을 본 순간 지미의 입에서 어리광이 저절로 나와 버렸다.

"늦었어, 이 녀석아."

"미안해요, 나오는데 손님이 와서 화분 팔고 나오느라고."

"늦었으니 오늘 음식 값은 네가 내라."

"네?"

돈 잘 버는 아빠가 가난한 딸에게 음식 값을 내라고 하시니 이건 좀 아니지 않나? 여기는 블랙로즈보다 더 비싸 보이는데.

"알았어…… 요."

"억울하냐? 아까워?"

"아니, 나는 엄마 아빠를 위해 쓰는 돈은 하나도 안 아까워."

"주문을 도와드리겠습니다."

손짓을 보고 종업원이 달려왔다. 엄마 아빠의 주문이 끝난 뒤 지미는 가장 싼 가격의 메뉴를 골랐다.

"와인은 무엇으로 하시겠습니까?"

와인까지? 안 돼! 재빨리 나서 버렸다.

"와인은 됐어요. 차를 가지고 와서 술은 마실 수 없으니까요."

웨이터가 물러가자 창우가 허허 웃었다. 돈을 아끼기 위한 필사적인 지미의 대응이 너무 우스웠다.

"이 녀석 좀 보게. 아니, 모처럼 레스토랑에서 스테이크 썰면서 와인도 없이 먹으란 말이야?"

"아빠 원래 와인 안 드시잖아요."

"한 잔은 마셔, 녀석아. 이런 거 먹을 때는."

"그럼 맥주 시킬까? 응?"

"됐다, 이 녀석아."

유명한 레스토랑이어선지 음식이 나오기까지 약간의 시간이 걸렸다. 웨건을 밀고 온 종업원이 음식을 세팅하는데 다른 종업원이 은쟁반을 받쳐 들고 왔다.

"안녕하십니까."

은쟁반에는 투명한 술잔과 와인 병이 놓여 있었다.

"사장님께서 보내셨습니다."

"사장님?"

창우가 껄껄 웃었다.

"가서 장 사장님 좀 이 자리로 모셔오게. 내가 인사하고 싶어한다고."

"네, 알겠습니다."

"참, 넌 여기 장 사장 모르지? 저번에 이모 교회에서 하는 바자회 갔다가 만난 사람인데 젊은 친구가 아주 마음에 든다."

"그래요?"

지미는 장 사장에 대해 짐짓 모르는 척 시치미를 뗐다. 잘됐다면 지금 그와 사귀고 있었겠지. 하지만 지금은 석빈 씨와 사귀고 있다. 게다가 그를 만난 적이 있다 하면 우리 엄마 아빠, 분명 과도한 호기심을 드러내며 피곤하게 굴 것이다.

근우가 웃는 낯으로 다가오더니 친숙하게 인사를 한다.

"안녕하셨습니까, 김 사장님, 사모님. 저희 가게를 찾아주셔서 감사합니다."

창우가 장 사장의 손을 잡더니 호쾌하게 흔들어댔다.

"여, 오랜만입니다. 그래, 잘 지냈소?"

"예, 김 사장님. 다 사장님 덕분입니다."

"가게가 아주 좋아요. 넓고 깨끗하고 아주 고급스럽네요."

현옥의 말에 장 사장이 활짝 웃었다.

"감사합니다."

"좀 앉으세요, 식사라도 같이하게요."

"아닙니다."

장 사장이 사양했으나 현옥은 상관치 않고 이내 지미를 소개했다.

"참, 여긴 우리 딸이에요. 지미야, 인사하렴. 이모가 다니는 교회에서 만난 분이시란다."

지미는 모르는 사람처럼 근우를 향해 고개를 숙였다.

"안녕하세요, 김지미예요."

재빨리 눈짓을 했다. 내 장단에 맞춰줘요. 눈치는 빠른지 근우가 그녀의 바람처럼 행동한다.

"반갑습니다. 장근우라고 합니다. 사모님을 닮으셔서 눈부시게 고우시군요."

"그 무슨 소리를. 장 사장, 이 애는 날 닮았어. 그래서 예쁜 거야."

"이이는."

현옥이 너스레를 떠는 창우에게 살짝 눈을 흘겼다. 지미는 눈부시게 아름답다는 과장된 찬사에 조금 얼굴을 붉혔다. 여자 아닌가. 아무리 영업용 멘트라 해도 예쁘다는 말은 기분이 좋은 거다.

"장 사장님, 그러지 말고 좀 앉으세요, 와인까지 보내주셨는데, 인사는 해야죠."

"그럼."

더 이상 사양하지 않고 자리에 앉은 그가 창우와 현옥에게 와인을 따른 뒤 지미를 바라보았다. 와인을 따르는 동작이 무슨 예를 따르는 것처럼 아름답게 보인다.

"전……."

지미는 와인 잔에 살짝 손을 올려 거부의 표시를 했다. 프로가 확실하다. 더 이상 권하지 않고 그가 와인 병을 내려놓았다. 창우가 권하자 정중하고 단호하게 지금은 한창 영업 시간이라 마시기가 곤란하다며 거절을 했다. 그러면서 창우를 향해 거듭 인사를 한다.

"김 사장님께서 이렇게 찾아주셔서 굉장히 기쁩니다. 뵙고 싶었습니다."

"그리 말해주니 영광이로군."

"아닙니다. 저는 정말 김 사장님을 존경하고 있습니다."

"장 사장, 자꾸 그렇게 말하면 왠지 쑥스러워질 것 같소."

창우는 조금 무안한 얼굴을 하고 웃었다. 푸웃, 아빠. 존경한다는 말이 싫지는 않으신가 보네. 하긴 지미도 아빠가 자랑스러웠다. 가장 평범한 인물이지만 가장 바람직하게 사는 분이 아빠였다. 나누어야지. 은혜를 받았으니 베풀어야 한다. 이것이 생의 모토인 아빠 아니신가.

장 사장이라는 이 남자도 아빠의 소박한 생활 철학을 좋아하는가 보다. 그렇지 않고서야 이렇게 존경한다는 말을 거듭하진 않을 테니까.

나쁘진 않다.

아빠가 남들 눈에 좋은 사람, 나아가 존경을 받는 사람으로 보인다는 것은 기분 좋은 일이었다.

식사가 끝나고 드라이브 끝에 라이브 카페에서 차까지 마시자 9시가 훌쩍 넘어버렸다. 집에 도착한 엄마나 아빠가 자고 가라고 했으나 지미는 사양했다.

"엄마, 나 내일 아침 일찍 나갈 화환 주문이 두 개나 돼."

슬쩍 거짓말을 하고는 엄마 아빠가 걱정하실까 배려하는 차원이라 굳이 자신을 설득하면서 택시를 잡아탔다. 하지만 정말로 피곤하긴 했다.

지미가 오피스텔 앞에서 택시를 내린 시간은 10시가 조금 넘어 있었다. 집에 가서 자고 가라는 엄마 아빠 말을 사양하며 굳이 왜 오피스텔로 돌아온 것인지, 지미는 입구에서 서성거리고 있는 석빈을 발견한 순간 깨달았다. 이 기분 좋은 두근거림.

며칠 동안 석빈은 저녁마다 꽃가게로 그녀를 데리러 와주었다. 지미가 문 닫을 때면 마치 흑기사처럼 등장하는 석빈을 보며 보호받는 것 같은 기분에 가슴이 뿌듯했다. 행복했다. 비록 집에 다 와선 '잘 자' 하는 퉁명한 인사를 남기고 자기 집으로 들어가 버렸지만.

그를 보고 반갑게 달려가던 지미는 석빈의 얼굴색이 다른 때와는 달리 어두운 것을 보고 멈칫 섰다.

"여기서 뭐 해요?"

그녀의 질문에 그는 잠시 지미를 노려보았다.

"대체 어디 갔었던 거야? 전화도 안 되고."

어찌나 걱정했는지 목소리가 격하게 나와 버렸다. 그의 화난 목소리에 지미는 그제야 자신의 무심함을 깨닫고 미안한 표정을 지었다.

그에게 마중 오지 말라고 전화하는 것을 깜박했다. 게다가 엄마 아빠와 얘기하는 도중에 석빈에게 전화가 올까 꺼놓기까지 했던 것이다.

"가게 문이 닫혀 있어서 얼마나 걱정한 줄 알아?"

"걱정했어요?"

미안해하는 지미의 표정에 뭔가 할 말이 잔뜩 있는 것 같던 석빈의 표정이 누그러졌다.

"여자 혼자 밤에 다니는 거, 당연히 걱정하게 되지."

"그렇다면 미안해요. 엄마 아빠하고 데이트하느라고 전화한다는 것을 잊었어요. 자, 이건 '만나서 반갑습니다'의 의미가 아니라 '오늘 본의 아니게 걱정시켜서 미안합니다' 하는 뜻이에요."

지미는 백에서 길고 좁은 종이 상자를 꺼냈다. 혹시 꽃줄기가 부러질까 상자에 넣어서 가방에 들고 다닌 장미꽃이었다. 석빈은 꽃 받는 걸 무척 좋아했다. 생각도 않았는데 갑자기 같이 가자고 가게 앞에 나타난 석빈에게 무심코 시들기 시작한 꽃을 준 것을 계기로 시작된 이 행사는 이제 지미에게나 석빈에게나 당연한 것으로 돼버렸다.

"오늘도 시든 꽃이네."

"어차피 말릴 거잖아요."

그래도 지미에게 어김없이 받은 꽃이 마음에 드는 듯 그는 조금 전과는 달리 얼굴 가득 미소를 지은 채 상자를 옆에 끼고 그녀와 함께 오피스텔 안으로 들어섰다.

"그래, 엄마 아빠와의 데이트, 재미있었어?"

"재미있긴요, 오늘 엄마 아빠한테 바가지 옴팡 썼어요."

엘리베이터 안에 들어서면서도 지미는 뭐가 그렇게 재밌었는지 재잘거렸다.

"참, 그런데 오늘 간 레스토랑이 저번에 만났던 장 사장님이 운영하고 있는 곳인 거 알아요? 그때 한 번 봤잖아요, 우리가 데이트하지 않던 때. 다시 보니 정말 괜찮은 사람 같은 거 있죠? 친절하기도 하고. 우리의 다섯 번의 데이트가 끝나면 그 남자랑 다시 한 번 만나볼까 봐요."

이건 순전히 농담이었다. 아니면 석빈과의 데이트가 어떻게 발전할지, 그대로 끝날지 아니면 다른 관계로 발전할지 모르는 일이었지만 그렇게 한번 떠보고 싶었다. 그 이면에는 그 관계를 지속하고 싶어하는, 그녀조차도 인식하지 못한 새로운 감정의 조각일지도 몰랐다.

'띵' 소리와 함께 엘리베이터의 문이 열렸다. 하지만 석빈은 듣지 못한 것처럼 그대로 서서 지미를 쳐다보고 있었다.

"남자?"

석빈의 목소리가 묘하게 어두웠다.

지금 우리의 다섯 번의 데이트가 끝나기를 기다리고 있는 거야?

그렇게 묻고 싶었다.

아무렇지도 않게 자신과의 관계가 끝나면 다른 남자에게 가겠다는 지미의 천진함에 왠지 분노가 느껴졌다.

이 여자, 나와의 데이트를 가볍게 생각하고 있는 건가?

지미에 대한 이 감정, 스스로조차도 놀란 만큼 순식간에 불처럼 타오르고 있는, 이 감정에 혹시 지미가 겁먹고 뒤로 물러서지는 않을까 억지로 누르고 있는데. 조금도 전해지지 않은 것일까. 숨기지 말았어야 하는 것일까.

처음엔 이웃집에 사는 귀여운 여자라고 생각했다. 그래서 호감이라고 생각했다. 하지만 그의 감정은 언제부턴가 훨씬 진하고 격하게 변해 있었다.

지미가 다른 남자의 이야기를 하는 것만 봐도 질투가 들끓어 올랐던 것이다. 그것은 무척이나 그를 당황시켜 갈팡질팡거리게 만들었다.

'아마도 이건……'

절대 생각하지 못했던 감정이다.

난 이 여자에게 마음이 있는 것이다. 솔직히 마음이 있는 것보다 훨씬 커다란 감정에 빠져 있다고 해야 한다. 그렇지 않고

서야 길슨에게 열광해 있는 것을 보고 질투를 느끼지 않았을 것이고 지금 그녀의 입에서 나온 카페에서 봤던 그놈을 만났다는 말에 이토록 화가 치밀지도 않았을 거니까.

'사랑인가?'

벼락을 맞은 것 같은 충격이 석빈을 강타했다.

'그런 거란 말인가? 이 여자를 내가 사랑하는 거야?'

석빈은 지미를 한참 동안 바라보았다. 그저 아무것도 모른다는 얼굴로, 아니, 그의 표정에 약간 겁먹은 것 같은 지미의 얼굴을. 젠장, 그의 감정 따위는 조금도 알지 못하는 얼굴이다.

좋다. 이제 내 감정을 알았으니 이제 이 여자 누구에게도 양보하지 않을 테다.

"내일, 네 번째 데이트해."

"내일이요? 갑자기……."

엘리베이터 문이 열린 지가 언젠데 아직도 내리지 않고 자신을 노려보다시피 하는 석빈은 어딘지 모르게 험악했다.

"무조건 하는 거야."

거절하면 화낼 것 같은 석빈의 얼굴을 보며 지미는 얼떨결에 고개를 끄덕였다. 그렇게 안 해도 가자고 하면 갈 건데.

9장 고백

 평일 낮이라 그런지 화양계곡으로 들어가는 자연학습장 입구
에는 개미 새끼 한 마리 보이지 않았다.
 지미가 차에서 꺼낸 배낭을 짊어지려 하자 석빈이 아무 말 없
이 그것을 빼앗다시피 해서 자신이 등에 멨다.
 "계곡까지 얼마나 걸려요?"
 "첫 번째 계곡까지 십오 분 정도 걸으면 돼."
 계곡치고는 참 가깝네. 가는 길도 블록을 깔아서 가기 편하고.
 무엇보다도 이 아름다운 오색의 단풍들이 산책로를 감싸고
있어 가는 길 또한 절경이었다. 묵묵히 걷고 있는 석빈과는 달
리 지미는 그것들을 보며 쉴 새 없이 감탄을 했다.

"어머, 저거 봐요. 단풍이 너무 예쁘다. 어머, 저 작은 새는 이름이 뭘까요? 처음 보는 새인데."

"……."

이게 바로 그 유명한 대답없는 메아리로구나!

그러니 어느 정도 걷고 나서는 지미도 어느새 굳게 입을 다물게 되었다. 걷느라 거칠어진 숨소리만이 두 사람의 침묵을 대신했다.

그것도 아주 잠시 동안이었지만. 역시 말을 안 하니까 무척이나 어색해진 것이다.

"……혹시 무슨 일 있어요?"

마침내 지미는 아까부터 맴돌던 말을 내뱉었다.

"무슨 일?"

아까 오피스텔에서 오늘 들어 처음 얼굴을 마주 봤을 때 한마디, 또 산책길 입구에서 한마디 한 걸 빼고는 지금까지 줄곧 입을 다물고 있어놓고는 무슨 일이냐고? 내가 묻고 싶은 말이 바로 그거랍니다.

"없어."

그녀의 기대와는 달리 짧게 대답하고 걷기 시작한다.

지미는 원망스러운 시선으로 앞서 가는 석빈의 등을 노려보았다.

이게 뭐야. 대체 여긴 왜 온 거야? 어디로 간다는 말도 없이 줄곧 두 시간이나 차를 달려 이곳에 오더니 마치 이곳에는 전혀 흥미조차 없어 보이는 저 남자. 여기에 꿀단지라도 묻어둔 거야? 대체 왜 난 데리고 온 건데! 여기 오려고 내가 얼마나 명우한테 빌었는데. 멀쩡한 우리 엄마 감기 환자로 만들었는데!

왜 그러는지는 모르지만 그러면 나도 화가 난다고! 좋아, 그렇다면 나도 무시해 줄 거야.

지미는 그를 앞서기 위해 빨리 걸었다. 하지만 그것도 잠시, 석빈은 어느새 그 긴 다리로 가볍게 그녀의 곁으로 다가왔다.

이번에는 조금 더 빠른 걸음으로 그를 앞질렀다. 하지만 지미의 짧은 다리로는 무리였다. 그녀에게 전혀 신경 쓰지 않는 것처럼 보였지만 아무리 그녀가 빨리 걸어도 석빈은 절대로 뒤처지지 않았다. 다만 그의 숨결이 조금 더 가빠졌을 뿐이다.

지미는 자신도 모르게 마치 경보라도 하듯 다시금 그를 앞질러 버렸다.

"지미 씨, 김지미!"

마침내 석빈이 그녀를 불렀다. 우뚝 선 지미의 입가에 미소가 담겼다. 이제야 나한테 말을 걸 생각이 드는 거야? 아직 삐친 거다 보여주지도 않았지만 특별히 용서해 주겠어.

"이리 와."

그가 손을 그녀를 향해 내밀었다.

지미는 그 손을 한 번 내려다보고는 시선을 들어 그를 쳐다보았다. 마치 그녀의 마음속을 훤히 꿰기라도 한 듯 그의 눈이 아까와는 달리 미소를 담고 있었다.

무시해 버리기엔 너무도 매력적인 손이었다.

그녀는 그에게 다가가 내민 손을 잡았다.

마치 놓으면 그녀가 달아나 버리기라도 할까 그는 지미의 손을 강하게 잡았다. 따스한 손이었다.

"다 왔어. 여기가 와룡암, 우리가 오려고 했던 곳이야."

얼마나 걸었을까, 석빈의 목소리를 듣고서야 지미는 자신이 석빈과 손을 잡고 나란히 걷는 것이 즐거웠다는 사실을 깨달았다. 목적지에 도착했다는 것이 서운했던 것이다.

나란히 손을 잡고 걷는 동안 주로 말을 한 사람은 지미였다. 아까와는 달리 석빈도 간혹 그녀의 말에 대답도 해주고 맞장구도 쳐주었지만 역시 그래도 다른 데이트, 앞서 했던 세 번의 데이트와는 분위기가 많이 달랐다.

혹시 어제 했던 그 말 때문에 아직 화가 안 풀린 것인가 하는 생각도 들지만 그렇게 화가 난 사람이 굳이 이 먼 곳까지 데이트하러 가자고 하진 않을 것 아닌가.

지미는 그것에 대해 아무 생각도 않는 척했지만 그래도 머릿속으로 이런저런 생각이 드는 것은 어쩔 수 없었다.

하지만 오늘처럼 석빈에 대해 많이 알게 된 것도 처음이었다.

별로 말을 안 한 것 같으면서도 다른 날과는 달리 그에 대한 개인적인 것들도 많이 알게 되었으니 오늘 김지미, 무척이나 노력한 보람이 있다.

지미는 석빈에게 영화 번역하는 일이 재미있냐고 통상적인 질문을 하기도 했다.

그는 그 일에 대한 것만큼은 성실하게 대답해 주었다. 그 일이 얼마나 즐거운 직업인지, 더 많은 공부를 해서 국내 제작 영화를 역수출하는 일까지 생각하고 있다는 것도. 무엇보다도 그가 하는 번역은 단지 공부의 일환일 뿐 그가 정말 원하는 것은 시나리오를 배워 영화를 직접 제작하는 것이었다.

영화를 제작하려는 생각을 가지고 있다는 것도 놀라웠지만 단지 공부한다는 생각으로 하는 영화 번역 작업이 가끔 보는 수입영화의 자막 끝에 자주 이름을 올릴 정도로 경지에 올라 있다는 것이다. 게다가 틈이 날 때마다 시나리오 작업도 하고 있는 줄은 꿈에도 몰랐다.

"우리나라 사람들이 우리가 아는 것보다 훨씬 똑똑하고 좋은 경쟁력을 가진 것 알아? 별로 원하지 않는 곳에서는 그다지 두각을 나타내지 못하지만 막상 마음먹은 일만큼은 언제나 세계 최고를 차지하거든. 영화도 그렇게 되리라 믿어. 그리고 그렇게 되었을 때, 그 자리에 내가 있었으면 좋겠어."

석빈이 그렇게 얘기했을 때 지미는 처음으로 윤석빈이란 존재가 다르게 보임을 인정하지 않을 수 없었다.

처음엔 옆집에 사는 별 볼일 없는 남자라 생각했는데 그는 확실한 직업관과 세계관을 가지고 있고 본래의 성격 또한 부드럽고 신사적이다.

이런 남자를 왜 그렇게 싫어했을까.

지미가 석빈을 물끄러미 바라보고 있는 동안 석빈은 와룡암 계곡의 고른 바위를 찾아 담요를 깔고 있었다.

"짜잔!"

지미가 김밥이 든 삼단 찬합을 꺼내자 석빈은 이 세상에서 가장 황홀한 것을 보는 시선으로 도시락을 열었다.

"간단한 도시락 정도인 줄 알았는데 김밥을 싸온 거야? 번거롭지 않았어?"

"별로요."

"그거 알아?"

"뭐요?"

"한 번도 이렇게 집에서 제대로 싼 김밥을 먹은 적이 없었어."

"정말이요?"

"친구가 싸온 것을 빼앗아 먹은 적은 있지만 정말로 이렇게 날 위해 싸준 김밥은 처음이야."

소풍 가는 날, 언제나 그랬듯 가정부가 김밥을 싸주었다. 한식요리 자격증을 가진 가정부가 싸준 도시락은 다른 친구들 앞에 꺼내기 창피할 정도로 휘황찬란했다. 그는 단지 다른 친구들처럼 평범하고 소탈한 김밥 도시락이 먹고 싶었을 뿐인데.

지미는 눈에 드러나려는 연민의 기색을 보이지 않기 위해 애써 태연한 얼굴로 보온병을 열고 된장국을 종이컵에 하나 가득 따라 내밀었다.

어려서 부모를 여의고 할아버지의 손에 의해 키워진다는 것이, 겉으로 보면 평범할지 몰라도 내면에는 이런 상처가 있는 것이로구나. 무엇보다도 그가 너무도 가난하게 자란 것이 측은했다. 요즘 세상에 김밥을 싸지 못할 정도로 가난하게 자랐다니.

"저 좀 하거든요? 내가 가끔 해줄게요."

"뭘?"

뭐라니, 당연히 음식이지. 뭘이라니? 그럼 내가 뭘 해주길 바라는 거야?

"음식 만드는 거요."

놀리고 있는 것이 분명한 석빈의 미소가 얄미워 보인다.

하여간 시간만 나면 놀리려 들어.

웃고 있는 석빈을 향해 지미가 눈을 흘겼다. 그렇지만 나오는 말은 의외로 부드러웠다.

"내가 가끔 해줄게요. 엄마가 음식 솜씨가 무척 좋거든요, 내가 우리 엄마 조금, 아주 조금 닮았어요. 음식 솜씨."

"고마워. 기대되는데."

문득 생긋 웃는 지미의 입술에 석빈의 시선이 멎었다. 그러더니 움직이지 않는다. 지미는 타는 것처럼 뜨겁게 느껴지는 석빈의 시선에 저도 모르게 혀를 내밀어 입술을 축였다.

뭐야, 왜?

돌연 석빈의 숨결이 거칠어진 것 같아 지미는 깜짝 놀랐다. 맹수 앞에 고스란히 노출된 작은 짐승처럼 그녀의 가슴이 떨리기 시작했다. 시간이 정지한 듯한 정적이 주위에 가라앉았다. 손가락 하나, 아니, 머리카락 한 올도 흔들리지 않는 정지 상태가 된 듯한 기묘한 침묵이었다.

"단풍이 아주 예쁘네."

지나는 사람들의 대화가 그 숨 막히는 정적을 깼다.

"정말 기가 막히네."

"우리도 밥 먹을까? 배고픈데."

좀 조용히 하고 다니지.

지미는 지나는 사람들에게 원망의 시선을 던졌다. 간지럽고 아슬아슬한 느낌이 깨진 것이 지미는 너무 아까웠다. 한 번 깨진 분위기는 다시 오지 않았다.

"가만히 앉아 있으니까 춥네. 가자."

별로 할 말이 없어 오색 단풍을 실은 계곡물이 흐르는 모습만을 바라보고 있다가 먼저 말을 꺼낸 것은 석빈이었다.

"가요?"

"9곡 중에 겨우 세 번째까지밖에 못 왔잖아. 중간까지만이라도 보고 돌아오려면 일찍 일어나야 해."

석빈은 또다시 화가 난 사람처럼 그녀와 시선도 마주치지 않은 채 할 말만 뱉었다.

또 그분이 오신 건가? 아까 오전 내 석빈에게 머물러 있다 간 그분.

혼자 속으로 썰렁하게 농담을 던져 보지만 그닥 재미있지는 않다. 이 몹쓸 개그.

대체 뭘까? 재미가 없어진 건가?

다시 길로 들어섰을 때 석빈은 뒤처진 그녀에게 돌아와 그녀의 손목을 잡고 걷기 시작했다.

찬바람 한줄기가 두 사람의 곁을 스쳤지만 지미는 추운 것이 아니라 마치 찜질방이라도 들어온 기분이었다.

손목이 이렇게 예민한 곳인 줄 몰랐다. 점점 석빈의 손에 잡힌 그녀의 손목이 불에 덴 듯 뜨겁게 느껴지기 시작했다. 온 신경이 그의 손과 닿아 있는 그녀의 손목에 집중된 것 같다. 그가 살짝 더 손에 힘을 주었는데 지미는 자신도 모르게 숨을 들이켜고 있었다.

손목에도 성감대가 있는 것일까? 겨우 손목을 잡혔을 뿐인데 그녀에게는 대로에서 아주 야한 짓을 하고 있는 기분이 드니 말이다. 이래서 옛날 시골 처녀들이 손목 한 번 잡혔다고 책임지라 소리를 했을지도 모르겠구나.

손을 놓칠 뻔했는지 그는 다시 한 번 그녀의 손목을 고쳐 잡았다. 그는 무심결에 그랬을지 몰라도 지미에게는 그 작은 마찰이 마치 고문과도 같았다.

그리고 또다시 그의 손가락이 그녀의 손목을 스쳤다. 이것도 무심결인가?

그리고 또다시 손목을 쓰다듬는 그의 손가락. 이건 무심결이 아니다. 그의 손가락은 자신이 무엇을 하고 있는지 분명히 알고 있었다.

머릿속이 하얗게 변하는 것 같았다. 어떤 생각도 할 수 없었다. 마치 손목에 눈이라도 달린 양 그녀는 그의 손가락의 움직임을 보는 것처럼 생생하게 느낄 수 있었다. 손가락은 손목을 타고 옷 속 안쪽까지 쓰다듬고 있었다. 겨우 손목일 뿐인데 지미의 숨결은 가빠졌고 어느새 몸의 어느 곳에선가 전기가 오르는 기분이다.

맙소사.

지미의 머릿속에 떠오르는 말은 딱 그 한마디뿐이었다.

맙소사.

이젠 어떡하지?

용기가 없어 그를 올려다볼 수도 없다. 그는 지금 어떤 얼굴을 하고 있을까?

"다, 다섯 번째 계곡, 아직 멀었어요?"

"응."

어떻게든 분위기를 바꿔보려 말을 걸어봤지만 석빈은 모든 경우의 수와 거기에 따른 대응 방법을 다 아는 듯 아주 짧게, 간략하게 대답했을 뿐이다.

그리고 또다시 팽팽하게 긴장된 침묵이 이어졌다. 지미는 혀로 입술을 축였다.

걷는 것은 괜찮다. 하지만 이런 분위기에서 말도 없이 고문당하며 걷는 것은 다르다.

"우, 우리, 심심한데 얘기나 하며 걸어요."

하지만 분위기를 바꿀 타이밍은 이미 놓친 것 같다.

석빈은 여전히 말을 하지 않았고 지미는 무슨 얘기를 해야 이 이상 얄딱꾸리한 분위기에서 벗어날까 내심 고심을 했지만 마땅한 얘기는 없었다.

"여기 경치가 너무 좋은 것 같다고 내가 말했었나요? 멀리까지 나오길 잘한 것 같다고. 그런데 오늘 중으로 돌아가려면 일찌감치 내려가야 하지 않나요? 오늘은 이상하게 컨디션이 좋지 않아서 살살 다리가 아파오는 거 같은데."

횡설수설이란 바로 정확히 이런 걸 두고 하는 말이겠다. 같은 입으로 채 말이 끝나기도 전에 오길 잘했다고 했다가 바로 다리 아프니 돌아가자고 하다니.

더군다나 애써 밝게 말하려니 오히려 더 어색한 톤이 되어버렸다. 이젠 석빈도 알아차렸을 것이다. 자신이 지금 상당히 긴장하고 있다는 것을.

그 말에 수긍이라도 하듯 갑자기 석빈의 손이 또다시 지미의 손목을 잡았다.

슬그머니 그 손을 빼려 하자 석빈은 강하게 그녀의 손목을 움켜쥐었다.

다른 쪽 어깨마저 이내 그의 손에 잡혀 지미는 어쩔 수 없이 걸음을 멈추고야 말았다.

아무 말도 없이 석빈은 지미의 얼굴을 내려다보고 있었다. 아까 눈빛에 보였던 그 미소조차도 지금은 사라지고 없다.

그의 손이 마치 소중한 도자기라도 만지듯 그녀의 뺨에 다정하게 와 닿았다.

두 번째 키스.

대체 뭐가 변한 것일까?

그의 키스는 전에 엘리베이터에서 한 것만큼이나 다정하기 짝이 없었지만 지미는 전처럼 보랏빛 영롱한 커튼을 상상할 수 없었다. 마치 전기에 감전이라도 당한 것처럼 온몸이 바들바들 떨릴 뿐이다. 힘이 풀린 다리가 푹 꺾이면서 지미는 자신도 모르게 석빈의 등을 감싸 안았다. 의도했든 의도하지 않았든, 지미의 행동으로 인해 두 사람은 바짝 밀착되고 말았다.

그 순간 석빈의 혀가 그녀의 입속 깊은 곳으로 들어왔다.

짜릿한 그 감촉과 거친 숨소리와 또 그에게서 풍겨 나오는 남성의 스킨 냄새가 한데 어우러져 지미는 정신을 차릴 수가 없었다.

갑자기 석빈은 그녀의 팔을 떼어냈다. 그녀의 입술에서 아쉽게 물러났다.

어리둥절한 눈으로 지미는 석빈을 바라보았다. 아직 그의 눈빛은 무서우리만치 위험한 기운이 일렁이고 있었다.

"김지미……."

아직도 거친 숨결로 석빈이 간신히 입을 열었다.

"우리, 다섯 번째 데이트는 없는 것으로 해."

이 무슨 청천벽력이란 말인가.

불과 몇 초 전까지 그렇게 좋다고 키스해 놓고서! 숨이 넘어갈 것처럼 그렇게 탐해놓고서!

내 키스가 싫었던 건가? 내 행동이 너무 천박했었나?

지미의 눈빛에 고스란히 그녀가 받은 상처가 드러나기 시작했다.

"다섯 번째 데이트가 지날 때까지 당신에게 손대지 않으려 했는데 이젠 못 기다리겠어. 그냥 내 여자가 되어줘."

"뭐라고요?"

지미는 자신의 귀를 믿을 수가 없었다.

석빈이 활짝 펼친 두 손바닥을 지미를 향해 내밀었다.

"이 안에 당신을 담아두고 싶어."

"……."

"움켜쥐고 싶어. 당신을 갖고 싶어, 언제부턴지 모르지만 이속에 당신이 들어와 버렸어."

석빈이 자신의 가슴을 가리켰다.

"아마도, 여기쯤이야. 당신이 집을 지었어. 이 심장 안에. 당신이란 존재가 너무 크고 깊게 박혀서 뺀다면 몸 안의 모든 피가 흘러나올 정도로 크게 상처가 벌어질 거야."

석빈이 자신의 머리로 손가락을 올린다.

"여기선, 언젠가부터 당신을 내 여자라고 생각하고 있어."

이게 무슨 소리야? 지미는 갑자기 말을 독해하는 능력을 잃어버린 듯 석빈의 말을 이해하지 못하고 입만 벌리고 있었다. 주위의 사물들이 아득하게 멀어져 간다. 아무것도 보이지 않고 들리지 않았다. 느닷없는 고백에 너무 놀라 아무것도 할 수가 없었다.

"죽을 때까지 그렇게 생각해도 되지?"

"뭐, 뭘요?"

"당신이 내 여자라고."

고개를 끄덕거리고 싶지만 그게 쉽지 않았다. 몸의 모든 부분이 굳어져 자신이 아닌 마네킹인 것 같았다.

"이 속에서 살아줄 거지?"

지미의 손을 끌어다 석빈이 자신의 심장 위에 올려놓았다. 두터운 옷 위로 쿵쿵쿵 심장이 뛰는 게 느껴졌다.

"영원히 말이야."

지미의 손을 누르면서 석빈이 말했다.

"나만 보고 나에게 웃고 나에게 화내면서. 나에게만 사랑한다고 말하면서."

석빈의 얼굴이 조금 상기돼 간다.

"나 역시 당신만 보고 당신에게 웃고 당신에게만 사랑한다고 말하면서 나의 시간을 살아갈 테니까, 그러니까 이 안에서 나가지 마."

고백이었다. 그것도 놀라울 정도로 직설적인.

지미의 얼굴이 빨개졌다. 생각도 못한 일이기에 고백은 너무도 급작스럽게 들렸다. 하지만 싫지는 않았다.

"나는……."

이런 달콤하고 뜨거운 고백을 받게 될 것이라고는 지미는 한 번도 생각해 본 적이 없었다.

"당신이 좋아. 당신에 대해 어느 정도 알고 나면 관심이 사라질 거라 생각했는데, 지금은…… 지금은 그게 아니야. 당신에 대해 알면 알수록 더욱더 많은 걸 알고 싶고…… 당신의 인생에 한 부분이라도 내 자리가 있었으면 좋겠어. 사랑해!"

타는 듯한 가을의 단풍보다 더 붉게 타는 사랑 고백이었다.

"대답하지 않을 거야?"

그게, 뭐 싫다는 소리 안 하면 나도 같은 마음이란 거지.

"기대해도 되지?"

"뭘요?"

"키스, 그리고…… 또 다른 관계의 시작."

석빈이 굳이 확인받고 싶어한다는 것을 지미는 그때야 깨달았다. 지미는 살짝 발끝을 들었다.

네.

소리 내지 않아도 알아들으세요.

나도 당신을 사랑한다는 것을.

처음에 석빈의 턱에 닿은 지미의 입술이 자석처럼 그의 입술을 향해 움직였다. 석빈의 목을 끌어안고 지미는 그의 입술에 키스했다.

10장 단풍도 타고 사랑도 타고

"내일 우리 집에서 저녁을 먹지 않겠어?"

석빈이 그렇게 말을 한 것은 산행을 갔다 온 지 열흘이 지나서였다.

이 열흘 동안 석빈과 지미는 초보 연인이란 딱지를 붙여야 할 정도로 초보 연인 놀이 중, 연인들이 제일 먼저 빠지는 스물네 시간 같이 있기에 돌입하고 있는 중이었다. 지미가 퇴근을 하고 들어와 자정이 가깝도록 서로가 자신의 오피스텔로 들어가는 것이 싫어 미적거리며 이야기를 나누다가 불쑥 석빈이 말했다.

지미가 거절하는 것이 두려운지 지미의 눈을 마주 보지 않고 딴 곳만 잔뜩 노려보면서.

지미는 그때 그가 무엇을 원하는 것인지 깨달았다.

아마도 식사와 술 그리고…… 남자가 여자에게 가장 원하는 일을 하려는 것이다.

지금이라도 괜찮은데.

그렇지만 그 말은 차마 나오지 않아 그녀도 땅만 바라보면서 대답했다.

"네."

그리고는 공연히 창피해 후다닥 석빈을 밀고 집 안으로 들어와 버렸다.

다음날, 지미는 다른 때보다 두 시간이나 먼저 퇴근을 했다. 가게 문을 닫고 가라는 말에 명우가 투덜거려서 특별 수당까지 약속을 하고는 부지런히 집으로 달려와 제일 먼저 욕실로 들어갔다.

주섬주섬 옷을 벗고 욕조에 앉아 정성껏 목욕을 한 뒤 정성껏 머리도 말리고 멋진 옷으로 갈아입었다.

이렇게 꾸미고 가는 목적지가 옆집이라니 조금 우스운 생각도 들었지만 부푼 마음으로 지미는 석빈의 집으로 건너가 그의 현관 앞에 섰다.

초인종을 누르자 푸른 계통의 편안한 니트를 입은 석빈이 그녀를 위해 길을 내주었다.

그의 집 안에 들어서는 순간 갑자기 석빈이 손을 뻗어왔다.

어머?

갑자기 당겨 안는 것 아냐? 지미의 머릿속에 수없이 많은 낭만적인 생각이 점등되었다. 팍 끌어안고 키스를 하겠지? 그럼 순순히 키스를 받아들여야 하나? 아니면 예의로라도 살짝 반항하는 척을 해야 하나?

그런데 혼자서 김칫국을 마셨다. 석빈의 손은 지미의 옆으로 가 벽에 있는 스위치로 향했다. 탁. 놀랄 새도 없이 불이 꺼진 순간 지미는 눈을 휘둥그레 떴다. 불이 꺼졌다고 캄캄해진 것은 아니다. 아니, 조금 어두워지긴 했지만 다른 빛이 살아난 것이다.

"아!"

지미는 감탄을 저절로 내뱉었다. 식탁 위에 양초가 숨 막힐 정도로 아름다운 빛을 내며 한 줄로 서 있었다. 이런 일은······ 영화나 책에서만 보던 거다. 낭만적인 일이 자신에게도 일어날 수 있다는 사실에 지미는 잠시 말을 잃었다.

"이쪽으로······."

석빈이 그녀의 어깨를 감싸고 식탁으로 이끌고는 의자를 빼주었다. 아직도 말문을 열지 못하는 지미를 보며 그가 세팅된 와인 잔에 와인을 따랐다.

"우리의 낭만적인 새로운 시작을 위해······."

그녀에게 와인 잔을 집어준 석빈이 가볍게 부딪쳐 왔다. 부드럽고 낮게 깔리는 목소리가 꿈결처럼 감미로웠다.

지미는 석빈이 와인 잔을 입가로 가져가는 것을 보며 자신도 한 모금 입안으로 넘겼다. 와인은 굉장히 깊은 맛이 났지만 지미는 아무것도 느끼지 못했다. 지금 지미가 느끼는 감정은 오직 하나 감격, 그것뿐이었다.

"안 좋아해? 귀한 거라서 나름 힘들게 구한 건데."

"아뇨, 좋아요."

식탁에 세팅된 와인 병과 쿨러, 투명한 잔과 크리스털 화병에 붉은 장미 한 송이, 그리고 깨끗하고 고급스런 식기와 음식들, 게다가 은은하게 깔리는 음악 소리. 마치 이름난 레스토랑에 들어선 기분이었다. 너무너무 놀랍다. 마술이라도 부린 걸까? 그래서 이것이 전부 환상인 것은 아닐까?

지미는 잔을 깨끗하게 비워냈다. 술맛이 확실하니 환상이 아닌가? 아니, 이렇게 쉽게 술이 넘어가는 걸 보면 환상인지도. 술에 약한 그녀가 와인 한 잔을 이렇게 쉽게 넘긴다는 것은 있을 수 없는 일이다. 지미는 석빈이 따른 술을 또다시 마셔보았다. 역시 쓰윽, 물처럼 너무 쉽게 넘어간다.

나 꿈꾸는 거야? 지금?

꿈인지 아닌지를 알기엔 꼬집어보는 것이 제일 빠르다. 꼬집어서 아프면 생시, 아프지 않으면 꿈이니까. 슬쩍 꼬집었는데 아무 느낌이 없다. 뭐야? 꿈이야? 어디?

다시 한 번 와인을 죽 들이켰다. 잘도 넘어간다. 역시 꿈인 모양이다. 꿈치곤 참 생생하다.

내가 간질거리고 타인의 눈에 닭살 돋게 하는 그런 연애를 해 보는 것에 대한 욕구불만이 무척이나 컸나 보지? 이런 걸 꿈으로 꾸게.

단숨에 마셔 버린 와인 잔을 테이블 위에 내려놓고 지미는 손으로 입가를 눌렀다. 진득한 느낌 끝에 오는 이 화끈함.

응? 얼굴이 왜 이리 뜨겁지?

"주량이 얼마인지 모르지만 그렇게 마시다간 취해."

걱정해 주는 건가? 지미는 웃으며 나이프로 고기를 썰었다.

"주량은 그리 세지 못하지만……."

사실은 콜라만 마셔도 주정을 할 정도지만.

"아무렇지도 않은데요?"

"아무렇지 않다고 마시다가 너무 취해 자리에서 일어나지 못하면 어쩌려고? 난 오늘 밤 하고 싶은 게 많아. 밥과 술을 먹는 거로 끝내고 싶지 않아. 그러니 술에 취해 인사불성이면 곤란하다고."

응? 하고 싶은 거? 갑자기 속에서 웃음이 새어 나와 지미는 샐샐 웃었다.

그게 뭔데? 설마, 내가 생각하는 거? 이 사람이! 나를 어떻게 보고, 내가 생각은 하고 있지만 그런다고 정말 그런 걸 하려는 것은 아니라고요.

"뭘 하고 싶은 건데요?"

"일어나 봐. 일어나지 못하면 하기 어려워."

"내가 일어나지 못할까 봐?"

지미는 식탁을 짚고 몸에 힘을 주었다.

"어? 어, 어!"

석빈을 올려다보며 지미가 인상을 썼다.

"정말이야, 몸이 안 움직여지네."

기가 막힌 얼굴을 하는 석빈을 향해 지미가 혀를 쏙 내밀었다.

"라고 할 줄 알았죠?"

발딱 일어섰지만 술에 취하긴 취했는지 몸의 균형이 조금 흔들렸다. 턱. 석빈이 그녀를 뒤에서 부축했다. 그의 팔이 자신의 허리를 끌어안는 순간 지미는 몸을 부르르 떨었다.

부축한 거야? 끌어안은 거야?

경계가 애매하다. 그녀의 허리를 두른 석빈의 손에 지나칠 정도로 힘이 들어가 있었다. 석빈의 몸이 그녀의 등을 강하게 압박해 왔다.

"이리로 와."

약간 잠긴 듯한 석빈의 말소리가 애무를 하는 것처럼 지미의 목덜미를 간질였다. 그가 지미를 안고 촛불 앞으로 갔다. 훅 불어 초를 끄더니 말했다.

"우리가 만나게 된 것이 고마워."

석빈의 한쪽 뺨이 뜨겁게 화끈거리는 지미의 얼굴에 닿았다. 그녀의 뺨에 비해 그의 체온은 훨씬 낮았다.

좋다. 살이 맞닿은 느낌이 이런 거구나. 간지럽지만 기분이 너무 좋다. 지미는 눈을 감았다. 그가 촛불을 또 껐다.

"처음 만나서 생겼던 나쁜 일은 모두 잊었으면 좋겠어."

그래. 지미는 자신도 모르게 미소 지었다. 처음 그들의 만남은 참 별스러웠다. 싸움으로 시작된 관계였지. 석빈이 다시 촛불을 끈다.

"나에 대한 나쁜 일은 모두 잊어요."

나직이 말하는 지미의 말을 듣고 석빈이 미소 짓더니 또 촛불을 껐다.

"나에 대한 나쁜 일도."

촛불을 끄고 속마음을 말한다. 바람일 수도 있고 고백일 수도 있다. 마치 경건한 의식과도 같다.

후.

아직 촛불을 끄지는 않았지만 바람을 말하고 싶어 석빈이 말하기 전 자신의 심정을 이야기했다.

"우리 만남이 예쁘게 자랐으면 좋겠어요."

후.

"응, 우리 만남이 반석처럼 영원하길."

촛불은 계속 꺼져 나갔다.

"건강했으면 좋겠어요."

"건강해지길."

"내가 아는 사람, 그중에서 우리 부모님이나 석빈 씨 할아버지께서 행복했으면 좋겠어요."

"……응."

할아버지 이야기가 나온 것이 의외였는지 즉각적이던 석빈의 반응이 조금 느렸다.

후. 이번엔 석빈이 좀 더 많은 촛불을 껐다.

"할아버지……."

석빈의 손이 살짝 움직여 지미의 몸을 쓰다듬기 시작했다.

"이야기를 한 적이 없지?"

"네."

"그분을 좋아하지 않아."

응?

부모 대신인 할아버지를? 지미에게 부모는 무조건 좋아해야 하는 존재였다. 그러니 부모 대신인 할아버지는 무조건 좋아해야 하는 존재가 아닌가?

"좋아할 수가 없었어. 할아버지 하는 일이 창피했거든."

"무슨 일을 하셨는데요?"

"사채업."

"아!"

나라를 흔들 정도로 돈이 많고 기업에 돈을 빌려주는 큰손이라도 말이 금융회사지 사채업자는 사채업자였다. 원래 그렇게 시작한 일이었고 지금도 대상만 개인에서 기업체로 바뀌었을 뿐 별반 달라진 것이 없다. 할아버지는 당신이 하는 일에 자부

심을 갖고 있는지 모르지만 석빈은 그렇지 않았다. 아무리 포장해도 사채업자인 것이다. 돈 앞에선 아무것도 인정 두지 않는.

그래서 많이 엇나갔다. 할아버지가 원하는 것은 일단 무조건 거부했다. 경제학과 대신 영문과를 간 것도, 자신을 도우라는 할아버지의 명령에 코웃음을 치며 부득부득 영화번역에 손을 댄 것도 다 그것 때문이었다.

"할아버지께서는 석빈 씨를 좋아하시죠?"

대답 대신 석빈이 또다시 촛불을 껐다.

"석빈 씨도 사실은 할아버지를 좋아하는 거죠?"

"……응."

아무리 아니라고 말해왔고 그렇게 생각해 왔지만 사실은 그렇지 않은 것이다. 지미 말대로 석빈은 할아버지를 좋아했다. 그를 떠난 부모 대신 그에게 남겨진 단 한 분의 혈육이고 보호자 아닌가. 그의 속에 든 생각을 알아차리고 깨우치고 실토케 하다니 대단한 능력이다.

작은 새 같아. 당신.

석빈이 팔에다 힘을 주자 지미의 몸이 부르르 떨려왔다.

"석빈 씨는 좋은 사람이에요."

촛불을 끄지도 않았는데 지미가 말했다. 이건 반칙이다. 아무런 준비도 되지 않았는데 좋아한다는 말을 하다니. 아니, 좋아한다는 말이 아닌가? 좋은 사람이란 말은? 젠장 한국말은 왜 이리 어려운 거야.

"좋은 사람이 아니고 좋아하는 사람인 게 더 좋은데."

석빈이 지미의 목을 덮은 머리카락에 얼굴을 묻었다. 향긋한 냄새가 풍겨왔다. 그의 손이 옷깃을 더듬어 지미의 옷 안으로 들어왔다.

"당신을 사랑하고 싶어."

가슴의 떨림은 무엇 때문일까? 이렇게 온 전신이 녹아버릴 것 같아서일까? 바들바들 떨리는 손으로 지미는 자신의 가슴을 살살 쓰다듬고 있는 석빈의 손을 눌렀다. 안 돼. 안 돼. 안 돼, 돼, 돼, 돼!

이런, 부드러운 석빈의 손놀림에 그만 지미의 손에서 힘이 빠져 버렸다.

"아, 저, 나……."

훅, 석빈이 또 촛불을 불어 껐다.

힘들게 고개를 돌리니 그가 보물처럼 꼭 끌어안고 그녀를 다정한 눈으로 보고 있다.

그 순간 지미의 마음속에 마지막으로 남아 있던 어떤 끈이 끊어져 버렸다. 지미는 마지막 남은 촛불을 향해 힘껏 숨을 불었다. 이제 남은 것은 어둠. 어둑한 시야엔 석빈의 표정이 보이지 않는다. 그녀의 모습 또한 보이지 않겠지. 수줍어 얼굴을 붉힌 그녀의 표정이.

"저도요."

지미는 떨리는 음성이었지만 분명한 목소리로 말했다. 그다음은 지미나 석빈에게 말이 필요없어졌다. 석빈이 그녀를 안아 들더니 바로 침대 위로 내려놓았다. 자잘한 버드키스가 봄의 위풍보다 부드럽게 지미의 얼굴 위로 헤매 다녔다. 양 볼에, 턱에, 코 끝에, 입술에, 감은 눈꺼풀 위로 쉬지 않고 헤매던 석빈의 입술이 지미의 귀에 닿았다. 석빈의 혀가 귓바퀴를 한 바퀴 돌자 지미는 진저리쳤다.

그녀의 행동에 그곳이 예민한 곳인 것을 안 석빈의 입술이 지미의 귓불을 빨더니 훅하고 귓속으로 바람을 불어 보낸다. 이어 혀가 귀 안으로 파고들었다.

"엄마야."

끔찍스러울 정도로 온몸을 오그라뜨리는 기묘한 감각이 지미를 당황하게 만들었다. 지미는 비명을 지르며 석빈에게서 달아나려 했다. 이런 감각이 계속되면 아무래도 심장마비로 숨이 끊어질 것 같았다. 심장이 얼마나 뛰는지 아플 정도였다. 지미가 밀어냈지만 석빈은 꼼짝도 하지 않았다. 그는 물러나는 대신 입술에 키스를 했다. 지미의 입안을 점령한 뒤 혀로 그녀의 혀를 감았다.

하나둘 옷이 벗겨진다. 벗겨진 옷이 툭툭 바닥으로 떨어져 내렸다. 수북이 옷가지가 쌓여가자 어둠 속에서 하얀 맨살이 눈부시게 빛나기 시작했다. 지미가 모로 누워서 잔뜩 몸을 웅크리자 석빈이 그런 그녀의 몸을 끌어안았다. 지미의 옷을 벗기면서 어느새 옷을 벗었는지 석빈 역시 거의 벌거벗고 있었다.

"당신의 살에서 복숭아 향이 나."

지미는 다리 사이로 파고드는 석빈의 손을 느끼고는 힘껏 힘을 주었다. 본능이었다. 그의 손이 팬티 위 소복한 부분을 쓰다듬는다.

아, 어떻게 하지? 어떡해야 하나?

가장 소중한 부분, 쉽게 내줄 수 없는 부분이 아닌가. 어쩔 줄 모르고 망설이는 지미의 귓가에 석빈이 숨을 불어넣는다. 또다시 시작되는 저릿함.

"아흑!"

탄식과 함께 터진 지미의 신음이 끝나자마자 석빈이 속삭여 왔다.

"다리를 벌려."

석빈의 말은 지미의 마음 한구석에 자리한 망설임을 모조리 내모는 힘을 가지고 있었다. 마리오네트처럼 지미는 순순히 석빈이 시키는 대로 했다. 온몸의 힘을 풀며 눈을 감았다. 팬티 속으로 들어오는 손길이 은밀하면서 정확했다.

"흑."

한 번도 타인의 손길이 닿지 않은 그곳에 주인처럼 당당히 입성하는 석빈의 손길에 지미의 입에서는 저절로 신음이 터져 나왔다.

온몸이 불이 붙는 것 같은 행위는 아주 오랜 시간을 끌며 계속되었다. 퍼도 퍼도 마르지 않고 솟아나는 지미의 샘에 석빈은 여러 번 빠졌다. 그의 모든 것을 흡수할 듯이 모조리 빨고 놓아 주지 않는 농염한 샘이었다.

두 사람의 요란한 신음이 하모니를 이루고 방 안에 흘러넘치면서 낮게 깔리며 가느다랗게 울리고 있는 음악 소리를 단숨에 가려 버렸다. 이윽고 음악 소리가 방 안에서 가장 큰 소리로 살아났을 때는 지미와 석빈이 꽃잠에 든 뒤였다. 휘몰아치는 사랑을 나누고 먼저 잠에 빠져든 것은 지미였다.

파괴의 순간이 조금 고통스러운 것은 사실이었다. 하지만 그 뒤를 생각하면 아프다는 표현만으론 좀 부족했다.

좋았다. 그리고 숨찼다. 또한 벅찼다. 딱 그랬다.

석빈은 아주 욕심이 많은 남자인 것이 틀림없었다. 한 번으로 끝내지 않았다.

"미안해."

석빈의 팔이 그녀의 몸을 안는다. 아주 힘차게, 또 부드럽게.

"뭐가요?"

"내가, 처음이 아닌 것이."

묘한 감동이 지미의 마음속에서 새싹처럼 올라왔다. 지미는 석빈의 목을 끌어안고 가만히 그의 턱에 입술을 댔다. 까칠한 수염자리를 느끼면서 행복한 미소를 지었다.

다른 여자에게도 이런 말을 하는 거예요? 아니면 나에게만 이런 말을 하는 거예요?

좀 더 강하게 그의 팔이 지미의 몸을 힘주어 끌어당겼다.

새벽에 눈을 뜬 지미와 달리 석빈은 늦게까지 단잠에서 빠져 나오지 못했다. 하긴 그럴 수밖에 없을지도 모른다. 무리라고 할 정도로 지미와 사랑을 나눈 터라 그의 몸은 녹초가 되어 있었다.

그가 잠에서 깬 것은 늦은 아침이었다. 아니, 아침이라기보단 점심에 가까운 열한 시쯤 되었다. 잠에서 깨어나면서 그는 손을 뻗어 지미를 찾았다.

더듬더듬. 없다. 지미의 몸 대신 뭔가가 손에 닿았다. 순간 달 콤한 향기가 그의 코를 찔렀다. 눈을 뜬 석빈은 지미 대신 자신 의 옆자리를 차지하고 있는 탐스러운 빨간 장미 다발을 발견했 다.

시들지 않고, 지나치게 활짝 피지도 않은 선명한 빨간색의 장 미 다발이었다.

굳이 지미가 없어도 그는 지미의 목소리가 들리는 것 같았다.

'사랑해요.'

잠을 자고 있는 석빈의 곁에 꽃다발을 놓고 지미는 조용히 나 왔다. 잠을 자고 있는 석빈의 모습을 한참이나 바라보고서.

깨우고 싶은 마음도 없지는 않았지만 막상 깨우고 나면 그 어 색함을 어찌할까 하는 곤혹스러움과 잠을 자는 석빈의 모습이 생소하면서도 남자에게 쓰기에는 어울리지 않지만 참 아름답구나 하는 생각에 더욱 바라보고 싶어서, 그리고 깨우고 났을 때 그가 그냥 보내주지 않을 거라는 예상에, 조용히 바라만 보다 나올 수밖에 없었다.

아침에 일어나서 일단 낯설지만 기분 나쁘지는 않은, 아니, 기분 좋은 상황을 잠시 파악하고 난 후, 제일 먼저 떠오른 사람은 전화를 했을 엄마와 벌금 저금통을 들고 의기양양하게 서 있을 명우였다.

엄마는 오늘 아침도 분명 모닝콜을 했을 것인데 지미는 전화를 받을 수가 없었던 것이다. 며칠 전 여행을 다녀온 것을 알고 계시는 엄마로서는 분명 지금 이 상황을 짐작하고 있을 것이다.

아무리 엄마이고, 딸에 대한 모든 것을 알고 계셔야 한다고는 하지만 이런 것까지는 그리 알리고 싶지 않았다. 이건 엄연히 사생활 아닌가? 게다가 내가 사랑하는 남자와 같이 잠을 잤다고 해서 엄마한테 죄책감을 가지고 싶지는 않은 것이다.

그런 이유로 지미는 또다시 세나를 팔기 위해 엄마에게 전화를 했다.

"엄마?"

[응, 딸. 무슨 일이니?]

이건 아니다.

분명 아침에 어디 갔었냐, 전화는 왜 안 받았냐, 혹시 그놈하고 같이 있었던 것은 아니냐, 질문 공세에 시달릴 거라 예상했던 지미는 엄마의 그 한마디로 엄마가 자신에게 전화를 걸지 않았다는 것을 알아차렸다.

"왜 전화 안 했나 해서. 무슨 일 있어?"

수화기 너머로 엄마의 침묵이 들려왔다.

[엄마가 전화 안 했었나? 맞다, 안 했구나. 미안, 오늘 아침에 에어로빅은 한 거지?]

"응, 엄마."

[가게는 왜 아직 안 나갔어? 바쁘지 않아?]

창밖에 치적치적 비가 내리고 있는데. 비 오는 날이면 매상이 좋지 않을까 봐 또 전화해서 걱정하시던 엄마였다.

"비 오잖아. 오늘은 그렇게 안 바쁠 거야."

[어머, 그러니? 밖을 안 내다봐서 비가 오는 줄도 몰랐다.]

이상하게 오늘따라 엄마가 정신이 없어 보이네.

"무슨 일 있는 건 아니지?"

[일은 무슨…… 네 아빠가 갑자기 오늘 아침에 서둘러 중국 출장을 가시는 바람에 정신이 하나도 없어서 그래.]

중국 출장을 가셨다고? 어쨌건 다행이네. 덕분에 엄마가 전화를 하시는 것을 잊으신 모양이야.

"어쨌거나 나 지금 가게 늦었어. 얼른 가봐야 해."

대체 뭐 하다 이 시간에 가게에 나가느냐 물을 것이 뻔했기에 지미는 얼른 말을 끊고 인사를 한 후에 급한 척 전화를 끊었다.

그리고 급히 가게에 나갔다.

우산을 접으며 명우의 눈치를 살피는 스스로에게 지미는 살짝 짜증이 났다.

대체 사장이 왜 직원의 눈치를 봐야 하는 거냐고?

그러면서도 얼른 통 크게 만 원짜리 한 장을 저금통에 집어넣었다.

석빈은 오전 내 작업하느라 정신이 없었다.

며칠 지미 덕에 작업을 많이 진행시키지 못했다. 놀러 가는 시간도 시간이었지만 그 외 시간에도 지미로 인해 넋이 나간 듯 집중을 하지 못했기 때문이다.

또 다른 작품을 하나 계약하자는 전화가 오전에 걸려오고 나서야 그는 자신이 지금 생각보다 느리게 작업을 하고 있었다는 것을 깨달았다.

바짝 진행을 한다면 그래도 사흘 안으로 마감을 할 수 있을 것이다. 그러기 위해서는 당장 느껴지는 이 행복감을 일단 가슴 한편으로 미뤄둘 수밖에 없었다.

얼마나 오랫동안 몰입해서 작업을 하고 있었을까, 어디선가 희미하게 들리는 휴대폰 벨소리를 그제야 듣고 석빈은 리모컨으로 화려한 정글의 영상이 나오는 TV의 화면을 정지시켰다.

"응, 왜?"

몰입하고 있던 작업을 방해받았을 때에만 나오는 이 짧고 까칠한 반응을 아는 재민이 작게 웃음소리를 흘렸다.

[작업하고 있었어?]

"응."

[오후에 시간이 돼?]

"오후에?"

그는 살짝 미간을 찡그렸다. 오늘 하루 일을 바짝 하고 오후에는 영화사로 관계자를 만나러 갈 예정이었기 때문이다.

"오늘 오후는 중요한 약속이 있는데. 왜, 중요한 일이야?"

[그런 건 아니지만…… 너한테 소개시켜 줄 사람이 있어서 말이야.]

"누군데? 영화 쪽 사람?"

[아니, 미주 씨. 우리 미주 씨 네 팬이라서 말이야.]

"혹시 그 미주 씨란 여자 영화배급사에 있다고 하지 않았어?"

[아하.]

재민이 쑥스럽게 웃었다.

[그래. 그 영화사에서 이번에 수입한 영화를 네가 번역해 주었으면 한대.]

그럼 그렇지. 팬이라기에 석빈도 의외라 생각했었다. 더군다나 재민은 틈이 날 때마다 어떻게든 그 애인을 석빈에게 소개시키려고 드는 기분이 들어 이상하다 생각했는데 다 이유가 있던 것이다.

"어디 영화사인데?"

[신생 회사야. 아직은 국내 제작은 안 하고 수입, 배급을 주로

하고 있지만 조만간에 국내 영화도 제작할 모양이야.]

"네가 하지 그래?"

[난 안 해. 애인과 같은 회사의 일을 한다면 남들 눈에 어떻게 보이겠어?]

"다른 날로 잡아. 오늘은 정말 중요한 약속이 있어서 안 되겠다."

[그 대답은 다른 날은 오케이란 뜻으로 받아들여도 되는 거지?]

"알았어."

[참!]

석빈이 전화를 끊을까 재민이 얼른 말을 이었다.

[아직도 옆집의 지미 씨와는 이웃으로 지내고 있어?]

느닷없는 질문에 석빈은 적절한 타이밍 안에 대답을 놓치고 말았다. 재민은 그것만으로도 충분히 눈치 챌 수 있었는지 또다시 소리 내어 웃었다.

[역시! 내 그럴 줄 알았다니까. 그때 꽃집 명함 받아 들 때 네 눈빛이 친구고 뭐고 없더라니.]

"꽃집 명함을 받아 들었다고?"

대체 뭐 하자는 생각인가 하는 생각을 하긴 했었다. 애인도 있으면서.

[너한테 자극이 좀 필요한 것 같아서 내가 연기를 좀 했지. 꽃 주문할 때 전화할 수 있게 번호를 달라고 말이야. 지미 씨 사업

잘하던데? 아예 명함을 뿌려달라고 가지고 온 명함을 전부 다 주더라고.]

석빈은 쓴웃음을 짓지 않을 수 없었다. 이 녀석, 그때 지미에게 전화 걸겠다는 제스처를 하는 바람에 상당한 자극이 되었던 것을 인정해야만 했다.

[고맙단 말은 다음에 우리 애인 데리고 가면 그 앞에서 해.]

"다음에 보면 톡톡히 하지."

경고처럼 그렇게 대답을 하고 석빈은 전화를 끊었다.

습관처럼 다시 일을 시작하기 위해 리모컨을 집어 들었던 그는 다시 리모컨을 내려놓고 자리에서 일어섰다.

한쪽 벽에 걸린 꽃다발들. 그중에는 오늘 받은 새빨간 장미도 있었다.

가까이 다가간 그는 싱싱한 그 장미 꽃다발의 향기를 듬뿍 들이마셨다.

꽃. 어떻게 보면 단순한 식물일 뿐인데 어떤 여자에게는 그 꽃이 보석보다 더 효과가 클 때가 있다. 어디까지나 그것은 여자에게 줄 때의 효과일 뿐이지만.

여자에게 꽃을 선물한 적이 없는 것은 아니다. 순수한 축하의 선물로, 혹은 불순한 의도로도. 또한 받은 적도 몇 번 있긴 하다. 그것은 순수한 축하의 선물이었다. 남자가 여자에게 주는 꽃과 같은 의미로 꽃을 받는 남자가 몇이나 있을까? 아니, 있기는 할까? 만일 있다면 그것은 스토커에 시달리는 남자 정도일 것이다.

지미는 스토커가 아니다. 지미는 딱 알맞게 수줍어하고 적당히 **뺄** 줄도 알고 딱 알맞게 분위기도 맞출 줄 알면서 또한 꽃다발을 선물로 준다고 해도 하나 이상하지 않은 꽃집 사장이니까.

한마디로 난 운이 좋은 놈이란 말이다.

그는 만족스러운 듯 오늘 새로 걸린 붉은 장미를 다시 한 번 쓰다듬었다.

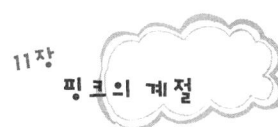

11장
핑크의 계절

비는 밤이 되어 가게 문을 닫을 시간이 되었는데도 그치지 않고 계속 내렸다. 덕분에 평소와는 달리 저녁 시간대가 지나도록 손님은 그리 많지가 않았다. 비가 와 명우를 일찍 보내 버렸다. 지미도 일찍 들어가려고 가게 정리를 시작했지만 내리는 비로 자꾸만 마음이 간다.

저 빗속을 석빈 씨랑 같이 걸으면 멋질 것 같아.

"무슨 생각을 그렇게 넋을 빼고 하고 있어?"

그 순간 들린 환청 같은 석빈의 목소리에 지미는 화들짝 놀라 얼른 창가에서 몸을 일으켰다. 설마 지금 다 보고 있었던 것은 아니지? 이 넋이 빠진 듯한 멍청한 얼굴을.

그의 얼굴을 보는 순간 지미는 또다시 황홀해지고 싶어하는 자신의 얼굴을 애써 정리했다.

어쩜 이렇게 잘생긴 얼굴이 다 있을까? 어쩜 이렇게 다정한 얼굴이 다 있을까? 어젯밤의 그 야수 같은 표정을 지금은 찾아볼 수 없음에도 그는 여전히 어제의 그 멋진 애인이다. 자신의 연인이다.

왜 그랬을까? 또다시 어젯밤을 상상해 버리고는 지미의 얼굴이 발갛게 달아올랐다.

어색하다! 어색해!

"아침에 그렇게 말없이 가버리고…… 눈을 뜨자마자 당신이 보고 싶었는데 말이야."

"……"

"계속 그렇게 처음 보는 사람처럼 쳐다보기만 할 거야? 이리와."

달리 할 말을 못 찾고 계속 쳐다보기만 하자 마침내 석빈이 그녀에게 손을 뻗었다.

쭈뼛거리며 지미가 다가가자 석빈은 초대라도 하듯 자신의 트렌치코트를 활짝 젖혔다.

"하루 종일 당신을 품에 안는 것만 생각했거든. 지금은 이것으로 만족하지만……"

짐승, 짐승, 짐승! 하지만 너무도 멋진 짐승이다. 지미는 냉큼 그의 팔 안에 안겼다. 당연하다는 듯 그에게 입술을 내밀자 석빈은 웃음 가득한 얼굴로 그녀의 입술을 고맙게 받아들였다. 그녀에게서 장미꽃 향기가 나는 것 같다.

"가자. 같이 가자고 왔어."

이내 석빈은 그녀를 품에서 떼어냈다. 이대로 계속 있다가는 오늘 계획한 번개 데이트를 못할 것 같기 때문이다.

석빈이 우산을 받치고 있는 동안 가게 문을 잠근 지미는 주위를 두리번거렸지만 오늘은 이상하게 석빈의 차가 보이지 않았다.

"차 안 가지고 왔어요?"

"비가 오잖아. 같이 우산 쓰고 걸어가고 싶어서. 정말 사랑하는 사람이 생기면 꼭 한 번쯤 그렇게 해보고 싶었거든. 걷다가 다리 아프면 그때 택시 잡으면 되지."

그가 말하는 사이 자신의 자동우산을 철컥 펼쳤던 지미는 무안한 표정을 지으며 자신의 우산을 쳐다보았다. 우산 두 개면 같이 걸어가도 떨어져 있게 되는데.

그녀의 표정을 본 석빈이 입가에 가득 웃음을 띤 채 지미의 우산을 빼앗아 다시 접었다.

"이러면 같이 꼭 붙어서 우산을 쓸 수 있잖아."

그가 한 팔로 지미의 어깨를 감싸고 바싹 끌어당기더니 그녀의 이마에 살짝 입을 맞추었다.

"자, 가볼까?"

수줍게 지미는 한 손을 석빈의 허리에 감았다.

아, 남이 하면 꼴불견이요, 내가 하면 로맨스다 하는구나. 원래 말은 그것과는 좀 다르지만 지미는 제멋대로 그것도 바꿔 버렸다.

요지는 남들이 이러고 다니는 것을 봤을 땐 부러운 마음에 오히려 더 속으로 욕을 했었다. 요새 젊은것들은 도덕의식이 없어요, 막 이러면서.

하지만 막상 석빈의 허리를 고목나무에 달라붙은 매미처럼 찰싹 붙어서 가니 기분이 흐뭇해진다. 이걸 바로 가진 자의 여유라고 부르는 건가?

이렇게 간짓발나게 생긴 남자가 바로 내 애인이라고! 이렇게 잘생긴 남자하고 애인 해본 적 있어?

바람이 한쪽으로 몰아치면서 비가 우산 안까지 밀려들어 오자 석빈은 당연하다는 듯 그녀의 어깨를 더욱 힘주어 감싸 안았다.

"비 오는 날의 첫 데이트니까 당신한테 좋은 기억을 남겨주었으면 좋겠는데, 이랬다가는 오히려 비 오는 날을 더욱 싫어하겠는걸."

반쯤은 걱정하는 투로 하는 석빈의 말이 왜 이렇게 꿈결처럼 낭랑하게 들리는 걸까.

"원래는 비 오는 날을 싫어했었어요. 차가 없으니까 우산 쓰고 출퇴근하려면 옷이 젖잖아요. 또 이런 날 꽃배달 주문 들어오면 최소한 몇 번은 우산도 없이 그 비를 다 맞아야 하거든요.

그런데 있잖아요."

"그런데?"

"오늘 이후로는 비바람에 폭우가 몰아친다 해도 비 오는 날을 무조건 사랑하게 될 거 같아요."

지미의 말이 사랑스러운 듯 석빈은 길에 멈춰 섰다. 참지 못하고 그녀의 이마에 입을 맞췄다. 그리고 또다시 그 입술이 내려와 그녀의 입술을 머금었다.

두 사람은 비 오는 날 하는 데이트의 또 다른 장점을 그 순간 발견했다.

어느 곳에서든 키스하고 싶을 때 키스를 할 수 있다는 것이다. 살짝 우산을 내려쓰고서.

바람이 불자 두 사람이 서 있는 곳에 있던 가로수에서 비가 후두두 쏟아져 내렸다.

지미는 그때 바람처럼 스치는 석빈의 목소리를 들었다.

"사랑해, 김지미. 당신을 사랑하게 되어 기뻐."

사랑을 하면 세상이 달라 보인다는 말은 정말이었다. 요즘 지미의 눈에 보이는 세상은 모두 다 핑크였다. 그것도 행복한 핑크. 세상의 기준은 언제나 자신, 행복한 지미는 이 세상 모든 사람들이 다 행복한 것처럼 보였다.

난 사랑에 빠졌어요, 라고 세상에 소리쳐 자랑하고 싶을 정도로 지미의 마음은 풍선처럼 둥둥 떠다녔고 어느새 그녀의 눈에는 안경이 씌어져, 그녀의 핑크 빛 세상에는 석빈이란 기준이 떡하고 자리 잡았다. 행복한 시간은 참으로 빨리도 흐른다. 월요일인가 싶었는데 어느새 수요일이고 또 주말이고 그러다 보면 새로운 월요일이 된다.

"요즘 시간이 너무 빠른 것 같아요. 특히 밤의 시간이."

무엇보다도 밤이 너무 짧았다. 석빈을 다시 볼 수 있는 저녁까지는 한없이 긴 시간도 밤이 되면 너무도 빨리 흘러 버렸다. 같이 만나서 헤어져 있는 낮 동안 무엇을 했는지 얘기하고 키스하고 또 다른 것 조금 더 하고 나면 어느새 아침의 태양이 떠 있었다.

"나도 그래."

석빈도 찬성했다. 그도 그랬다. 낮은 한없이 길고 밤은 너무 짧았다. 석빈은 일을 하면서 지미를 자신의 무릎에 앉히는 걸 좋아했다.

You are the brightest person in the world to me.

"당신은 나에게 이 세상에서 가장 빛나는 존재야."

그러고는 자신이 번역한 문장을 그녀의 귓가에 속삭인다. 비록 번역이라 해도 참으로 행복하게 하는 말이 아닌가.

My glorious light, how did I manage to even live the dark, dark life without being with you.

"나의 찬란한 빛이여. 당신을 만나지도 않고 그동안 그 암흑 속을 내가 어떻게 살아왔을까?"

하루하루 너무 행복해서 지미는 허공을 둥둥 떠다니는 것 같았다. 하지만 빛이 있으면 그림자가 있는 법, 그녀의 행복에 살짝 그림자가 졌다.

"미국에 갈지도 몰라."

석빈이 조심스럽게 말을 꺼냈던 것이다.

"같이 가자."

"미국에요?"

"응. 길슨이 이번에 출연하는 영화의 시나리오에 참여하지 않겠느냐는 제안을 해왔어."

같은 학교를 다닐 때 길슨은 석빈이 갖고 있는 기발한 발상에 늘 감탄을 했었다.

이번에 길슨은 대규모의 판타지물에 도전을 한다. 길슨이 제작비의 일부를 투자하고 석빈에게 시나리오 참여를 의뢰했다. 그것 때문에 전에 한국에 내한했던 것이다.

쉽게 올 수 없는 좋은 기회였다. 영화라는 것으로 세계를 제패하고, 기업에서 벌어들이는 돈보다 훨씬 많은 돈을 벌겠다는 것이 석빈이 갖고 있는 목표. 그의 꿈이 살짝 그에게 손짓을 한 것이다.

"잘됐네요."

"같이 갈 거지?"

"난……."

그 순간 엄마, 아빠의 얼굴이 떠올랐다. 아직도 아침저녁 전화하면서 얼굴 안 본 지 이틀만 지나면 '어이구, 보고 싶은 내 새끼' 하고 노래를 하는 두 분을.

그 두 분을 두고 떠난다는 것은 지미에게 있어서 생각도 할 수 없는 일이었다. 어쩔 수 없는, 본능 같은 것이었다.

"얼마나 걸려요?"

"얼마나 걸릴지는 해봐야지."

시나리오 작업이라는 것은 끝없는 시간과의 싸움이었다. 게다가 길슨은 시나리오에 대해 무척이나 까다로웠다.

"왔다 갔다 할 수는 있을 거야. 한 육 개월 지나서 일이 손에 익으면……."

"미안해요, 난 못 가요."

절대로 엄마 아빠를 떠날 수는 없다.

"그냥, 석빈 씨가 일 끝내고 오는 거 기다릴래요."

석빈이 더 말하지 못하게 재빠르게 키스를 했다. 처음으로, 아니, 그동안 수도 없이 했던 투덜거림을 속으로 또 했다.

엄마, 아빠. 나 하나만 낳지 말고 동생이나 언니 오빠도 낳지. 그렇다면 네, 라고 힘차게 대답했을 텐데. 무남독녀는 정말 힘든 위치다.

미국에 같이 가자는 말을 지미가 거절한 뒤 석빈은 분명 서운한 표정을 감추지 못했으나 다시는 그 얘기를 꺼내지 않았다. 공연히 눈치가 보였으나 지미도 더 이상 아무 말도 하지 않았다. 단지 그날의 사랑을 다른 때보다 좀 더 격하게 나누었다. 맹

렬하게 불타올라 화려하게 산화해 버렸다. 석빈의 온몸에 키스하는 것으로 지미는 석빈의 말을 거절한 것이 미안하다는 표현을 했다.

미국에 같이 가지 않아도 내가 당신을 사랑하는 걸 알아주세요.

"언니, 오늘 무슨 날이야?"

현옥의 동생 현주가 식탁에 차려진 음식을 보며 호들갑을 떨었다. 음식 만드는 것이 취미인 언니는 가끔 전화를 걸어 밥 먹으러 오라고 한다. 그럴 때마다 현주는 빈 용기를 챙겨 들고 와 실컷 먹은 뒤 바리바리 싸갔다. 그래서 현주는 언니가 음식 만드는 취미를 가진 것이 무척이나 좋았다.

오늘도 느닷없이 밥 먹으러 오라고 해서 빈 용기 몇 개를 챙겨 달려온 참이었다. 한데 오늘은 상이 달랐다. 한우 갈비찜에 산 우럭으로 매운탕도 끓였다. 색색의 나물하고 먹음직스럽게 무친 청포묵, 홍어회에 구절판까지, 그야말로 손가고 정성 가는 음식으로 상이 넘쳐 나고 있었다.

"웬 잔치음식이래? 혹시 사윗감이 인사라도 하고 갔어?"

"네 형부가 요즘 기운이 없어 보여서 그냥 이것저것 하다 보니까 많이 늘어났네."

"어머, 형부 좋아하셨겠네. 난 또 하도 음식이 휘황찬란해서 지미가 정말 사윗감이라도 데리고 와서 언니에게 인사라도 시킨 줄 알았네."

"얜, 사윗감이라니. 아직 어린애를 두고 무슨 말이니?"

"지미가 어려? 언니, 지미 나이가 몇인데 어리다고 하는 거야? 일찍 가는 애들은 벌써 시집 가 아이 낳고 사는 나이라고."

"다른 여자들이 뭐를 하던 지미는 어려."

현옥이 딱 잘랐다.

아, 그리고 보니 지미의 오피스텔을 옮기려 했던 걸 깜박 잊고 있었다. 남편이 힘들어하는 것 때문에 그런 것까지 미처 신경이 가지 않았던 것이다.

옮겨야 해.

석빈인지 뭔지 그런 인간과 붙어 있는 것은 백해무익하다. 지미가 남자랑 일박을 했다는 것은 아직도 충격이다. 충격은 아직도 여전하지만 현옥은 그 일이 모두 그놈이 꼬드겨서 생긴 일이라고 굳게 믿는 중이다.

"언니, 지미 시집 안 보낼 거야?"

"보내야지. 왜 안 보내?"

"언니 보니까 안 보낼 것 같은데?"

"쓸데없는 소리 하지 마. 하나밖에 없는 애를 왜 시집을 안 보내? 훌륭하고 예쁜 사위 얻어서 옆에 두고 살 거야."

초인종 소리와 함께 월 패드의 액정에 지미의 얼굴이 떴다.

"지미 왔니?"

―응, 엄마.

버튼을 누른 현옥이 현관문을 열고 내다보며 대문을 열고 들어오는 지미를 맞이했다. 쇼핑백을 들고 들어온 지미가 달려와 현옥에게 폭 안겼다.

"엄마아아."

"아니, 이건 다 뭐야? 이게 다 빈 그릇이니?"

"응. 명우가 너무 기대를 해서 말이지."

엄마의 취미는 음식 만들기뿐만 아니라 거둬 먹인 뒤 이것저것 싸주는 거다. 가끔 지미가 엄마가 한 음식을 먹고 싸다 주면 명우는 늘 입이 찢어져서 행복해했다. 하지만 오늘 빈 용기들을 잔뜩 챙겨 온 것은 결코 명우 때문이 아니다.

석빈 씨 갖다줘야지.

요즘 지미는 가정주부처럼 아침마다 밥을 한다. 지미가 해주는 아침에 무척 행복해하는 석빈의 얼굴이 너무 좋아서다. 사랑받는 남자의 기본적인 조건을 알고 있는지 석빈은 무엇을 해줘도 맛있다며 감격해한다.

그것이 지미를 행복하게 했다. 더욱더 신이 나서 이것저것 만들고 있는 요즘이다. 단지 아쉬운 것은 그녀도 제법 음식 솜씨가 있다지만 죽었다 깨도 엄마가 한 맛이 나지 않는 거다.

그 맛있는 음식 좀 석빈 씨에게 먹였으면…… 생각 중이었는데 엄마가 음식을 했단다. 그러니 참을 수 있나. 집에 있는 빈 용기는 모두 챙겨 달려왔지.

"지미 왔니?"

"어머, 이모 오랜만……."

"지미가 놀라울 정도로 예뻐졌구나. 혹시 연애하나?"

"아이, 이모는……."

"넌 무슨 말을 해? 애 데리고. 지미가 그럴 애니?"

그럴 애라니, 엄마. 나 이제 연애해도 될 나이인데.

이럴 때 '사랑에 빠졌어요'라고 말했다간 야단만 돌아올 것이 뻔하다. 지미는 재빠르게 식탁에 앉았다.

"우와, 맛있겠다."

"응. 맛있단다. 네 엄마 솜씨야 유명하잖니. 그런데 지미야, 너 진짜 연애하는 거 아니니? 너무 예뻐졌는데?"

지미는 흘끔 현옥의 눈치를 보았다. 밥을 푸는 현옥이 현주를 향해 쨍 칼날 같은 눈빛을 날린다.

"설마 예뻐진 이유가 화장품 하나 바꿨을 뿐인데, 인 것은 아니지?"

화장품은 아니고요, 남자가 생겨서라고나 할까요? 하지만 돌아올 엄마의 반응이 무서워 차마 그런 말은 하지 못했다. 석빈을 보고 그다지 탐탁지 않아 했던 엄마다. 지금 엄마의 반응으로 봐선 그와 사귄다는 것을 알면 펄쩍 뛸 거라는 건 어렵지 않게 알 수 있다.

왜 엄마에겐 내가 아직도 애인 거야? 그리고 그럴 애라니? 남자 만나고 사랑하는 게 어때서 무슨 죄짓는 것 같은 뉘앙스를 풍긴담.

"응, 이모, 로션을 바꾼 거는 확실해."

"너 정말 만나는 남자 없어?"

근우를 소개했는데 연결되지 않은 것이 지금도 아까운 현주다.

"네 나이가 벌써 스물일곱이다. 내년이면 스물여덟. 한데 만나는 남자나 애인이 없으면 어쩌누. 주위에 그렇게 남자가 없나? 우리 지미에게 어울릴 만한?"

"이모, 우리 옆 오피스텔에 이사 온 남자가 있는데……."

"너, 누구 이야기하는 거야? 그 남자 말하는 거야?"

탕 하고 엄마가 소리나게 밥공기를 내려놓아 지미는 얼른 입을 다물었다. 현옥의 반응이 생각보다 강했다. 이럴 때 혹시라도 잘못 말하면 사단이 나도 크게 날 것이다.

"너, 설마 그 남자하고 사귀는 거 아니지?"

현옥이 단단히 따져 묻는다.

"사귀면 안 돼?"

"안 돼."

"왜?"

"부모가 없다잖아."

현옥의 말이 너무도 단호해 지미는 잠시 할 말을 찾기 위해 입을 다물었다.

"부모 없는 남자는 싫어, 언니?"

"당연하지."

"언니네는 차라리 부모 없는 남자가 더 편하지 않아? 그럼 데 릴사위처럼 들어서 같이 살아도 되는데."

"부모 없는 남자도 부모 없는 남자 나름이지. 어려서 부모를 잃고 할아버지 슬하에서 자랐단다. 대체 인성교육이나 제대로 받았겠어? 난 절대로 그런 남자에게 우리 딸 못 준다."

아이고. 지미는 한숨이 저절로 나왔다. 석빈과 결혼 이야기는 한 번도 하진 않았지만 결혼 이야기가 나왔어도 골치 아프게 됐 다.

공연히 결혼이니 뭐니 앞서 나가는 엄마를 보면서 젓가락을 께적였다. 왠지 마음이 무거웠다.

이러다 나중에라도 석빈 씨랑 결혼하고 싶다고 하면 엄마가 뒷목 잡고 쓰러지는 것은 아닐까?

"그러면 정말 장 사장은 딱인데."

"그 레스토랑의 장 사장?"

"응, 그 사람도 부모가 없긴 해. 부모가 오십이 넘어서 태어난 늦둥이로 형 손에 컸거든. 형이 나이 차이가 많은데다 좀 엄했 나 봐. 거기다 아무리 잘해준다고 해도 형은 형이고 형수는 형 수잖아. 장 사장은 그래선지 다복한 가족을 무척 부러워했어. 언젠가 내게 슬쩍 그러더라고. 너무 다정한 가족 모습이 보기 좋다면서 자기도 언니네 같은 부모를 가졌으면 좋겠다고. 그러 면서 웃으면서 눙치던데. 혹시 조카님과 결혼하면 저도 가족이 될 수도 있겠네요? 그냥 우스개처럼 말했지만 내 보기엔 절대

우스개만은 아니었어. 그런 남자 지미랑 결혼시켜서 아들처럼 데리고 살면 좋았을 텐데, 바보처럼 저 애가……."

지미는 입에 넣은 잡채를 뱉어낼 뻔했다. 이모 입에서 잘못 말이 나오면 큰일이다.

"이모!"

다행히 이모도 더 이상 말하지 않는다. 조카가 바보같이 대어를 놓친 것이 아깝지만 그것을 알려 언니 가슴 아프게 할 필요가 없는 것이다.

지미를 만나고 퇴짜 났다는 걸 알아봐. 보나마나 장 사장은 당장 죽일 놈이 될 것이다.

"뭐, 그것도 좋겠네. 하지만 지금은 너무 일러. 나중에 지미가 시집갈 때 되면 생각해 봐야겠다."

때? 내 나이가 몇인데 결혼 얘기가 아직 이르다는 말을 하는 거야? 엄마는! 이건 뭐 내가 결혼을 하고 싶다고 해서 할 수 있는 게 아니고 엄마가 나를 결혼시킨다고 마음먹어야 결혼을 할 것 같은 분위기네?

'혹시요, 사장님. 남동생 안 필요하세요?'
'저 좀 양자로 들이시면 안 되는지 물어봐 주세요.'

엄마가 싸준 음식을 먹을 때마다 그런 말을 할 정도로 명우는 엄마 음식의 광팬이었다.

그 명우가 강아지 눈이 돼서 지미를 바라보곤 그녀가 빈손인 것을 깨닫자 얼굴을 확 구겼다.

"사장님 빈손이네요? 어머님이 아무것도 안 싸주셨어요?"

지미는 잠깐 갈등했다. 모조리 싸왔다. 전부 다. 싹. 이모가 왜 이리 너 혼자만 싸가려고 하느냐고 야단을 치는 것을 못 들은 척하면서 말이다.

'애, 석 달 열흘은 먹겠다. 웬 욕심을 이리 부려.'

'나 사먹는 밥 싫어하잖아.'

이러면서 싸가지고 온 음식을 들고 제일 먼저 간 곳이 석빈의 오피스텔이었다.

'너 진짜로 그 남자랑 만나는 거 아니지?'

집을 나올 때 엄마가 눈을 빛내며 물어와 지미는 고개를 절레절레 흔들어 부정했다. 아무래도 지금 석빈과의 관계가 알려지는 것은 시기상조지 싶었다. 공연히 집으로 끌려 들어갈 일은 피하는 것이 우선이었다.

'믿는다.'

'네, 믿으세요.'

그래 놓고는 바로 마음속으로 엄마 미안해를 외치긴 했지만 말이다.

그동안은 엄마에게 거짓말을 하지 않는 착한 딸이었지만 나이 먹어가면서 저절로 입혀지는 세상의 때라는 것이 드디어 지미에게도 자연스럽게 거짓말을 하게 만들었다.

그뿐인가. 그러고선 바로 석빈의 오피스텔로 달려가는 일도 서슴지 않고 저지르고 있다. 그리고 지금도 역시 명우를 향해 눈 하나 까딱 않고 거짓말을 한다.

사실 지미는 석빈이 조금만 덜 맛있게 먹었어도 명우를 위해 음식을 조금 가져왔을 것이다. 하지만 너무도 맛있게 먹는 석빈을 보고는 명우에게도 조금 가져다줘야지 했던 마음을 싹 잊어버리고 빈손으로 온 것이다.

"사장님 어머님이 야박해지셨네요."

중얼중얼하는 명우의 말에 약간 양심이 찔린 지미는 인심을 쓰기로 했다.

"벌금 저금통 뜯어. 피자 시키자꾸나."

택배 직원에게 소포를 받아 든 석빈은 잠시 잘 포장된 선물 상자를 내려다보았다.

하이, 석빈. 자그만 선물을 하나 보냈어. 너의 그녀에게.

길슨에게 그런 메일을 받은 것은 어제였다. 무슨 선물이지? 리본을 풀어 상자를 여니 자그맣고 예쁜 향수병이 나왔다. 길슨을 만날 때 지미에게 뿌리게 했던 석빈이 마음에 들어했던 향수였다. 향수병만이 아니다. 길슨의 사진도 나왔다.

청바지 하나만 입은 맨발의 반 누드 사진이 너무도 섹시하고 멋지다. 공개되지도 않은 사진 같다.

석빈은 길슨의 사진을 보는 순간 하마터면 코에서 불을 뿜을 뻔했다.

이놈이.

뭐냐, 이 사진을 보면 길슨 웨이드의 광팬인 지미가 반쯤 정신이 나갈 것은 불 보듯 뻔했다. 그걸 보고 속 터지라고 이 사진을 넣어 보낸 것이 분명하다.

난 마음이 너그럽다네. 하지만 갚아줄 줄은 안다네.

좌악 찢으려던 석빈은 사진 뒤에 쓴 길슨의 글을 보고 실소를 터뜨렸다.

속 좁은 인간 같으니. 대스타가 돼서 그까짓 일로 이런 치사한 복수를 해? 저가 싫어하는 향수를 지미에게 뿌리게 했던 것에 대한 복수란 말이지?

그 복수만은 아닐 것이다. 어서 오라고 하는 그의 말에 아직도 답을 하지 않는 석빈에 대한 채근도 들어 있는 게 분명하다. 이러다간 너 빨리 오지 않으면 내가 들어가 네 여자친구를 유혹할지도 몰라, 이런 메일이 날아올지도 모른다.

지금이라도 가고 싶지만…….

같이 가자는 그의 말을 거절한 지미로 인해 아직 석빈은 떠날 결심을 하지 않고 있다.

눈에서 멀어지면 마음에서 멀어진다는데.

게다가 아침마다 잠을 깨우는 지미의 키스가 얼마나 달콤한데.

자, 아침 먹어야죠. 아…….

그렇게 말할 때의 지미의 표정은 얼마나 예쁜데. 그 얼굴을 보지 못하는 것은 정말 싫다고. 게다가 그녀의 부모가 자신을 탐탁지 않아 하는 것을 잘 알고 있지 않은가. 아버지라는 벽으로 그에게 적개심을 보이는 지미의 아버지와 달리 지미의 어머니는 그의 환경이나 조건이 마음에 안 드는 것 같았다. 부모님이 다 돌아가셨다는 대답에 얼굴이 변하는 걸 똑똑히 봤으니까.

두 사람에게도 접근을 해서 마음을 돌려놓아야 할 텐데.

석빈은 벽에 걸린 꽃다발들을 바라보았다. 풍성한 꽃다발들이 그의 마음을 흐뭇하게 했다.

이제는 길슨보다 나를 더 좋아할지도 모른다. 이런 사진을 보고도 흔들리지 않을지 모른다. 길슨에 대한 마음은 그저 스타를 좋아하는 마음일 것이다.

아!

갑자기 생각 하나가 떠올랐다. 그는 전화기를 든 뒤 나온 상대에게 말했다.

"형, 자료 좀 구해줄 수 있어?"

[어떤 거?]

"김지미 씨 영화 판권을 가진 영화사에 부탁해서 그분이 출연한 모든 영화를 구해줘. 이왕이면 랩핑도 다 되어 있는 걸로."

딸에게 김지미라는 이름을 지어줄 정도라면 틀림없이 김창우 사장도 김지미의 광팬일 것이다. 자신을 마땅찮게 생각하던 지미의 어머니와 달리 남자라는 대상이 딸에게 생긴다는 것 자체를 용납하지 못하는 지미의 아버지에게 접근할 방법이 길슨의 선물을 받는 순간 생각난 것이다.

그날 밤 길슨의 선물을 전해 받은 지미는 포장을 열고 발견한 사진을 보고 냅다 소리 질렀다.

"어머! 너무 멋지다!"

지미의 기쁨에 찬 비명 소리는 단번에 석빈을 빈정 상하게 했다. 이렇게 멋진 내가 눈앞에 있는데. 솔직히 그놈보다는 내가 훨씬 멋지다고. 아무도 인정해 주지 않는 주장을 혼자서 중얼거렸다. 공연히 사진을 전해줬다고 후회하는 중이다. 하지만 다음 순간 그의 마음은 봄눈 녹듯 풀렸다.

"하지만 솔직히 말하면요, 석빈 씨의 몸이 훨씬 멋져요. 길슨 웨이드보다 더 아름답고 음…… 섹시해요."

살짝 붉어지는 지미의 얼굴이 너무도 귀여웠다. 섹시하다는 말을 하며 얼굴을 붉히다니 왜 이리 귀여운 거야.

"그 향수 좀 뿌려봐."

"석빈 씨도 길슨 웨이드처럼 이 향수를 좋아해요?"

"응. 친구잖아. 친구는 취미나 취향이 많이 비슷하지."

지미가 향수를 자신의 목에 살짝 뿌렸다.

"어때요?"

지미의 목에 코를 박자 향긋한 향수 내음과 함께 지미의 살 내음이 올라왔다.

으, 으. 미치겠다. 아니, 미칠 테다.

석빈은 지미를 끌어안고 그대로 침대로 쓰러져 버렸다. 서둘러 벗겨지는 옷가지들이 침대 아래로 떨어져 내린다.

"아이, 석빈 씨. 거긴 안 돼."

곧이어 야옹거리는 고양이 울음소리 같은 지미의 신음이 방 안을 가득 채웠다. 이어 석빈의 호흡도 잔뜩 거칠어져 가면서 곧이어 사랑을 연주하는 소리가 빨라진다. 인간이 할 수 있는 사랑엔 얼마나 많은 방법이 존재할까? 둘의 행위는 점점 진해지고 깊어진다.

"지미야, 지미야."

사랑이 끝날 때까지 간절하게 석빈이 불렀다. 하늘을 날다가 땅으로 내려온 뒤에도 석빈은 지미를 꼭 끌어안고 놓지 않았다.

지미에게 사랑의 여운이 가라앉을 때쯤 잠깐 주방으로 갔던 석빈이 등 뒤에 뭔가를 감춘 채 다가와 그녀의 곁에 앉았다.

아직 침대에 누워 있는 지미를 가만히 바라보던 석빈은 조심스럽게 말을 꺼냈다.

"기쁜 일과 슬픈 일 두 가지가 있는데 무엇을 먼저 듣고 싶어?"

"기쁜 일."

"내 꿈을 좇을 수 있게 됐어. 오늘 길슨과 완전히 협의를 끝냈어."

"그럼 슬픈 일은 우리가 떨어져야 하는 거예요?"

"……응."

석빈이 잠시 지미의 흔들리는 눈동자를 바라보았다.

"쇼킹한 일도 있어."

"뭔데요?"

"내가 당신을 납치해서 여행 가방에 집어넣어 억지로 미국으로 데려가는 일이야."

"그건 사양할래요. 거긴 너무 불편할 것 같아."

지미는 웃기 위해 기를 썼다. 간신히 웃음 같은 것이 입가에 만들어졌다.

"이번 일로 헐리웃에서 우뚝 설 자리를 만들 수 있을지 몰라."

네, 그리고 이번 일로 당신은 꿈을 붙잡을 수도 있을 거예요.

"축하해요, 석빈 씨! 진작 전화를 해줬으면 축하의 꽃다발이라도 만들어 오는 것인데. 당신이 멋져요. 꿈을 좇지만 않고 따라잡을 수 있는 당신이. 너무 자랑스러워."

그는 웃으며 등 뒤에 숨겼던 샴페인 병을 따서 천장을 향해 마음껏 뿌렸다.

두 사람에게 샴페인 비가 내렸다.

'너무 차가워.'

지미의 얼굴 위로 비처럼 떨어진 샴페인에 석빈이 혀를 댔다. 고양이가 물을 핥듯 길게 핥았다. 피부가 달아올랐다. 석빈의 손이 슬금슬금 그녀의 숲을 가르고 들어온다. 어느새 욕심 사납게도 그의 몸이 벌떡 일어서 있었다.

"금방 해놓고선!"

"뭘?"

"아이, 몰라욧."

뜨거운 사랑을 나눈 후 지미는 그에게서 등을 돌렸다.

헤어져야 한다고? 아, 싫다! 눈 딱 감고 따라갈까?

그럴 수 있다면 이미 이전에 그렇게 했을 것이다. 이렇게 그가 앞에 있기만 해도 가슴이 설레는데, 한순간이라도 떨어져 어떻게 살 수 있을까? 선택의 여지가 조금이라도 있으면 얼마나 좋을까.

이것은 사랑을 따르자니 부모가 울고, 부모를 따르자니 사랑이 우는 거다.

자신도 모르게 그녀는 깊은 한숨을 내쉬었다. 작년까지만 해도 지미는 독립을 안 시켜주면 정말 유학을 가려고 했다. 1년이란 시간이 이렇게 큰 것일까? 엄마 아빠와 떨어져 있는 시간이 그녀를 조금 어른스럽게 만들었나 보다.

지미가 나온 뒤부터 끙끙 앓던 엄마, 말이 없어졌던 아빠.

집에 있을 땐 몰랐던, 아니, 굴레라 여겨졌던 부모님의 사랑이 혼자 살게 되면서 오히려 더 진정하게 느껴졌던 것이다. 그 때부터였던가, 저 두 분을 두고 어디론가 오랫동안 떠나 있기는 힘들 거라는 생각이 들었다.

그는 모를 것이다. 되도록 석빈 앞에서는 부모에 대한 얘기를 하지 않았고 또한 그런 속내를 드러내지 않았으니까.

그래서 그런가, 석빈은 여전히 그녀가 자신을 따라올지도 모른다는 실낱같은 희망을 가지고 있는 것 같다.

그가 뒤에서 그녀를 끌어안고 그녀의 목덜미에 입을 맞추었다.

"같이 가자니까."

"다 끝난 말은 하기 없기!"

그가 위로하듯 그녀를 안은 팔에 더욱 힘을 주었다.

"내가 사랑하고 있는 거 알지?"

"저도요."

그리고 사랑은 아무래도 지미가 더 많이 하는 건지도.

다음날 낙엽이 채 지지도 않았는데 첫눈이 내렸다. 첫눈치고는 참 소담한 눈발이었다.

"덥다 덥다 하던 게 엊그제였고 단풍 구경은 한 번도 못했는데 가을은 떠나 버렸네. 대체 가을은 어딜 간 거야?"

거리에 날리는 눈송이를 보면서 명우가 중얼거렸다. 요즘 뻑하면 결근하고 뻑하면 사라지는 사장 때문에 휴일을 휴일답게 쉬어보지 못한 명우의 불만 표출이었다.

'난 안다. 강원도 그리고 화양계곡에 있었다.'

남들은 짧다고 하는 가을이지만 지미에게는 아주 풍요로운 가을이었다. 뭐, 이제 떨어져 있어야 하지만. 아, 그런 생각은 그만두자. 그가 영원히 떠나 있는 것도 아닌 걸 뭐.

지미는 날리는 눈을 바라보았다.

석빈 씨가 떠날 때까지만이라도 즐겁게 지내야지. 석빈 씨한테 덕수궁 돌담길을 걷자고 할까? 첫눈을 맞으면서?

아냐, 언젠가 들었는데 연인이 덕수궁 돌담길을 걸으면 깨진다고 했다. 그러니까 거긴 패스. 그럼 어디가 좋을까?

혼자 궁리를 하는 지미를 바라보며 명우가 급히 전화를 걸었다.

"수희야, 눈 오는데 우리 어디서 만날까?"

어쭈. 이건 나 약속했어요, 일찍 갈 거야라고 먼저 선수치는 거다. 박명우, 알바 주제에?

아무리 그래도 내가 먼저야.

명우야, 나 잠깐 나갔다 올게. 이러고 나가면 끝이거든?

지미가 핸드백을 집자 명우의 표정이 굳었다. 일어서자 안색이 달라진다.

"나, 잠깐 나갔다……."

이제 죽을상이 된 명우가 막 입을 열려는 순간 지미는 재빠르게 가게를 빠져나갔다.

"온다!"

"사장님."

약이 올라 펄펄 뛰면서 명우가 중얼거렸다.

"이런 지이미."

안 듣는 데서는 나라님 욕도 한다는데 뭐. 사장 욕쯤이야. 그
래서 아주 크게.

"럴!"

외쳐 버렸다.

12장
마음에 내리는 눈

석빈이 떠난 지 벌써 두 달이 흘렀다.

아, 정말 따라간다고 할걸.

지미는 너무너무 석빈이 보고 싶어 미칠 것 같았다. 이게 빠져든다는 거였나 보다.

날마다 석빈이 전화를 해왔다. 하지만 그게 성에 차나? 끊고 나면 더 보고 싶은걸.

길들여졌나 보다. 마치 어린왕자의 여우처럼. 커다란 양동이에 들어 있는 노란 장미만 보아도 석빈이 떠오른다.

곧잘 지미는 전화에다 투정을 부렸다.

"석빈 씨, 미워."

[뭐가?]

"꿈속으로 찾아오랬잖아. 왜 안 와?"

그럴 때마다 석빈은 나직이 웃었다.

"일 힘들어요?"

[아니, 잘되고 있어.]

"그래요, 파이팅!"

아침저녁 집을 나오고 들어갈 때마다 굳게 닫힌 석빈의 오피스텔 문이 그녀의 눈을 아리게 했다. 다정만 병이 아닌 모양이다. 보고픔도 병인지 두 달이 지나자 지미의 살은 2킬로그램이나 빠져 버렸다.

오랜만에 엄마가 음식을 했으니 오라는 전화를 해 달려갔다. 요즘 바빠 보이던 아빠도 오랜만에 집에 있었다. 아빠를 위한 풍성한 식탁에 앉자 현옥이 단번에 눈을 찌푸렸다.

"너, 요즘 밥을 안 먹고 사니?"

해쓱해지긴 했나 보다. 엄마를 걱정시키기 싫어 지미는 거짓말을 했다.

"아니, 그냥 다이어트해."

"아니, 네가 뺄 살이 어딨다고 다이어트를 해?"

"이 자식아, 넌 완벽해. 예뻐. 안 빼도 돼."

그녀의 말에 아빠가 펄쩍 뛰신다. 그러더니 이것저것 반찬을 지미의 밥 위에 얹는다.

"여자가 조금 살이 있어야지."

분명 아빠를 위해 마련한 식탁이 분명한데 그 식탁이 지미를 위한 식탁으로 변해 버렸다.

"자, 이것 먹어라."

생선 가시를 골라 살만 발라주고 고기를 건져 주고 야단법석이다.

"아빠나 드세요. 아빠도 홀쭉해지셨네 뭐."

"난 너 먹는 거만 봐도 배가 부르다."

창우의 말에 현옥이 혀를 찼다.

"난 당신이 먹는 것을 봐야 배가 부를 것 같네요. 지미만 먹일 생각 말고 당신도 좀 먹어봐요."

"당신도 어서 먹읍시다."

두 분의 사이는 언제 봐도 좋다. 지미는 모든 세상의 부모가 다 엄마 아빠처럼 사이가 좋은 줄 알았다. 나중에 안 그런 줄 알고는 그녀는 결심했다. 자신도 엄마 아빠처럼 다정하게 지낼 수 있는 남자랑 결혼한다고.

"아빠, 혹시 어디 아프신 거 아니에요? 눈에 다크서클이 깊어."

"나이 먹어서 그래, 이 자식아."

"나이 먹어서 다크서클이 깊어져요? 건강이 적신호를 보낸 게 아니고? 아무튼 건강 좀 챙기세요, 아빠."

"알았다. 역시 우리 딸밖에 없구나. 자, 그런 의미에서 이 고기 좀 먹어라."

"아빠부터 드세요."

"그럼 우리 같이 먹자."

모처럼 기분이 좋아 보이는 남편을 보고 현옥은 미소 지었다. 요즘 사업이 안 풀리는지 무척 우울해하는 창우였다.

"자, 이거 먹어라."

다 큰 딸의 입에 반찬을 넣어주는 창우의 모습은 꼭 제비 같았다. 열심히 먹이 물어다 새끼 입에 넣어주는.

어이구, 늙어가는 딸년이 아직도 아기처럼 반찬 받아먹는 것 좀 봐.

그렇게 중얼거리면서도 현옥 역시 반찬을 집어 지미에게 내밀었다.

"자, 아, 이게 더 맛있어."

명우 갖다줘야겠다.

지미는 손에 들린 음식 꾸러미를 내려다보았다.

석빈 씨 있었으면 잘 먹었을 텐데.

오늘따라 더 보고 싶어!

자신의 오피스텔의 문을 열다 말고 지미는 석빈의 비어 있는 오피스텔 문에 팔을 쫙 벌려 달라붙었다. 차가운 감촉이 그녀의 몸을 감싼다.

보고 싶다고.

석빈이 보고 싶은 마음을 주체치 못하면 가끔 이렇게 문을 석빈이라 생각하고 매달리곤 한다. 물론 다른 사람이 없을 때만이다.

이러는 것을 보면 남들이 미쳤다고 할 테니까.

"김지미, 뭐 하고 있는 거야?"

엘리베이터의 도착음에 재빨리 몸을 일으켰지만 이미 늦었다. 방울이를 안은 세나가 엘리베이터에서 내리며 지미의 모습에 눈을 동그랗게 뜨고 있었다.

"왜 남의 집 문에 매달려 있는 거야?"

엘리베이터에서 내린 사람은 세나만이 아니었다. 나이 드신 할아버지 한 분, 그보다 좀 젊은 남자 한 명. 그들도 지미가 그러고 있는 것이 이상한지 호기심 가득한 눈으로 그녀를 보고 있었다. 이 안에 살던 사람의 기억이 나서 그렇다고 하면 돌아올 세나의 대답은 음, 뻔하다.

너, 미쳤구나?

지미의 얼굴이 새빨개졌다. 세나는 원래 만화가고 약간 기행을 부리는 인간이니 그렇다 치지만 그녀의 모습이 신기하다는 듯 눈을 크게 뜨고 바라보는 저 노인 일행은 어쩌란 말이냐.

지미는 얼른 현관문을 열고 세나와 안으로 들어와 문을 닫았다.

"근데 넌 연락도 없이 웬일이니?"

"가게에 전화했더니 명우가 너, 부모님 집에 갔다고 해서. 너희 엄마가 또 음식 잔뜩 싸줬을 것 같아서 밥 먹으러. 이거 다

싸온 거니?"

"응."

세나가 밥솥에서 밥을 퍼 오더니 이내 입이 터져라 음식을 퍼넣는다.

"와, 너네 엄마 솜씨는 역시 죽여."

"죽지는 말고 먹기나 해. 그리고 여자답게 좀 먹지? 너 먹는 거 보면 걸신들린 것 같아."

세나와 지미가 아웅거리고 있을 때 문밖에선 두 남자, 윤갑순 회장과 그의 비서가 지미의 이야기를 하고 있었다.

"저 아가씬감?"

"예, 회장님."

하나뿐인 손자가 집을 나가더니 미국으로 가버렸다. 내 사업 좀 이어받아라, 받아라 해도 들은 척 만 척하면서 번역인지 뭔지 한다고 고집을 부리는 애물단지가.

아니, 그럴듯하게 행세하면서 살기 좀 좋은가 말이다. 제 할배가 누구냐? 기업들의 목줄을 쥐고 흔드는 금융회사 회장님이시다. 제놈이 일만 배우겠다면 바로 사장 명함도 파주었을 것이다. 대체 그놈의 영화 일이 뭔지, 그것만 하겠다고 하도 고집을 피워대 속이 바작바작 마르던 윤 회장은 배수의 진으로 석빈을 결혼시키려고 했다.

제놈이 사업에 뜻이 없으면 사업에 뜻있는 똑똑한 손자며느리 얻어 일단 일을 가르치다가 그 속에서 증손자 얻어 그놈에게 사업체 물려준다는 장대한 계획도 세웠다. 그래서 똑똑한 여자 물색에 나섰는데 이놈이 그것도 싫다 하고 집을 나가기에 너 어디 고생해 봐라 일부러 불러들이지도 않았더니 이놈이 미국으로 가? 그것도 제 할배에게 말 한마디 없이?

싸우고 집 나가는 거야 그렇다 치지만 그건 한국에서 살 때의 이야기다. 미국 갔다면 얘기가 달라진다. 혹시라도 이놈이 가서 안 돌아올까 걱정이 돼 사람 풀어 알아봤더니, 다행인지 그동안 손자 놈에게 여자가 생겼다는 보고가 들어왔다. 대체 어떤 아가씨인가 궁금해 당장 보러온 참이었다.

그랬는데 참으로 묘한 걸 봤다. 정신 나간 여자처럼 문에 매달린 모습을 본 것이다.

"봐라, 최 비서야. 니 보기엔 처자가 어떻노?"

"착해 보입니다."

"그러냐?"

"네, 어르신."

"석빈이 놈 꽉 잡고 살 것 같나?"

"그럴 것 같진 않습니다. 아가씨가 많이 여려 보입니다."

"그렇지. 자네 눈에도 그래 뵈지? 석빈이 놈, 고집이 보통 아닌데. 그놈 잡고 살기엔 너무 여려 보이지?"

"네, 어르신."

유순하고 밝아 보이는 아가씨가 무척 정이 깊은 모양이다. 그러니까 주인 없는 문짝에 매달리고 있지. 윤 회장에게 지미의 인상은 그다지 나빠 보이지 않았다. 조금 우습게 보였지만 그렇게까지 석빈을 생각하는가 하는 생각이 들어 은근히 흡족한 것은 사실이었다.

저 좋다는 여자 만나서 저 좋은 여자랑 사는 것도 나쁘진 않겠지.

그것이 결혼 안 한다고 펄쩍 뛰는 것보다 훨씬 바람직한 일이다.

한때는 하나밖에 없는 손자니 그 짝은 이것저것 따져 누구나 부러워하는 재원을 골라 지어주려고도 했었지만 석빈이 나간 뒤 그의 생각은 조금 많이 바뀐 상태였다.

'행복해 보입니다.'

그가 지시하지 않았음에도 모든 것을 알아서 처리하는 최 비서가 가끔 석빈의 사는 모습을 흘리듯 한마디씩 했다. 처음에는 전혀 이해할 수 없었다. 토끼장 같은 곳에서 겨우 번역 나부랭이를 하는 게 왜 행복하다는 건지.

'여자가 생긴 것 같습니다.'

그 말에 흥 하고 코웃음을 한 번 쳐주었다.

그동안 수도 없는 여자들이 석빈을 보고, 아니다, 그의 손자라는 것을 보고 접근해 왔고 거기에 넌덜머리를 내던 놈이 아닌가. 윤갑순의 손자가 아닌 번역을 하는 윤석빈으로 만나는 여자라면 그의 눈에 차지도 않을 것이 뻔했다. 하지만.

'언제나 웃고 있습니다. 만나는 여자가 그렇게 만든 것 같습니다.'

그 말에 여자에 대한 호기심이 생겼다.

그놈을 웃게 만들어?

어떤 여잔지 은근히 보러가야겠다는 생각을 하고 있는데 불쑥 석빈이 미국으로 떠나 버린 것이다.

고얀 놈.

아무리 생각해도 괘씸하기 짝이 없는 일이었다. 내게 한마디도 않고 미국으로 가? 내가 제놈 집 나갈 때 그 일 때려치우기 전에는 안 보겠다고 했지만 그거야 그냥 한 말이지 어찌 진심이겠느냔 말이다.

그리고 시간이 이렇게 지났으면 제놈이 먼저 숙이고 들어와야 하는 게 맞는 거다. 이 늙은 내가 먼저 제놈을 찾게 하는 것은 안 될 일이다.

"그런데 저 처자 가정교육은 잘 받은 것 같지?"

"네, 어르신."

그냥 들어가기 뭣한지 그들에게 살짝 눈인사를 하며 조심스럽게 문을 닫던 지미의 인상이 은근히 마음에 들었다. 윤 회장이 아닌 보통 노인네로 상대할 때 요즘 젊은 처자들은 아주 쌀쌀하고 거만했다.

"게다가 아주 밝아 보입니다."

"그래, 나도 그런 생각은 든다. 얼굴이 웃는 상이더라. 얼굴

봤으니 이제 그만 가자."

고개를 끄덕이며 윤 회장이 돌아섰다.

똑같은 아침이었다. 매일 눈뜨는 시간에 일어나서 석빈과 찍은 사진에 입 맞추고 메일을 열고 석빈에게 짧은 아침인사를 보내는, 언제나 같은 일상의 시작.

[지미야, 집에 좀 와. 빨리.]

집에?

화원에서 꽃 손질을 하던 지미가 갑작스런 이모의 전화를 받고 집으로 달려갔을 때 그녀는 눈앞에 펼쳐진 일에 할 말을 잃어버렸다.

"대체 이게……."

집 안 구석구석에, 드라마에서나 보던 빨간 압류 딱지가 붙어 있었다.

"무슨 일이에요?"

충격을 받고 아예 자리에 누운 엄마와 그 옆을 지키고 있던 이모가 한숨을 내쉬었다. 지미를 보자 현옥이 억지로 몸을 일으켜 앉았다.

"부도가 났단다."

"부도가 났다니, 그게 무슨 말이야? 아빠 회사가? 왜? 잘되고 있었던 게 아니었어?"

"이리 온."

현옥이 팔을 벌려 지미를 안더니 지미의 등을 가만히 쓸어내렸다. 한참을 지미를 끌어안고 어쩔 줄 몰라 하던 현옥의 입에서 나온 말은 충격이었다.

"아빠가 몇 년 전에 중국에 회사를 하나 차렸잖아. 그 회사 때문에 돈을 많이 끌어다 썼고."

"중국 회사도 잘되고 있었다고 했잖아."

"그래. 삼 년 동안은 잘되고 있었지. 그런데 얼마 전에 중국 쪽에서 말도 안 되는 핑계를 대며 아빠와 회사를 추방시켰지 뭐니."

또다시 두 손으로 얼굴을 가리고 서럽게 우는 현옥을 지미는 가만히 감싸 안아줄 수밖에 없었다.

"알고 보니 중국이란 나라가 원래 잘 그런단다. 처음엔 사업하는 사람을 받아들여서는 몇 년은 일이 잘되게 하는데, 그쪽 회사에서 일하는 중국인이 일을 다 배웠다 싶으면 그렇게 쫓아내 버리고 그 사람에게 사업을 하게끔 한단다."

몇 년 동안 무리없이 일이 잘되고 있는 줄 알았다. 아니, 당사자인 아빠조차도 그렇게 알고 있었으니 누군들 예상이나 했을까.

그때가 기억이 났다. 아빠가 중국에 회사를 차렸을 때 그쪽 일은 잘 모르는 상태였지만 그래도 걱정을 하지 않을 수 없었다. 혹시라도 그쪽이 잘 안 되면 어쩌냐고 그렇게 엄마에게 자신의 걱정을 털어놓았었다. 그때 엄마는 다 잘될 거라며 자신을 안심시켰었다.

'아빠가 모험을 좋아하긴 하지만 집안이 망할 정도로 모든 걸 다 걸지는 않아. 너와 나 때문에라도. 중국의 일이 안 되면 손해가 많긴 하겠지만 가계가 휘청일 정도는 아니니까 걱정할 필요는 없단다.'

그래서 마음 놓고 있었는데. 최소한 중국 일 때문에 이런 일이 생길 거라고는 예상도 못했는데.

"그래도 그쪽 일 때문에 이쪽에 무리가 가지는 않을 거라고 했잖아."

"그랬었지. 하지만 중국에서 1년도 안 되어 일이 궤도를 잡고 잘되고 있었잖니. 그래서 최근에 골프채 쪽으로 사업을 확장시키고 있었어. 아예 골프 브랜드로 이미지를 굳히려고…… 중국에서의 모험이 성공했다 생각했으니까 사업을 키워도 괜찮을 거 같다고 그러셨거든."

뺨에 흐르는 눈물을 현옥은 손바닥으로 닦아 내렸다.

"중국에서의 일만 잘되었으면 어음을 막을 수 있었고, 그쪽 사업이 잘 안 되어도 은행에서 어음을 막아줄 줄 알았는데……. 은행에서 중국 사업이 망한 걸 알고 어음을 막아줄 수 없다고 했단다."

"그런 게 어디 있어? 아빠의 회사하고 오랫동안 거래를 했을 거 아냐? 어음을 막아주면 아빤 얼마든지 다시 일어설 수 있다는 걸 알 거 아냐?"

"요새 불경기잖아. 은행도 불경기 때에는 모험을 하지 않으려하나 봐."

이래서 회사들이 줄줄이 도산을 하는 거였다.

그 커다란 자산을 가진 회사들이 도산했다는 말이 매스컴을 통해 나올 때 지미는 그저 흘려들었을 뿐이다. 다만 저리 큰 회사가 도산을 하기도 하는구나 하고 생각은 했다.

아무리 탄탄한 자산을 가진 회사라도 일이 틀어지면 이렇게 안 되는 수도 있구나 하는 생각만이 그녀의 먹먹한 머릿속을 대신 채울 뿐이다.

그래서 요새 아빠의 얼굴이 말이 아니게 상해 있었구나. 그렇게 혼자 마음고생 하시면서도 가족들이 걱정할까 말을 하지 않으셨던 거다. 어떻게든 혼자 해결해 보려고. 그런데 결국 일이 터진 거다.

"은행에서 어음을 못 막는다니 아빠가 지금 다른 곳에서 어떻게든 자금을 끌어보려고 애쓰고 있지만 확실하지는 않아. 하지만 아직 회사가 도산을 한 것은 아니니 최대한 노력을 해볼 거야."

둘이 앉아 한숨만 푹푹 쉬고 있을 뿐 그들이 할 수 있는 일은 없었다.

"가게는 어쩌고 온 거야? 돌아가. 네가 여기 있다고 해결되는 것은 아무것도 없어."

한숨만 쉬고 있는 두 사람의 처지가 답답했는지 현옥은 그제야 지미를 밀어냈다.

"울고 있으려고?"

"이모가 있잖아. 그리고 이제 안 울 테니까 돌아가. 네가 여기 있으니까 더 마음이 답답해. 너도 가게 일을 봐야 할 거 아냐."

"지금 가게가 문제야?"

지미는 끝까지 엄마의 곁에 남아서 조금이나마 위로를 더 하고 싶었지만 현옥은 끝끝내 그녀를 밀어냈다.

"가게 알바한테 맡겨두고 나온 거 생각하면 내가 더 불안해서 그래. 그러니까 일단 돌아가."

하는 수 없이 지미는 불편한 마음으로 엄마를 이모에게 맡기고 집을 나와야 했다.

13장
눈 감아 버리고

그 후 일어난 일은 아직도 지미에겐 꿈이었다. 악몽이었다. 경제가 어렵다 어렵다 했지만 그런 것은 그녀와는 아무 상관 없는 이야기인 줄 알았다. 아빠의 사업이 밀려오는 파도 앞에 자취없이 스러지는 모래성처럼 완전히 무너져 버렸다. 지미는 비록 중소기업이라 해도 아빠의 사업은 반석처럼 튼튼하다는 것을 의심해 본 적이 없었다. 그래서 막상 파산이라는 것이 닥쳐오자 오히려 멍해졌다.

세상은 순식간에 변해 버렸다. 재벌처럼 떵떵거리진 못했지만 그래도 부모의 사랑 속에서 공주 부럽지 않게 자라온 지미에게 새로 다가온 세상은 너무도 차갑고 끔찍했다.

매일처럼 쳐들어와 으름장을 놓는 조폭 같은 사채업자들서부터 개인적인 친분으로 돈을 빌려줬으니 갚아내라며 악다구니를 써대는 빚쟁이들까지, 게다가 압류로 집 구석구석 붙어 있는 빨간 딱지들로, 그야말로 그녀에겐 이 두 달이 폭풍처럼 몰아치는 거대한 혼란의 시간이었다.

이제 그 시간이 어떻게든 정리됐다. 자그마하고 낡아도 지미와 그녀 부모가 둥지를 틀 작은 집으로 오늘 이사하는 중이니까.

"부자가 망해도 3년은 간다는데 네 부모님은 꿍쳐 논 것도 없대?"

세나의 말을 못 들은 척하며 지미는 정신없이 어질러져 있는 짐을 정리하기 시작했다.

우리 집이 부자였나? 그런 생각을 하니 왠지 피식 웃음이 났다.

"어머니이! 저 배고파요, 우리 밥 먹고 해요."

세나는 예전과 똑같다. 아무 눈치도 보지 않고 조심하지도 않았다. 망했다는 심각성을 모르는 사람처럼 지미의 부모를 예전과 똑같이 대한다.

'자, 돈.'

게다가 기운 내라는 둥 안됐다는 둥 그런 소리 한마디 없이 지미가 빌려준 오백만 원에 대한 이자라면서 백만 원을 더 얹어 내민다. 그러잖아도 한 푼이 아쉬워 세나에게 빌려준 돈을 달래고 싶었으나 막상 돈을 어떻게 달라고 하나 망설이는 지미의 마음을 아는 것처럼 백만 원짜리 수표 여섯 장을 먼저 내밀었다.

'내가 빌려준 돈은 오백이야. 백만 원이 더 많잖아.'

'이자야.'

'이자라니?'

'이번에 나간 단행본 시리즈가 대박 쳤잖아. 그래서 내가 인심 쓴 거야. 급할 때 돈 썼으니 이자 내는 거 당연하잖아.'

'이자는 받을 수 없어. 빌려준 지 석 달 만에 받는데 무슨 이자야.'

'받아둬. 이제는 우리 집이 사는 것이 조금 낫잖아. 아무것도 없을 때 돈의 가치는 돈이 있을 때와 다른 거야. 그러니까 받아.'

부득부득 돈을 주면서 세나는 그렇게 말했다. 그러곤 이사하는 날 달려와서는 손을 걷어붙이고 일을 도와주었지만 솔직히 세나가 한 일은 별로 없었다.

'이거 왜 이렇게 무거워?' 하고 양양거리기만 했을 뿐이다. 그래 놓고는 제일 먼저 배고프다고 투정이다.

"그러자. 지미야, 가서 삼겹살 한 근만 사오련?"

"에이, 어머니. 한 근 갖고 되겠어요? 사람이 얼만데. 지미야, 세 근은 사와야 해."

인덕은 있는지 파산을 했어도 아빠나 엄마 주위에 사람들은 많이 남았다. 이사를 한다니까 그 사람들이 몰려와 인원수가 제법 많긴 했다.

사실 이번 일 처리를 보고 지미는 다시 한 번 아빠에 대한 존경심을 가졌다.

아빠는 정식으로 파산신고를 받아냈다. 모든 빚에서 탕감된 것이다. 그럼에도 아빠는 가지고 있는 모든 것을 내놓고 아빠로 인해 손해를 본 사람들의 빚을 갚아주었다.

엄마 역시 이 작은 집의 보증금만 빼고는 모조리 내놨다. 그런 부모가 지미는 참 자랑스러웠다.

망했다 해도 우리 부모님의 인격은 망하지 않았구나.

세상엔 존경받는 수많은 사람이 있다. 하지만 지미에게 그녀의 부모보다 더 존경할 수 있는 사람들은 없었다.

집 좀 좁으면 어떠냐. 돈 좀 없으면 어떠냐.

비록 살던 오피스텔이 남의 손에 넘어가고 가게도 넘어갔지만 이런 부모님의 진면목을 발견했는데 그런 것쯤이야.

계속 고기 타령을 하는 세나를 흘겨보며 지미가 지갑을 꺼냈다.

"그럼 네가 가서 좀 사와. 돼지고기 삼겹살 세 근만."

지미가 세나에게 만 원짜리 한 장을 내밀었다.

"고기는 세 근만 사고, 상추하고 깻잎 사고 풋고추하고 마늘 그리고 소주 두 병만 사고 거스름돈은 너 가져."

"야!"

세나가 빽 소리를 지르더니 웃음을 터뜨렸다.

"이게 순! 알았어. 내가 사오마. 지금은 내가 더 부자 같으니까. 어머니이이이, 곧 사올 테니 먹을 준비해 주세요."

"세나가 참 고맙구나."

세나의 뒷모습을 보며 이모가 중얼거렸다.

"응, 이모. 세나 좋은 애야."

주머니에서 울리는 전화벨 소리에 전화를 꺼내 든 지미는 액정에 뜬 번호를 보고 목을 다듬었다. 그에게 집안에 생긴 우환에 대해서는 굳이 말하지 않았다. 그게 자신에게나 또는 멀리, 외국에서 일하고 있는 그에게 도움이 될 거라고 생각하지 않았으니까.

"석빈 씨?"

다행히 목소리가 경쾌하게 나간다.

[이사는 잘 끝났어?]

"지금 한창 이삿짐을 나르는 중이었어요."

[도우러 가야 하는데. 당장 갈까 보다.]

"오세요, 그럼. 지금 당장."

누구냐고 묻는 이모의 눈을 피하기 위해 지미는 후미진 곳으로 걸어갔다.

"석빈 씨는 지금 집에 들어온 거예요?"

[응. 오늘따라 감독이 대본을 마음에 들어하지 않아서 늦게까지 다시 작업을 하고 들어오는 길이야.]

"저런, 힘들었겠다."

[응. 당신의 기운이 필요해. 기운을 좀 불어넣어 줘.]

응석이라도 부리는 듯한 석빈의 목소리에 지미는 소리 내서 웃었다. 그나마 석빈의 목소리가 요즘 들어 그녀에게 흐린 날의 한줄기 햇살처럼 삶의 활력소가 된다는 사실을 그는 모를 것이다.

"내가 어떻게 기운을 불어넣어 줘요? 이렇게 멀리 있는데."

[딱 한마디만 해주면 돼.]

"무슨 말 한마디요?"

[알면서 그래?]

"모르겠는데요? 먼저 해봐요. 그럼 알 수 있을 거 같으니까."

[요런 앙큼쟁이 같으니라고. 알았어. 당신이 무척이나 보고 싶어. 당신을 사랑해. 당신과 함께 잠들고 싶어. 당신의 가슴에……]

"사랑해요."

그가 더한 말을 하기 전에 지미는 얼른 그의 말을 잘랐다.

[그래야지.]

그제야 만족스러운 듯 석빈이 대답했다.

[이제 기분이 나아졌으니까 잠을 자야겠다. 당신 꿈꾸면서 잘 거야. 당신하고 같이 자는 꿈을 꿀 거야. 그 꿈속에서도 당신하고 또 같이 잘 거야.]

"어서 자요."

계속 잠자고 꿈꾸는 얘기를 할까 지미는 거기서 그의 꿈을 중

단시켰다.

"안녕."

전화를 끊고 고개를 들던 지미는 언제 다가왔는지 옆을 지키고 있는 이모를 발견했다. 뭐 한다고 남의 전화를 엿듣는 거야, 이모는.

"누구니?"

"응? 아무도 아냐."

"아무도 아니긴, 내가 바보로 보이니? 아무도 아닌데 사랑한다 어쩐다 해?"

"다 들었어?"

목장갑을 끼고 다시 짐을 하나 들며 지미가 머쓱하게 물었다.

"잘하는 짓이다. 지금 네가 전화로 애인하고 시시덕거릴 때니?"

묵묵히 박스를 안으로 들고 들어갔다 나오니 아직도 할 말이 남았는지 현주가 그녀를 기다리고 있었다.

"이모가 좀 험하게 말한 건 미안해."

"괜찮아. 분위기에 안 맞는 전화통화긴 했어."

"그 남자, 돈은 많다니?"

현주의 말에 지미는 살짝 집 안을 살폈다. 엄마는 석빈 씨라면 질색을 하시기에 엄마의 옆에서는 일부러도 전화를 받지 않았었다. 다행히 엄마는 집 안에서 그릇을 정리하고 있는지 지미의 시야에 보이지 않았다.

"그렇게 많지는 않은 것 같아. 할아버지 밑에서 홀로 컸다고 하고, 영화 번역하는 일을 하고 또 그쪽에서는 유명한 사람이긴 해도 그 일 자체가 그렇게까지 돈을 많이 버는 일 같지는 않으니까. 그래도 통장에 돈은 좀 모았다고 했어."

혹시나 빈털터리로 생각할까, 지미는 굳이 마지막 말을 덧붙였다.

"집안도 이런데 남자까지 가난한 사람 만나면 어쩔 거야. 가난을 대물림할 생각이니?"

왜 가난한 것이 무슨 죄인 듯 말하는 걸까? 남보다 못 가진 것이 죄야? 나도 이제는 가난한데.

"집안을 일으키려면 어째야 하는지 잘 생각해 보렴. 사랑 좋지. 하지만 그 사랑이 얼마나 오래가는지도 잘 생각해 보고."

"무슨 소리야, 이모?"

"장 사장이 너희 집 이렇게 된 거 알더니 조심스럽게 말하더라."

"뭐라고?"

"힘들다 생각되면 언제든 자신에게 기대라고. 힘이 돼주고 싶다고 전해달랬어."

"그 사람은……."

뭐야. 집이 망했다고 나를 우습게 보는 거야? 무슨 힘이 돼준단 거야? 그러면 그 대가로 뭘 받고 싶은 건데?

"난 그 사람한테 아무 느낌도 없어."

"느낌이 밥 먹여주니? 원래 처음엔 다 그런 거야. 옛날에는 결혼 첫날밤에나 서로의 얼굴을 봤댄다. 그래도 나중엔 내 영감, 내 마누라 해가면서 서로 잘만 챙기면서 죽을 때까지 같이 살았어. 마음먹기에 달린 거지. 이 상황에서도 사랑 타령할래?"

더 이상 듣고 싶지 않아 지미는 얼른 밖으로 나와 버렸다. 들었던 말조차도 가능하다면 지워 버리고 싶었다.

전화를 끊은 석빈은 얼음을 채운 잔에 브랜디를 따랐다.

지미에게 응석하듯 피곤하다 말했지만 사실 그 정도가 아니었다. 문화적 차이라는 것이 이렇게 큰 갭일 줄 미처 몰랐다. 그래도 고등학교를 영국에서 다녔고 미국에선 대학도 다녀, 자신은 이들과 그다지 생각하는 것이 다르지 않을 것이라 생각했는데 그것이 아니었다.

본래 세부적인 것이 결정되면 시나리오는 한국에서 쓰기로 했다. 지금 가장 석빈의 속을 썩이고 있는 것은 캐릭터였다. 다른 시나리오 작가들과 의견이 통일이 안 돼 계속 협의하며 시간을 보내는 중이었다.

망할 양키들.

그를 이해시키려는 것보다는 나를 이해시키라는 요구를 너무도 당당히 해대는 다른 시나리오 작가들과의 기싸움은 사실 별게 아니다. 얼마든지 그런 싸움은 해내고 이길 자신이 있으니까. 단지 시간이 길어진다는 것이 그를 초조하게 한다.

이 망할 양키들은 사랑도 안 해?

어서 끝내야 돌아가서 애인을 볼 거 아니냐고.

"김지미, 널 데리고 왔어야 하는데."

지미와의 전화통화가 끝나면 더 보고 싶어 미치겠는 요즘이다. 남들은 향수병에 걸린다지만 그는 지미병에 걸린 게 틀림없다.

최근 지미의 목소리는 기운이 많이 빠져 있었다. 그녀도 석빈을 그리워하기 때문이라면 좋겠다고 그는 생각했다. 집도 이사를 간다고 하고 또 최근 기운도 없기에 무슨 일이 있는 거냐고 물었지만 지미는 아니라고만 대답을 해서 별다른 걱정은 않았다. 하지만 그래도 미묘하게 기운이 빠져 있는 지미의 목소리를 들으면 당장에라도 한국으로 날아가 지미를 끌어안고 위로해 주고 싶다.

브랜디가 들어 있는 잔을 들고 서 있던 석빈은 마침 생각난 듯 서랍에서 작은 상자 하나를 꺼냈다.

검은색 벨벳 상자 속에는 커다란 다이아몬드 반지가 눈부시게 빛나고 있었다.

약속한 시간이 이제 일 분 남았다. 오 분 전 이미 도착해 예약돼 있는 룸에 앉아 있는 지미의 마음은 말도 못하게 초조했다.

자신이 어떤 일을 하려는지 생각할 때마다 가슴이 미어져 내렸다.

이사한 날 이모에게 장근우에 대해 들었을 때까지만 해도 다시 이 사람을 이런 식으로 만나게 될 일이 있을 거라고는 상상도 하지 못했다.

하지만 그날 밤, 먼저 살던 3층집, 온통 정을 쏟았던 그 집에서 나와 처음으로 비좁은 2층의 15평짜리 빌라로 이사 왔던 그날 밤, 지미는 엄마의 울음소리를 들었다.

원래부터 잘살았던 집의 딸이었던 엄마. 아빠에게 시집오고 나서도 고생이라고는 한 번도 해본 적이 없는 엄마였다.

정든 집을 떠나 이젠 고생길이 훤해진 엄마. 한 번도 이렇게 살아본 적이 없었기에 겁이 났던 것이다.

아빠의 위로하는 소리. 울먹이는 엄마의 목소리.

충분했다. 본인이 너무 이기적이라 느끼기에는. 가슴이 무너져 내렸다. 저런 부모님을 두고 석빈 씨랑 행복해질 수 있을까.

하필 그때 세나의 오빠 이야기가 떠올랐다. 이혼을 결심했다고 했다. 친정으로 새는 돈이 너무 많아 감당이 안 되었고, 결국 두 사람의 사랑과 행복은 돈 때문에 변질되어 버린 것이다.

석빈 씨와 잘되어 결혼한다 해도 세나의 오빠 내외처럼 되지 않을 자신이 있을까?

'가난은 생활을 파괴하는 독이니라.'

지미가 그 독이 어떤 것인지, 얼마나 치명적인지 알기까지는 그다지 많이 걸리지 않았다. 처음엔 조금 힘들고 궁색해졌다고만 생각하고 그래도 즐겁게 살려고 노력했다. 하지만 나날이 일에 지쳐 시든 풀처럼 지쳐 가는 엄마를 보면서 지미의 마음은 점점 힘들어졌다.

'옆에 있어주면 좋잖아.'

너무도 지쳐서일까? 이상하게도 원망이 석빈에게 향한다. 옳지 않다는 것을 알면서도 지미 자신도 어쩔 수 없었다.

왜 이럴 때 당신은 없는 거야?

가난쯤이야!

무식하면 용감해진다는 말처럼 아무 것도 모를 때는 정말 용감할 수 있었다. 나이 젊고 건강하니 뭔들 못하겠냐는 자신도 있었다. 그동안 울타리였던 부모에게 자신이 이제는 울타리가 돼야 한다는 장한 결심도 했다. 그러한 지미의 결심이 무너진 것은 한순간이었다. 밤새 끙끙 앓다 아침에 일어난 엄마가 새빨간 코피를 펑펑 쏟으며 쓰러졌을 때였다. 놀라 병원에 달려갔더니 과로와 스트레스라는 진단이 내려졌다.

'심각합니다. 입원해서 며칠 경과를 봐야겠는데요.'

엄마가 단호하게 거부했다. 아무리 권해도 소용없었다.

'엄마, 며칠만이라도 입원하자니까.'

'괜찮다니까 그러네. 괜찮아.'

'엄마, 혹시 병원비 때문에 그래?'

표정으로 답을 들은 지미는 정말 허탈해졌다.

'내가 낼게. 생활비고 병원비고 다 내가 낼 거야. 내 돌반지라도 팔 테니 그리 알아.'

'무슨 소리야. 그건 네 거야. 왜 그걸 팔아?'

'내 거 내가 파는데 뭐!'

처음으로 지미는 양심적인 것이 얼마나 바보 같은 것인지 깨달았다. 아빠와 엄마는 팔 수 있는 모든 것을 팔아치웠다. 조금이라도 빚 준 사람에게 돈을 준다고 엄마의 패물, 골프장 회원권 그리고 보험까지 모조리 해약했었다.

아빠는 사업을 접은 뒤에도 실의에 빠지지 않았다. 지인들에게 빌린 돈을 갚는다며, 예전 그가 벌어들이던 것에 비하면 그야말로 푼돈에 지나지 않는 돈을 받으면서 일하기 시작했고, 그것을 보고 엄마는 앞으로의 생계를 자신이 책임지겠다고 선언했다.

'당신은 빚을 갚아요. 앞으론 내가 생활을 책임질 테니.'

그리고 그때부터 엄마는 닥치는 대로 일을 찾아 하다가 지쳐 쓰러졌던 것이다.

돈 나가는 모든 것을 팔아치웠지만 유일하게 남은 것도 있었다. 그녀의 백일 돌 때 받은 금붙이였다. 그리고 그녀의 저금 역시 온전히 남아 있었다. 죽어도 네 돈은 건드리지 않는다며 지미가 내밀어도 받지 않았다.

끝내 엄마가 퇴원을 고집하자 의사가 그녀와 아빠를 따로 불렀다.

'갑상선에 작은 혹이 보입니다. 아무리 작아도 그게 암일 수 있으니 최대한 수술을 서두르는 것이 좋습니다.'

'혹이라니요? 지난여름에 정기검진 받았을 때도 괜찮았는데.'

'그게, 여러 가지 이유가 있을 수 있습니다. 가족력이라는 것도 있고, 원래 없던 것이 그냥 생길 수도 있고, 또 스트레스를 너무 많이 받아서 호르몬에 이상이 생겨서 생기는 수도 있고…….'

그 말에 아빠는 돌아서더니 우셨다.

아빠가 운다. 자신의 처지가 너무 비참해서. 그게 보기 싫다. 어깨가 떨리는 아빠.

지미는 그 순간 결심을 했다.

똑똑똑, 노크 소리와 함께 문이 열리고 남자가 들어왔다.

"이런, 숙녀분을 기다리게 만들었군요. 죄송합니다."

코트를 팔에 벗어 들고 들어오는 남자를 보며 지미가 조용히 자리에서 일어났다.

"일찍 온다고 서둘렀는데……."

"늦지 않으셨어요. 지금 정각인걸요."

"그나마 다행이네요."

자리에 앉은 뒤 근우가 빙그레 지미를 보고 웃었다. 친절하고 부드러운 웃음이 호감 만땅. 그것이 더 지미를 아프게 한다.

차라리 돈 있다고 거들먹거리는 남자거나 머리 벗겨지고 배 나온 아저씨라면 마음이 편할 것이다. 그러면 석빈을 걷어차고 돈을 택해 결혼하는 벌을 받는다고 생각할 수 있으련만.

"조금 여위었군요. 많이 힘들어요?"

지미는 억지로 웃었다. 양쪽 입 끝을 올리는 것이 마치 태산을 옮기는 것처럼 힘들다. 서글퍼 보이는 미소가 지미의 입가에 겨우 새겨졌다.

"기왕이면 날씬해졌다고 말해주면 더 좋을 텐데요."

"이런, 내가 실수한 거죠? 지미 씨에게 점수 잃은 것 같은데요."

지미의 마음이 찌르르해졌다. 왜 이 사람은 놓치기 아까울 정도로 괜찮은 사람인 거지? 눈 딱 감자. 그래, 딱 감자.

지미는 잠시 숨을 골랐다.

석빈 씨, 나 아무래도 당신을 배신해야 할 것 같아. 나쁜 년이라고 욕해도 좋아.

석빈을 만나고 싸우던, 그러다 어느새 연애를 시작하면서 그를 사랑해 버린 시간이 따끔거리면서 지미의 가슴속을 후벼 팠다.

난 사랑한다고 말했어.

그 사람도 날 사랑한다고 말했어.

사랑에 빠지기 전 그녀는 사랑이란 이 세상 모든 것들보다 빛나고 단단한 것이라 생각했다. 하지만 사랑은 그녀가 파는 장미 같았다. 달콤하고 화려하지만 일찍 시들어 버리는, 아름답지만 생존에 절대적이지 않은 그저 하나의 장식 같은 것, 그게 사랑이었던 거다.

난 어쩌면 이 남자도 사랑할 수 있을지 몰라. 아니, 사랑해 버리면 된다.

석빈이 자신의 꿈을 위해 지미의 곁을 떠나 있는 지금 하늘의 선물처럼 지금 지미에게 필요한 모든 조건을 갖춘 근우가 지미의 앞에 나타났다. 그러니 이 남자를 잡고 사랑해 버리면 되는 것이다. 사랑만으로 살 수 없는 세상이잖아. 석빈 씨가 나빠. 왜 지금 내 곁에 없는 거야.

핑계를 가져다 댔지만 그것이 정말 억지라는 것은 지미가 가장 잘 알았다. 이렇게라도 해서 그녀 자신에게 납득을 시키고 싶었으나 그것도 마음뿐이었다.

지미는 다시 물 컵을 들었다가 잔이 비어 있는 것을 깨달았다.

"이걸 마셔요. 아직 입을 대지 않았으니까."

호출 벨을 누르는데 근우가 물 컵을 그녀에게 내밀었다.

"감사합니다."

단숨에 마셨지만 바짝 마른 입술은 해갈되지 않았다. 쩍쩍 갈라진 논바닥처럼 그녀가 삼킨 물은 그녀의 가슴속에 들끓고 있는 초조함 속에서 그대로 산화해 버렸다. 호출을 받고 달려온 종업원에게 물을 가져다 달라고 말한 뒤 근우가 갑자기 물어왔다.

"지미 씨는 지금 이 자리에 나온 것을 후회하는군요?"

지미의 얼굴이 빨개졌다. 거짓말을 하고 싶지 않았다.

"미안합니다. 사실은 그래요. 사실은 지금도 저는 왜 장 사장님이 저와 결혼을 하고 싶다고 했는지 이해하지 못하고 있거든요. 제가 미인도 아니고 우리 집의 형편은 이제 아주 나빠진데다 우리들 서로를 알 만큼 만나거나 사귄 사이도 아니니까요. 솔직히 지금 많이 후회하고 있어요. 이렇게 나온 것만으로도 장 사장님에게 실례를 저지른 것이 아닐까 하는 생각으로요."

"사실은 나도 그렇습니다."

너무도 뜻밖의 말에 지미는 고개를 번쩍 들었다. 쓸쓸한 웃음이 근우의 얼굴에 번져 있었다.

"반반이었어요. 지미 씨가 이 자리에 나와주길 바란 것은. 반쯤은 나오지 않고 거절하길 바랐습니다."

"왜요?"

"성냥팔이 소녀가 성냥 저쪽에 비치는 따뜻한 집 안을 보며 들어가길 바라는 마음이었습니다. 지미 씨 부모님과 지미 씨를 처음 보았을 때 참 부러웠어요. 제 부모님은 정말 연로하셨거든요. 어머님이 오십이 넘어 날 낳으셨죠. 아버지는 육십에 가까운 나이였고요. 너무 연로하셔서 제겐 부모라기보다 할머니나 할아버지 같았어요. 두 분 다 제가 어릴 때 돌아가셨습니다. 아버지는 제가 열두 살 때, 어머니는 제가 열다섯 살 때요. 그 후 제게 형님과 형수님이 부모였지요."

근우는 잠시 말을 멈췄다. 종업원이 주전자를 들고 와 물 잔에 물을 따르고 물러갈 때까지.

"두 분이 아주 잘해주었지만 형은 형이고 형수는 형수입니다. 뭔가 휑하니 구멍이 뚫린 것처럼 늘 마음 한쪽이 비게 되더군요. 교회에서 이모님에게 지미 씨 부모님을 소개받았습니다. 무척 훌륭하신 분이시더군요. 가장 많은 장학금을 후원하시고 기부활동도 신도들 중에서 가장 많이 하시는데 한 번도 그런 내색을 하시지 않고 누구에게나 친절하신 것이 참 인간적으로 존경할 만한 분이시더군요. 나중에 우리 식당에서 지미 씨 가족을 본 뒤엔 무척 부러웠어요. 지미 씨를 얼마나 예쁜 눈으로 보는지, 아버지의 눈이 저런 거구나 생각하자 쓸쓸하면서도 너무도 부럽고, 저런 부모를 가진 가정의 일원이 되고 싶더라고요."

그래서 결혼 이야기를 이모에게 했나?

"이모님에게 지미 씨 부모님의 이야기를 듣고 어떻게든 돕고 싶었습니다. 제가 도울 일이 없냐고 묻자 이모님께서 왜 도울 생각을 했냐면서 의아해하더군요. 이모님께는 제가 지나가는 말로 농담을 했습니다. 지미 씨와 결혼하면 좋겠다고, 그러면 김 사장님 아들이 될 수 있을 텐데라고. 그런데 그게 농담이 아니었던 거죠."

지미의 얼굴은 노을이 물든 것처럼 붉게 타올랐다. 그럴 테지. 하긴 이모의 말이 이상하긴 했다.

"네 부모님 빚도 갚아주고 네 부모님을 친부모처럼 모신다더

라. 너만 시집가면 네 부모님 고생 끝이야, 끝. 게다가 이렇게 좋은 자리가 쉽게 나오는지 알아? 이건 정말 복이야, 복. 생각해 봐. 인물 좋지, 돈 많지, 성격 좋지. 어디 한군데 나무랄 데가 없어. 그런 남자가 너랑 결혼하길 원하는 거잖아."

"그래서 이 만남이 사실은 무척 당황스러우셨겠네요?"
"아니라고 하면 거짓말이지만…… 막상 나와보니 잘 나왔다는 생각이듭니다."
"그 말씀은…… 무슨 뜻인가요?"
"결혼해도 좋겠다는 생각이 들었습니다."
"왜요?"
"정직과 화목. 제가 가장 중요하게 생각하는 것 두 가지입니다. 이 두 가지를 지미 씨가 다 갖고 있는 것 같아서요."
"전, 정직하지 않아요. 저는, 저는……."
차마 입이 떨어지지 않아 말을 잇지 못하는 지미를 근우가 물끄러미 바라보았다.
"그때 그 남자와 사귀는군요?"
"……네. 하지만 헤어질 거예요."
"왜요?"
"그는…… 가난해요."
지미의 입술이 팔랑 떨렸다. 한 번도 그녀는 석빈의 재력에 대해서 생각해 본 적이 없었다. 그가 아무것도 가진 것이 없어도 상관없었다. 가난해도 얼마든지 살아갈 수 있으니까. 두 사람은 젊고 둘이 노력한다면 그런 것은 아무 문제가 되지 않는다. 하지만 이제 모든 것은 변했다. 이제 지미는 그녀가 책임져야 할 부모가 계신다.

"무엇보다도 그 사람과는 결혼까지 말해본 적도 없고 또⋯⋯."

그리고 사실 가장 중요한 이유는 또 있다. 석빈의 앞길에 방해가 되긴 싫다는, 너무도 진부하고 흔하디흔한, 하지만 정말 절실한 이유.

"저는 장 사장님이 결혼을 하면 우리 부모님을 친부모처럼 모신다는 말에 혹한 속물이에요. 그러니 이런 제게 환멸을 느껴 결혼하지 않아도 아무 할 말이 없습니다. 하지만 만일 그래도 상관 않고 결혼해 준다면⋯⋯."

새빨갛게 달구어진 얼굴에 담긴 너무도 절실한 바람.

"죽을 때까지 장 사장님을 위해 살겠습니다."

잠시 동안 근우는 말없이 바라보기만 했다. 꽉 움켜쥔 지미의 주먹이 바르르 떨린다. 적어도 이 여자 정직하기는 하구나. 팔기 위해 나왔지만 싸구려로 보이지는 않는다. 오랜 시간 소중히 사랑받고 자라온 사람에게서만 나오는 따뜻함이 배어 있는 눈동자엔 눈물이 하나 가득이었다.

"나를 위해 산다? 무척 동하는 조건을 내걸었군요. 결혼을 한다면 나를 사랑할 수는 있겠어요?"

"⋯⋯노력할 거예요."

"지미 씨는 정말 정직하군요."

아니야. 지미는 올라오는 눈물을 삼켰다. 가슴이 칼로 저미는 것처럼 아파왔다.

정직하지 않아. 나는 거짓말쟁이인걸. 이렇게 된 모든 것을 전부 석빈 씨 탓이라 우길 정도로. 이건 다 당신 때문이야. 내게 결혼 얘기 한 번도 하지 않은 당신 때문이야. 가난한 당신 때문이야. 이런 날 혼자 놔둔 당신 때문이야.

하지만 지미는 너무도 잘 알고 있었다. 이건 그녀의 잘못이고 배신이라는 걸.

미안해, 석빈 씨. 마지막 얼굴도 보지 않고 돌아서는 거 미안해. 이런 짓을 하면서도 당신을 보고 싶다 생각해서 미안해. 미안해, 정말 미안해.

집으로 돌아온 지미는 화장실로 들어가 한참 동안 세수를 했다. 자꾸만 쏟아지는 눈물을 감추기 위해서 그녀가 할 수 있는 일은 그것밖에 없었다. 서럽다. 자신을 팔기 위한 결혼을 결심한 것이.

서럽다. 그럼에도 팔리지 않은 것이. 근우는 대답하지 않았다. 본디 남자의 침묵은 부정이라고 하지 않았던가. 하긴 그런 남자가 무엇 때문에 자신 같은 여자와 결혼하려 할까? 아무것도 내세울 것 없는 파산한 집안의 딸인 자신과.

서럽다. 그렇게 팔려지지 않은 것이 기쁜 자신이. 그래서 엄마 아빠의 고생하는 모습에 가슴 갈라지는 것 같은 아픔을 느끼면서도 석빈의 전화를 기다리고 있는 자신의 모습이 너무 보기 싫어서 눈물이 난다. 눈물이…… 난다!

14장
배신을 신다

'나, 그럼 이 돈으로 유학 갈래요.'

엄마 아빠에게 가장 무서운 협박을 또 써서 지미는 현옥을 수술받게 할 수 있었다. 현옥은 지미가 저금과 금반지를 판 것에 대해 무척이나 가슴 아파했다.

'괜찮아, 엄마. 나중에 돈 벌어서 다시 사주면 돼.'

저금이나 금반지 같은 게 뭐 그리 소중할까. 엄마라는 존재에 비하면 그런 것은 티끌만도 못한 거 아닌가. 만일 그런 것이 없었더라면 지미는 그녀 자신을 팔아서라도 엄마의 병을 고쳤을 것이다.

"결혼합시다."

엄마가 퇴원하던 날 갑자기 만나자고 한 근우가 그녀에게 그렇게 말했다. 그동안 아무런 연락을 해오지 않던 근우였다. 근한 달이 넘는 동안 지미는 완전히 근우에 대해 잊고 있었다. 그래서 막상 근우가 청혼을 해오자 지미는 몹시 당황해 버렸다.

"왜요?"

청혼을 한 것은 자신이었다. 결혼해 주면 평생을 당신을 위해 살겠다는 약속까지 해버렸던 것을 까마득하게 잊은 것처럼 지미는 되물었다.

"김지미 씨가 더 알고 싶어졌어요. 두 분 부모님도."

그래, 이 사람은 그녀를 전혀 모른다. 그녀 역시 장근우라는 사람에 대해 아무것도 모르고 있고. 지미가 근우에 대해 아는 것은 그녀보다 모든 것에서 조건이 월등하다는 것뿐이었다. 이런 남자가 그녀에게 청혼을 한다는 것에 감격을 할 정도로 말이다. 그럼에도 지미는 거절하고 싶었다.

"저는…… 생각해 볼게요. 아니, 생각할 시간을 주세요."

"많이 기다리게 하지 말아요."

이 남자가 조금만 무례하거나 잘난 척을 하는 못난 남자라면 얼마나 좋을까?

미안할 정도로 너무 괜찮은 남자인데도 이상하게 마음이 열리지 않는다. 그럼에도 슬픈 것은 거절할 수 없다는 것이다. 아니, 거절을 해서는 안 된다는 것이다.

"그럴게요."

석빈을 만나기 전에 이 남자와 잘됐더라면 사랑에 빠졌을 것이다. 지금 근우의 프러포즈에 환호했을 것이다. 생애 처음 프러포즈를 받는 지미의 마음은 처량하기만 했다.

그날 지미는 집으로 돌아오는 길에 석빈이 전화를 걸어왔다. 지미는 한참 동안 액정만 바라보다 마침내 전화를 받았다.

결혼한다고 말해야 해.

하지만 어떻게? 이렇게 전화 목소리가 좋은데. 계속 듣고 싶은데.

이별을 통보해야 한다고 생각했지만 전화에다 대고 어찌 그런 말을 해, 라는 핑계로 입을 꾹 다물었다. 지금은 말고, 나중에, 아주 나중에. 내가 전화를 받지 않으면 한 번 두 번 그렇게 계속 전화를 받지 않으면 이 사람이 눈치 챌 거야. 내 마음이 변했다는 걸. 그러니까 지금은 그냥 받아. 마지막이라 생각하고 그의 목소리를 들어. 석빈 씨 하는 일에 지장을 주기 싫으니 전화에다는 표시 내지 말고 그냥 웃으며 받아.

"석빈 씨?"

비겁한 유보를 끌어안고 지미는 밝은 목소리로 응답했다.

[당신, 우울해?]

석빈이 묻는 소리에 지미의 심장은 기쁨과 슬픔 두 쪽으로 갈라졌다. 목소리만 듣고도 당신은 내 기분을 아는구나. 만 리나 떨어져 있는데, 낮밤이 다른 세계에 살고 있는데도. 기쁨이 조용히 끓는 한쪽에 비참한 슬픔이 배어든다.

이런 당신을 버리려 하는구나. 내가. 내가.

병원에서 퇴원해 방에 누워 있던 현옥이 지미가 들어오자 몸을 일으켜 주방으로 향했다.

"엄마, 뭐 하려고?"

"너 들어오면 부쳐 주려고 오징어 사났어. 김치 넣고 오징어 넣고 김치전 부쳐 줄게."

"아픈 사람이 왜 그런 건 사러 다녀? 몸조리나 하지."

"엄마는 괜찮아. 까딱없어."

애써 아무렇지도 않다는 듯 말하는 엄마의 손을 잡고 지미는 식탁에 가 앉았다. 그래도 힘에 부친지 지미의 손안에 든 엄마의 손은 가늘게 떨리고 있었다.

느닷없는 몰락을 맞고 쓰러지기까지 했지만 엄마는 가정의 화목을 지키려고 하고 있다.

엄마…….

지미의 시선이 자신이 잡고 있는 엄마의 손으로 물끄러미 갔다. 두 달 동안 안 하던 물일을 해서 뻘겋게 변해 버린 엄마의 손.

진주 반지가 참 잘 어울렸는데.

왜일까, 울컥 눈물이 터지려 했다. 그간 자신이 했던 고민이, 장 사장과의 결혼을 결심하지 못하고 망설였던 것이 무척이나 이기적으로 느껴졌다. 엄마는 아파 쓰러질 때까지 가족의 울타리를 지키려 했는데. 그 예쁘던 손이 이렇게 상하도록 일을 했는데……

그 순간 지미는 마침내 결심했다.

엄마, 조금만 기다려. 내가 엄마 편안하게 해줄게.

"엄마, 나 결혼할래."

"뭐?"

"장근우 씨하고. 그 사람이 나랑 결혼하자네."

엄마의 미간이 금세 좁혀졌다. 이런 상황을 알면서? 이해할 수 없다는 표정이었다.

"왜? 그 사람이 너랑 하자고 하니?"

"왜라니? 엄마는. 그거야 내가 예뻐서지."

"넌, 하고 싶어? 결혼?"

"응. 장 사장 잘생기고 부자고 사람도 좋고 그렇잖아."

"그렇긴 하지만……"

다른 이유를 찾으려는 듯 현옥은 지미의 두 눈을 살폈다. 아직도 납득이 가지 않기 때문이다.

"엄마는 그 사람이 싫어?"

"아니, 싫은 것보다는 너무 갑작스러워서. 그런데 그 사람하곤 언제부터 만난 거야?"

"그때 식당에서 보고 처음 인사한 다음날 그 사람이 전화 걸어왔었어."

현옥이 고개를 끄덕였다. 갑자기 너무 곤궁해진 삶 속에 지미를 끌어들여 너무도 가슴이 아팠던 현옥이었다. 이 세상의 좋은 것만 주고 싶었던 귀하기 짝이 없는 딸에게 가난을 맛보게 하고 싶지 않았다.

"엄마는 좋아. 찬성이야. 꽤 괜찮은 사람이라고 생각했으니까. 하지만 네 나이가 너무 일러서 그것이 조금 마음에 걸린다."

엄마, 내 나이는 갓 스물이 아니에요. 이제 제법 많다고도 볼 수 있는 나이라고요. 아니, 이제는 엄마나 아빠를 먼저 생각할 수 있는 그런 나이라고요. 그래서, 그래서 말이지요, 나는……. 핑그르르 눈물이 도는지 갑자기 눈시울이 시큰했다.

지미는 손을 뻗어 현옥의 손을 잡았다.

조금만 참아, 엄마. 조금만.

"너 시집보내면 나랑 네 아빠는 무슨 낙으로 살지?"

현옥의 손을 볼에다 가져다 댔다. 기어이 눈물이 흘러내렸다. 이건 거칠어진 엄마 손이 마음 아파서야. 정말이야. 다른 이유 따위는 없어.

가게를 비워주기로 한 날 눈이 내렸다.

난, 눈이 싫어.

몇 개 남지 않은 화분을 차에 싣던 명우가 멍해진 지미를 바라보고 뭔가를 말하려다 입을 다물었다. 1년도 안 다녔지만 마지막 가게의 정리를 하는 자신의 마음이 이럴진대 사장님의 마음은 오죽하랴 싶어서였다.

명우는 용달차에 가게에 남아 있는 화분을 실어 날랐다. 가게가 넘어가고 다른 업종이 들어오는 탓에 급히 처분했으나 채 처분하지 못한 화분들도 있어 잘 알고 지내던 화원의 사장에게 넘기기로 한 날이니 지미의 기분이 어떨까 생각하지 않아도 충분히 알 것 같다.

"여긴 그냥 꽃집으로 있는 것이 더 나을 텐데. 장사도 잘되는데 굳이 여길 옷가게로 만들 건 뭐야."

가게를 돌아보며 화원 주인이 입맛을 다셨다. 위치가 너무 좋아 정말 탐내던 곳이었다. 이런 화분이 아니고 가게를 인수받는 거라면 얼마나 좋을까, 그런 생각을 하면 아깝기 그지없었다.

그가 준비해 온 봉투를 내밀자 돈을 받아 확인한 지미는 간이 영수증을 끊었다.

"이제 김 사장은 뭘 할 거야?"

"글쎄요, 어디 플로리스트 구하는 곳 없을까요?"

"일할 생각이 있다면 우리 가게에 와서 일할 테야? 내가 돈은 섭섭지 않게 줄 테니까."

"생각해 볼게요. 그런데 저보다 얘는 어떠세요? 얘 진짜 일꾼인데. 명우 넌 어떠니? 사장님 가게에서 알바하는 거."

"전 이미 일자리 구했어요."

이미 취직 자리를 구했지만 마지막 날인 오늘까지 일을 한 것은 순전히 지미 때문이었다.

"아까워라. 우리 명우 아주 일꾼인데 벌써 일자릴 잡았다네요."

"그러게. 자, 그럼 난 이만 가봐야겠네."

"눈 와서 미끄럽네요. 조심히 가세요."

화원 주인이 나간 뒤 지미는 준비했던 봉투를 꺼냈다.

"박명우, 그동안 수고했어."

"뭔데요?"

"그냥, 내 마음이야. 일자리 구했다니 거기 일하러 나가는데 옷이라도 한 벌 사 입어."

"됐어요."

"받아. 설마 너 우리 집이 망했다고 이러나 본데, 원래부터 부자는 망해도 3년은 먹고산다는 말이 있어. 그러니 받아."

억지로 봉투를 쥐어주고 어서 가라고 명우의 등을 떠다밀었다. 명우는 청소를 하고 가겠다고 했지만 이제 자그마한 화분 몇 개만 뒹구는 폐허 같은 이곳은 그녀 스스로 청소하고 싶었다.

이곳이 이제 어떻게 변할까? 의류점이 들어온다고 했으니 지금과는 딴판으로 변할 것이다.

가게가 꼭 지금의 그녀 처지 같다. 서글프고 초라한.

재활용 쓰레기를 모은 뒤 막 빗자루를 집어 들었을 때였다. 딸랑, 문소리가 난다.

"장사 안 합니다. 여기 문 닫았어……."

지미는 자신의 눈을 의심했다. 하얀 눈을 머리와 어깨에 얹은 석빈이 가게를 둘러보고 있었다.

석빈이 팔을 벌렸다. 활짝 펼쳐서 그녀를 초대하는 그의 품. 너무 보고 싶으면 환상으로 나타나나 보다.

"석빈 씨?"

환상이 아닌 사실이다!

지미의 표정에 놀라움과 반가움이 지나갔다.

순간 반짝이는 지미의 눈을 보면서 석빈은 요 근래 자신을 피하듯 전화를 받지 않은 지미의 잘못을 잊었다.

"어떻게 된 거야?"

그가 가게를 둘러보며 물었다.

하지만 지미는 아무런 대답도 할 수 없었다.

"진짜 석빈 씨?"

확 그의 품에 달려들 것 같던 지미의 몸이 갑자기 굳어졌다. 지미가 달려와 안기면 끌어안으려고 했던 석빈은 조금 김이 샜다.

"응. 나 돌아왔어. 그동안 너무 보고 싶었어. 당신은? 당신은 내가 보고 싶지 않았어?"

"보고 싶었어요."

지미의 음성은 착 가라앉아 있었다.

"결혼하기 전에 한 번 만나야 한다고 생각했거든요."

오랜 비행으로 정신이 좀 멍한 모양이다. 지미가 한 말이 무슨 뜻인지 이해 안 되는 것을 보니.

분명 결혼하고 싶다는 말을 했을 거다. 마치 당신과 결혼 안

해요, 라고 하는 것같이 들렸지만.

"그래, 결혼하자."

"당신과 결혼 안 해요."

"뭐?"

"나는 다른 남자와 결혼할 거예요."

석빈은 자신이 들은 말이 사실인지 아니면 환청인지를 생각하기 위해 애를 썼다. 너무도 말도 안 되는 소리를 지금 지미가 한다. 차가운 표정, 쌀쌀한 눈빛으로.

쌀쌀한……

지미의 지금 하는 말이 환청도 아니고 농담도 아니라는 깨달음이 불쑥 든 순간부터 석빈의 가슴은 엉망으로 뛰기 시작했다.

화가 난 걸 거야. 석빈은 애써 그렇게 생각했다. 그에게 지미의 변심은 믿을 수 없는 일이었다. 아무리 여자의 마음이 갈대처럼 흔들리고 사랑이란 것이 조석 변에 그 모양과 대상을 달리한다 해도 그들의 사랑과 지미의 마음만은 결코 변하지 않을 거라, 석빈은 굳게 믿고 있었다.

화를 풀어. 내가 널 혼자 뒤서 그래?

입에서 그런 말이 웅얼웅얼 돈다.

그렇다면 미안해.

말을 한다는 것이 이렇게 어려운 것인지 석빈은 처음 알았다. 굳게 맞붙은 입술이 아무리 애를 써도 떨어지지 않는다.

"결혼한다고? 누구와?"

떨리는 목소리였다. 그와 달리 대답하는 지미의 음성은 여전히 차갑기만 했다.

"당신은 아니에요. 당신보다 훨씬 부자고 잘난 사람이에요."

"왜? 당신은 나를 사랑한다고 하지 않았어?"

"사랑이요?"

풋 하고 지미가 웃었다.

지미는 자신이 하는 말에 스스로 놀라고 있었다. 가슴이 조각조각 갈라지는 것 같고 자꾸만 눈앞이 뿌옇게 흐려지지만 이를 악물고 참아냈다.

난 잘하고 있어. 그렇게 중얼거렸지만 막상 그녀가 하고 싶은 말은 다른 거였다.

왜 말랐어요? 피곤해요?

손을 뻗어 석빈의 얼굴을 쓰다듬고 싶었다. 피곤해 보이는 석빈을 위로해 주고 싶었다. 그러나 아무것도 하지 않고 그녀는 좀 더 차갑고 좀 더 몰인정한 말을 내뱉기 시작했다.

"사랑이 뭔지 모르지만 난 그런 거 안 했어요."

"거짓말."

"믿든 말든 그것은 당신의 마음이겠지만 어쨌든 나는 당신을 사랑하지 않았어요."

"그럼 왜 내게 사랑한다고 말했지?"

입술이 떨려와 입가를 비틀었다. 비웃음 같은 웃음이 만들어졌다. 그 웃음에 어울리는 날카로운 말, 부디 내 말에 베이지 마세요.

"그건 립서비스죠."

"믿을 수 없어."

"그건 석빈 씨 마음이니 믿든 말든 마음대로 하세요. 나 곧 결혼해요."

"왜?"

"보통 여자들은요, 유희는 가난한 남자와 할 수 있지만 결혼은 돈 많은 남자와 하죠. 난 보통 여자예요."

마지막으로 못을 박았다. 당신이 가난해서 싫다는 것을 확실히 해버린 것이다. 석빈의 눈에 상처가 나타난다. 그 상처는 곧 그녀에게 경멸로 돌아왔다.

그래요, 그렇게 봐요. 그렇게 멸시하면서 나를 버려요. 난 당신 못 버리니까 당신이 나를 버려요.

어떤 말을 해야 당신이 나에게 치를 떨까? 두 번 다시 보고 싶지도 않다고 할까? 지미는 버림받기 위한 마지막 말을 했다.

"그동안 즐겁긴 했어요. 그래서 말이지요, 내가 결혼하더라도 계속 만나는 것은 어때요? 당신의 호주머니를 채워줄 수도 있는데."

석빈의 얼굴이 북풍한설보다 더 차갑게 변했다.

"싫은 모양이네. 싫으면 그만둬요. 남자는 많으니까. 아, 이거."

지미가 화분 하나를 집어 들었다.

"이별 선물이라 해두죠."

석빈은 로봇처럼 받아 들었다. 무슨 생각이 있어서 받아 든 것은 아니었다. 너무도 기가 막혀서 멍한 상태였기에 지미가 내민 화분을 받아 든 것이다.

자그마한 플라스틱의 하얀 화분은 지금 그가 겪은 사랑만큼이나 싸구려로 보였다.

요 한 달 계속 전화가 연결이 안 돼 초조하긴 했지만 단지 계속 그가 바쁘고 지미가 바빠서 자꾸 어긋나 보다고 생각했었다. 이런 일이 그를 기다리고 있을 것이라곤 상상도 못했다.

내가 사랑한 여자의 본 얼굴이 이런 거였어?

하, 이런 여자를 사랑했다니. 구토가 나오려 한다. 그나마 다행이다. 이런 여자와 결혼을 하지 않은 것이. 이런 여자인 줄도 모르고 결혼하려는 놈도 있으니까 다행히 헤어지게 되는구나.

"누군데? 결혼하는 놈은 어떤 놈인데?"

"아주 돈 많고 잘난 남자라니까요."

장승처럼 굳어 있는 석빈을 본 척도 않고 지미는 바닥을 쓸고 남아 있는 쓰레기를 모으는 등 혼자 제 할 일만 했다.

딸랑, 갑자기 문이 열렸다.

"눈이 많이 오네요."

"근우 씨."

문을 열고 들어선 남자에게 지미가 반색을 한다.

"안 와도 된다니까요."

"정리를 도우려고요."

"정리할 것 없다니까요."

근우라는 남자의 시선이 그에게 날아왔다. 석빈은 이를 굳게 악물었다.

불꽃이 튈 것 같은 분노를 담은 석빈의 시선에 근우는 약간 놀란 듯했다. 처음 석빈을 보았을 때 그의 눈엔 지미에 대한 소유욕으로 가득하더니 지금은 그에 대한 적개심으로 가득하다.

석빈은 지미가 자신을 뭐라고 알릴 것인지 기다렸다. 어떤 식으로 거짓말을 하는 것인지 똑똑히 봐줄 셈이었다.

"먼저 살던 오피스텔 옆집에 살던 사람이에요. 왜, 한 번 봤었죠? 근우 씨도. 잠깐 사귀던 사람이었어요."

어느새 과거형이 된 석빈은 기가 막혔다.

"우리가 결혼한다고 말했는데 왜 그런지 믿으려 하지 않아요."

석빈은 지미를 쏘아본 뒤 돌아섰다. 가장 추한 미련이 나오기 전에, 분노에 침몰해 자신이 통제하지 못할 행동이 튀어나오기 전에.

바깥으로 나온 석빈은, 간신히 분노를 폭발시키지 않고 미련에 구차해지지도 않았지만 멍한 상태였다. 그는 지미가 쥐어준 화분을 부서질 것처럼 쥐고는 휘적휘적 걸었다. 몇 달이나 떠나 있어 없어져도 됐을 귀소본능이 그를 오피스텔로 인도했다.

"후회하지 않겠어요?"

위로와 같은 나직한 근우의 물음에, 울지 않기 위해 지미는 억지로나마 웃었다.

웃을수록 상처가 깊어간다. 깊고 길게 베인 것 같은 가슴의 상처가 벌어져서 지독하게 붉은 선혈이 쉬지 않고 흘러내리는 것 같다.

"아니요."

네. 후회해요.

"절대 안 해요."

이미 죽을 만큼 하고 있어요. 하지만 어쩔 수가 없는걸요. 이 제는 루비콘 강을 건넌 것 같아요. 나는 석빈 씨에게 상처 주었어요. 죽어도 용서받지 못할 만큼 깊고 큰 상처를.

미안해, 석빈 씨. 이런 나를 미워하겠지. 미워해, 그리고 나를 버려요. 그래서 행복해져요.

15장
꽃이 하는 이야기

비서가 들어오더니 윤 회장을 향해 허리를 굽힌다.

"윤석빈 씨가 돌아왔습니다."

"알고 있다. 미국에 있는 아이가 이미 보고를 해왔다."

"돌아오자마자……."

나쁜 놈. 지 할배에게 안 오고 그 여자 가게로 갔다지?

윤 회장의 볼이 씰룩 움직였다. 생각할수록 괘씸하기 짝이 없었다.

"그런 놈은 고생 좀 단단히 해야 한다. 그제?"

"그래서 보고드립니다. 윤석빈 씨가 마음고생을 무척 하는 모양입니다."

"무엇 땜에?"

"그 아가씨에게 차였답니다."

뭐? 윤 회장의 눈이 크게 떠졌다. 내 손자를, 감히 이 윤갑순의 후계자를 걷어찼다고?

"니가 미쳤지? 시방 헛소리하제?"

"사실입니다."

"무엇 땜에 그놈이 차이노?"

"그 아가씨는 윤석빈 씨가 가난하다고 생각하는 모양입니다."

윤 회장은 어처구니가 없는지 잔뜩 인상을 썼다. 보기엔 그렇게 안 보였는데 역시 그 처자도 돈을 쫓는 그런 여자라고?

"돈 쫓는 처자란 말이제?"

"그런 것 같습니다."

"그놈은 뭐 하고 있노?"

"오피스텔에서 꼼짝도 안 하고 있습니다. 마켓에서 두 번 배달시킨 것 빼고는 누구하고도 소통을 하지 않습니다."

"마트에서 배달? 먹고는 살려나 보지. 그럼 됐다. 냅둬라. 곧 정신 차리겠지."

"그게, 소주만 스무 병이었습니다."

비서의 말은 윤 회장을 펄쩍 뛰어오르게 만들기 충분했다.

아니, 그놈이 미쳤구만.

"어쩔까요?"

"음…… 일단 그 처자 좀 더 자세히 조사해 봐라. 집안이나 그런 것 좀."

"알겠습니다."

비서가 나간 뒤 윤 회장은 부르르 몸을 떨었다.

"이, 괘씸한 놈을 어쩌노. 억지로 끌고 와가 정신 차리게 두들겨 패야 하나? 에잉."

세상에 얼마나 많은 여자가 존재하는데 하필 돈 따라 다니는 여자를 고를 건 뭐고, 그런 여자 골랐으면 돈 안겨주어 제 곁에 묶어버리면 되지, 못나 빠진 놈. 차여? 차여?

며칠 후 비서가 올린 보고서를 읽으며 윤 회장은 혀를 쯧쯧 찼다.

"뭐고, 이 처자는."

그의 손에 들린 것은 오피스텔 아래에서 석빈의 창문을 올려다보는 지미의 사진이었다. 사진에 나타난 간절함이 측은할 정도였다.

음, 우리 손자가 차인 것은 아닌 모양이군.

어쩐지, 하고 윤 회장은 흡족해했다. 인물이나 모든 걸 아무리 따져 봐도 석빈은 여자에게 절대로 차일 인물이 아니었다.

"그 아가씨가 시간만 나면 그러고 갑니다."

"와? 이럴 거면 석빈이 놈 찾아가면 되지."

"아마도 땅을 파는 것 같습니다."

"땅을 파? 그 무신 소리고?"

"신세대 언어입니다."

"봐라, 지금 니 내헌테 신세대 언어를 쓴다고? 그래, 땅을 판다는 게 뭔 소리고?"

"남이 보면 별것도 아닌 일을 혼자서 심하게 걱정하고 우울해하거나 답이 아닌 길로 가는 것을 보통 땅 판다고 합니다."

땅을 판다? 그럼 석빈이 놈도 땅을 파는 건가? 처박혀 술만 먹고 있는 것 같아서 지금도 속이 터져 죽을 지경인 윤 회장이다. 지금이라도 가서 문짝 부시고 그놈을 끌고 와? 이러고 있는 참이었다.

"아가씨 아버지가 하는 사업이 도산하면서 꽤 어려워진 모양입니다."

"그럼 이 처자, 집 사정 때문에 우리 석빈이 차고 돈을 쫓는 거가?"

"그런 것 같습니다."

"어리석구로."

윤 회장이 혀를 찼다.

"지가 심청이가?"

심청이라도 좋다. 돈 따르려면 그놈 따라야지. 내 돈이 다 그놈 돈인데, 아니, 이 나라에 나보다 더 돈 많은 놈이 어딨노.

"아주 간단한 거 아이가. 처자에게 석빈이 돈 많다고 알려주면 바로 돌아올 테고 석빈이 놈도 그러면 술 더 이상 안 마실

테지."

"그럴 거면 좀 서두르셔야 할 겁니다."

"와?"

그놈 좀 더 고생시켜도 싸다, 이렇게 생각하는 윤 회장에게 비서의 말이 날아들었다.

"그 아가씨, 오늘 상견례를 한답니다. 곧 결혼할 모양입니다."

'윙' 하는 바람 소리가 오늘따라 심하게 유리창에 부딪쳐 왔다. 봄이라고는 하지만 아직 기승 중인 꽃샘추위 때문에 절로 움츠러지는 날이었다.

창우는 잠자리에 누웠지만 잠이 오지 않는지 컴컴한 천장만 쳐다보고 있었다.

어제 새벽에야 집에 들어와 오늘 상견례다 뭐다 하루 종일 돌아다녔기에 피곤할 만도 하건만 창우는 밤이 깊어질수록 이런 저런 생각에 정신은 더욱 또렷해졌다.

간신히 가물가물 잠이 쏟아지기 시작할 무렵 창우는 어떤 소리에 선잠에서 깨어났다.

이불에 얼굴을 파묻고 울음을 삼키는 소리였다.

"당신, 울어?"

"네?"

게슴츠레 현옥이 눈을 뜨는 것을 보고 창우는 몸을 일으켰다.

"이거, 지미 우는 소리 아니에요?"

이번엔 현옥이 물었다.

두 사람은 조용히 방에서 나와 옆방 문을 살짝 열었다.

그리고 잠시 후 창우는 조용히 방문을 다시 닫았다.

"당신…… 어디 가게요?"

주섬주섬 옷을 찾아 입고 밖으로 나서는 창우를 보며 현옥이 물었지만 창우는 대답을 하지 않았다.

한 시간 후. 집으로 돌아온 창우는 조용히 이불 속으로 들어가 잠을 청했다.

현옥은 자는 척, 아무 말도 하지 않았지만 옆방에서 울다 잠든 지미와 아픈 마음을 다스리려고 이 밤에 한 시간이나 동네를 돌아다니다 들어온 남편으로 인해 오랫동안 잠을 이루지 못했다.

"지미야."

현옥은 아침에 퉁퉁 부은 눈을 가라앉히기 위해 욕실에서 삼십 분이나 있으면서 눈을 식히고 나온 지미를 식탁 앞으로 조용히 불렀다.

"응?"

"엄마가 물어보고 싶은 것이 있어."

마치 아무 일도 없었던 양 지미는 태연한 얼굴로 식탁 앞에 앉았다.

"뭔데?"

"혹시, 너…… 장 사장하고……."

말을 꺼내기가 힘든지 현옥은 말을 잇지 못하고 뜸을 들였다.

"장 사장하고 뭐?"

"장 사장하고 결혼하는 거 말이야. 혹시…… 돈 때문이니?"

현옥의 질문이 뜻밖이었는지 지미는 동그래진 눈으로 그녀를 쳐다보았다.

"뭐? 왜 그런 질문을 해?"

"……어젯밤에 너 우는 소리를 들었어. 그리고 엄마 생각에는 그게 처음이 아닌 것 같아서 말이야. 혹시…… 장 사장하고 결혼하려고 그 옆집 남자하고 헤어진 거니?"

지미의 얼굴이 이내 당혹해하는 표정으로 바뀌었다. 석빈 씨하고 사귀는 걸 알고 계셨구나.

"……."

"맞구나."

지미가 하지 않은 대답을 이미 들은 것 같은 생각에 현옥의 목소리에는 기운이 없었다.

"그럼 아직도 그 사람 사랑하는 거니?"

지미는 고개를 절레절레 내저었지만 현옥의 눈에는 그것도 지미의 진심으로 보이지 않았다.

"다른 사람을 사랑하면서 한 결혼이 행복할 거 같니?"

"아니야. 난 석빈 씨 사랑하지 않아."

말하면서 지미는 스스로 내뱉은 말에 대한 죄책감과 충격에 몸을 움찔거렸다. '석빈 씨를 사랑하지 않아' 이 말은 머릿속에서 맴돌 때보다 내뱉을 때가 훨씬 더 아프다. 가슴이.

"그럼 왜 울었어?"

집요하게 물어오는 현옥의 말에 지미는 점점 더 자신감을 잃어가고 있었다.

"장 사장과의 결혼 허락한 이유는 그 사람 돈 때문이 아냐. 네가 행복하길 바랐기 때문이야. 하지만 다른 사람을 사랑하면서 하는 결혼이라면 행복해질 수가 없잖아."

"잊을 수 있어."

마침내 지미는 인정했다. 그리고 부정했다.

"잊으면 되잖아."

현옥은 자신의 딸을 조용히 바라보았다. 거짓말쟁이. 지미는 언제나 빤히 다 보이는 거짓말을 하는 서툰 거짓말쟁이였다.

"왜 장 사장하고 결혼하려고 하는 건데?"

"힘들어서. 그 사람, 돈 많고 잘생기고 날 좋아해 주잖아. 그 사람하고 결혼하면 내가 편하고 행복할 거 같아서. 그 정도면 충분하잖아."

"다른 이유는 없는 거야?"

"다른 이유가 있을 게 뭐가 있어?"

또다시 지미의 눈빛이 흔들렸지만 더 이상 자신의 진심은 털어놓지 않겠다는 듯 완고한 표정이었다.

현옥은 거실 탁자 앞에 앉자마자 본론부터 꺼냈다.

"너, 지미한테 무슨 말 한 거니?"

"뭐? 내가 지미한테 무슨 말을 해?"

"장 사장 말이야. 지미가 장 사장하고 결혼하겠다고 나온 거, 네가 지미한테 무슨 말을 해서 그런 거냐고."

"언니, 지미가 애우? 내가 무슨 말을 한다고 그 말을 듣게."

아닌 척 태연한 목소리로 말하지만 애써 시선을 피하는 현주를 보며 현옥은 자신의 생각이 옳았음을 깨달았다.

"바른 대로 말해. 지미한테 무슨 말을 한 거야? 무슨 말을 했기에 내가 말할 땐 귓등으로도 안 듣던 애가 사귀던 사람까지 차고 다른 사람하고 결혼하겠다고 했냐고?"

"별말 안 했어. 그리고 솔직히 언니도 바라던 일이잖아. 언니도 지미가 가난뱅이하고 결혼해서 고생하길 바라진 않았잖아. 그냥 모른 척하고 나중에 식 올리고 나면 좋은 일이 있을 거야."

그렇게 얘기하던 현주는 스스로 실수한 것을 깨닫고 얼른 입을 다물었다. 하지만 이미 아무 말도 안 했다고 우기기엔 너무 많은 말을 해버렸다.

"좋은 일?"

"전에도 한 번 얘기했잖아. 부모가 안 계셔서 언니 내외를 모시고 살 거라고."

이거였어.

암담하고 먹먹한 기운이 현옥의 가슴을 차지하기 시작했다.

"네가 그랬니? 장 사장하고 결혼하면 우리 내외 고생 안 시키게 모시고 살 거라고. 그렇게 지미한테 말한 거야?"

"언니, 난⋯⋯."

"그랬냐고?!"

"그게 가장 좋은 거 같아서 그랬어. 언니 내외 고생하는 거 보는 것도 가슴 아프고 내가 도울 수 있는 처지가 못 되는 것도 가슴 아프고. 지미도 장 사장하고 결혼해서 손해 볼 건 없잖아. 돈 많고, 저 좋다 하고, 어디 못 봐줄 만큼 못난 곳도 없고. 그 정도면 어디 가도 중매 잘 섰다 할 자린데. 어쨌건 다 잘되었잖아. 내가 억지로 등 떠민 것도 아니고 지미가 결혼하겠다고 먼저 말했단 말이야."

그래도 언니 생각해서 한 일인데 언니가 저리 화를 내는 것이 못내 서러운지 현주의 눈에서 눈물이 나오기 시작했다.

"너⋯⋯ 네 딸이 매일 밤마다 소리가 새나갈까 이불에 고개 처박고 운다면 네 심정이 어떻겠어? 그게 제 한 몸 희생해서 부모 공양하겠다고 그러는 건데, 억지로 떼어낸 제 사랑이 안타까워 우는 거라면, 그런 선택을 할 수밖에 없는 제 인생이 너무 서러워서 그렇게 우는 거라면, 그걸 보았다면, 너 어떻겠어? 그때도 잘됐다고 좋아하겠어? 딸내미 팔아서 편해진다고 좋아하겠냐고!"

화를 내듯 시작한 말이었지만 현옥의 목소리도 어느새 울먹임으로 변하고 있었다. 그 불쌍한 것이 생살 떼어내듯 반쪽 같은 제 사랑을 떼어버리고 아파서 밤마다 울고 있었는데, 어미라는 것이 그것도 모르고, 잘된 일이라며 그나마 지미가 편하게 살겠다며 좋아하던 일을 생각하면 창피하고 한심해서 울분이 터졌다. 고생만 하는 자신을 위해 한 동생의 행동이었지만 그래도 밤에 혼자 울음을 참아가며 끅끅대던 지미를 생각하면 지금 이 순간은 동생이 미웠다.

"지미가 매일 울었어?"

설움 반, 당혹스러움이 반 섞여 현주의 목소리는 떨렸다.

"고것이…… 내 앞에서는 한 번도 내색을 하지 않아서 몰랐어. 항상 웃는 얼굴이어서 난 정말 잘된 일이라고 생각했었단 말이야. 그런 줄 알았다면 나도 그렇게 중간에서 도와주려고 하지 않았을 거야."

"어미라는 것도 몰랐는데 네가 어찌 알 수가 있겠니. 못난 어미도 몰랐는데."

현주는 눈물을 흘리는 언니를 감쌌다.

"이제라도 알게 됐잖아. 이제라도……. 어떻게 할 거야?"

어떻게 해야 할까. 지미는 이미 마음을 굳힌 것 같았다. 엄마가 아니라 그 누가 뭐라 해도 그 마음을 바꾸진 않을 것이다.

아니, 단 한 사람만이 지미의 마음을 돌릴 수 있을지도 모르겠다.

"일단 그 사람부터 만나봐야지."

현옥은 눈물을 닦으며 자리에서 일어섰다.

"옆집에 살던 그 윤석빈이라는 남자 말이야."

"그래도…… 그 사람, 말로만 들어서는 그리 마음에 들지 않던데……. 이대로 두면 지미도 정말 나아지지 않을까?"

현주의 말에 현옥은 그녀를 노려보았다.

"나도 마음에 안 들기는 마찬가지야. 하지만 딸 하나 있는 거 심청이마냥 돈 받고 파는 것보다는 나아. 어쨌건 지미는 행복해할 거 아니냐고."

초인종 소리에 석빈은 얼핏 잠에서 깼지만 다시 눈을 감았다.

오전 열 시. 이 시간대에 울리는 초인종 소리는 종교단체에서 온 사람이나 잡상인들밖에 없다. 로비에 경비가 있긴 하지만 어떻게 들어오는지 이삼 일에 한 번씩은 꼭 이렇게 이 시간에 잠을 깨우곤 했다.

밤새 작업을 하고도 아침에 잠이 오지 않아 오늘도 위스키 한 잔 마시고 간신히 든 잠이었다.

또 한 번 초인종이 울렸으나 석빈은 애써 못 들은 척 베개로 얼굴을 묻었다. 지금 나가서 누군지 확인한다면 본인에게나 상대에게나 좋을 것이 없을 것이다. 좋지 않은 기분에 반드시 좋지 않은 말을 할 것이 분명했으니까.

그의 그런 기분을 아는지 초인종은 더 이상 울리지 않았다.

다시 작업을 시작한 지 이제 거의 보름이 다 되어간다. 그전에는 일에 손을 대지도 못했다.

미국에서 돌아올 때까지만 해도 그는 자신이 바로 일에 들어갈 수 있을 거라 생각했었다. 미국에서의 일이 좋은 결과로 끝났고 지미를 만나고 나면 컨디션도 최상으로 돌아갈 거라 여겼으니까.

하지만 그것은 그의 오산이었다.

그날, 지미를 마지막으로 본 그날 이후 석빈은 한동안 아무것도 할 수가 없었다.

자신의 절망을, 분노를 누구한테도 풀 수가 없었으니까. 그래서 스스로에게 분노를 풀었다. 술을 만신창이가 될 때까지 마시고 잠들고 또 잠에서 깨면 술을 만신창이가 될 때까지 마셨다.

그렇게 열흘을 보내고 난 후 재민이 찾아오고 나서야 시간이 그렇게 많이 지났다는 것을 알았다.

바로 일을 들어갈 수가 없어서 며칠을 더 보내고 난 후에야 석빈은 재민의 그녀가 있는 회사에서 일을 받았고 이젠 다시 예전처럼 돌아갈 수 있었다. 지미를 알게 됐던 시간 이전으로.

한 가지 이전과 달라진 것이 있다면 바로 이것, 잠을 이루지 못한다는 것이다. 일을 하지 않는 시간에는 어쩔 수 없었다. 사랑하지 않는다고 말하던 지미의 차가운 목소리. 그 배신감, 그 상처. 그런 것들이 간신히 잠이 드는 순간까지 자신을 괴롭혔다.

"젠장!"

결국 그 두 번의 초인종 소리가 자신의 잠을 깨우고 말았다. 그는 낮은 소리로 욕하며 침대에서 몸을 일으켰다.

주방으로 향하던 그는 낮은 나무 의자에 다리가 부딪치자 또다시 낮게 욕을 내뱉었다.

처음엔 그냥 화병이나 잡지 같은 것을 올려놓던 소품이었지만 지금은 그것이 차지하고 있다. 지미가 주었던 금잔화 화분.

그렇게 깨부수듯 내던졌는데 무슨 미련으로 저것을 다시 주워 담은 것일까.

그렇게 주워 담아 대충 이곳에 올려두었는데 어느 날 보니 다 죽은 줄 알았던 화초가 끈기있는 생명력으로 작은 봉우리들을 맺고 있었다.

보기 싫었지만 다시 버리고 싶지도 않아 하는 수 없이 그는 생각날 때마다 거기에 물을 주고 있었다. 매일 물을 주는 것이 아니건만 이 녀석은 그 열악한 환경에서도 뿌리를 뻗고 꽃을 피우고 있다.

네가 주인보다 낫구나. 열악한 환경이 싫어서 돈 많은 남자에게 가버린 주인에 비하면 네가 백배는 낫구나.

또다시 초인종 소리가 울렸다.

석빈의 눈빛이 매섭게 변했다.

오늘 잘 걸렸다. 안 그래도 누가 잠 깨우고 가서 신경이 날카로운데 누군지 운이 아주 나쁘군.

"윤석빈, 안에 있는 거 다 알아. 문 좀 열어."

재민의 목소리에 잔뜩 부풀어 오르던 석빈의 화가 누그러졌다. 문을 열자 재민이 안으로 들어왔다. 그리고 그의 뒤를 따라 들어온 것은 얼마 전 소개받고 일을 하게 된 회사의 직원, 재민의 여자친구인 미주였다.

"너, 전화기 꺼져 있어서 어쩔 수 없이 집으로 찾아왔다."

"아침부터 죄송합니다. 일 때문에 만나야 하는데 전화기가 꺼져 있어서 하는 수 없이 재민 씨를 괴롭혔어요."

미주가 미안해하면서도 넉살 좋은 웃음을 보였다.

"자, 난 이제 당신 뜻대로 해줬으니까 가볼게. 나도 급한 용무가 남아서 말이야. 윤석빈, 나중에 전화할 테니까 우리 애인 괴롭혔다가는 나한테 혼날 줄 알아."

그렇게 재민은 이곳에서의 제 볼일이 끝났다는 듯 석빈에게는 경고 한 번 날려주고 휑하니 돌아가 버렸다.

"뭐라도 마실래요?"

주섬주섬 가지고 온 서류와 자료들을 꺼내놓는 미주에게 석빈이 예의상 물었다.

"네. 녹차 있나요?"

"커피하고 물하고 술이 있습니다."

"아, 그럼 커피로 주세요."

석빈이 커피를 내리는 동안 미주는 호기심 가득한 시선으로 석빈의 집 안을 이리저리 구경하며 다녔다.

"유명 번역가의 집이라 해서 첨단 시스템이 설치되어 있을 줄 알았는데 평범하네요."

그 말을 들었으면서도 석빈은 무뚝뚝하니 대답을 하지 않았다.

이내 미주의 걸음이 한곳에서 멈췄다.

"어머……."

커피를 가지고 나오던 석빈이 미주가 서 있는 곳을 보고 별로 심기가 좋지 않음을 밝히려는 듯 커피 잔을 소리 내서 탁자에 내려놓았다.

하지만 넉살이 상당히 좋은 미주는 그런 소리에는 그다지 신경 쓰지 않는 듯했다.

그녀가 벽에 걸린 노란 장미를 가리켰다.

"이거…… 알고 걸어놓은 거예요? 나 같으면 보란 듯 이렇게 벽에 안 걸어놓았을 텐데."

"왜 이 꽃을 걸어놓지 않는다고 합니까?"

버리자, 수십 번도 손을 뻗었다가 차마 버리지 못한 마른 꽃들 중에서 제일 위에 있는, 이제는 말라 버려 노란색이 퇴색된, 예쁘다고 하기엔 좀 그런 노란 장미 꽃다발은 지미에게서 처음으로 받은 거였다. 석빈은 정말 수도 없이 꽃다발을 버리려 했다. 노란 장미도 석죽화도 수선화도 장미꽃들도 모두 그에게서 지미를 생각나게 하는 몹쓸 것들이었다. 그는 지미를 기억 속에서 잊고 싶었다. 하지만 이 무슨 몹쓸 집착인가. 말라서 그저 힘만 주면 그대로 부서져 내릴 꽃들이 뭐 그리 대단하다고 죽어도 버릴 수 없었다.

"그런데 이 꽃들은 전부 한 사람에게서 받은 거예요? 이 화분까지?"

"왜 궁금합니까?"

"내가 꽃말을 좋아해서 그쪽을 좀 알거든요. 이거, 재미있네요. 만약 한 사람이 준 거라면, 알고 준 거라면 그분은 당신에게 이야기를 하고 있었네요. 이 꽃으로."

"무슨 뜻입니까?"

"노란 장미 스물네 송이의 뜻은요, 보기 싫으니 내 앞에서 꺼져! 이런 뜻이 담겨 있어요. 이사나 가버려, 그래서 스물네 송이죠. 원래 노란색 꽃들의 꽃말은 그리 좋지 않아요."

김지미, 꽃집 주인이었으니 당연히 모르고 줬을 리는 없다.

그 무렵 서로 잡아먹지 못해 난리였으니 보기도 싫었겠지. 바보같이 자신은 저 망할 꽃다발을 받고 감격해 버렸던 거다. 지미가 이사나 가라고 하며 준 꽃다발에.

석빈은 벽을 노려보았다. 지미가 이사 간 뒤 지금은 다른 사람이 살고 있는 벽 너머를.

김지미, 당신 그러는 거 아냐. 나를 바보로 만들었군.

미주가 노란 장미에서 그 옆에 걸린 석죽화 꽃다발로 시선을 옮겼다.

"그래도 노란 장미 다음에 석죽화를 준 것을 보면 마음에 변화가 있었나 봐요?"

"무슨 뜻?"

"석죽화의 꽃말은요."

"그 꽃에도 꽃말이 있습니까?"

"네. 사랑, 사모 그런 뜻이 있긴 하지만 굳이 노란색을 골랐다면 또 뜻이 달라요. 노란 석죽화는 교만이라는 뜻이에요. 예를 들자면 '너 잘났다' 라는 뜻? '이사나 가버려' 보다는 장족의 발전을 했지만 이때도 그리 감정은 좋지 않았던 것 같네요."

미주는 웃고 있었지만 석빈은 웃음이 나오지 않았다. 그런 뜻이었다 이거군. 그러니까 이걸 줄 때조차도 날 그리 좋아하지 않았다는 말이로군.

이어 수선화 꽃다발을 본 미주는 이 꽃다발이 자신도 아주 마음에 드는 듯 싱긋 웃었다.

"장족의 발전은 석죽화가 아니라 바로 여기서 시작이네요. 노란 수선화. 내 생각에는 많이들 알고 있는 '자만' 이라는 뜻으로 준 게 아닌 거 같아요. 뒤에 장미 꽃다발이 있는 거 보니까. 그렇다면 이건 당신을 좋아합니다, 뒤늦은 건지 모르겠지만 축하해요. 당신을 좋아한대요."

아무 뜻 없이 주는 꽃인 줄 알고 받았던 꽃에 이런 뜻이 있는지 석빈은 처음 알았다. 미주는 한 송이씩 말라가는 장미가 만나서 반갑다는 뜻을 담았다고 이야기하더니 풍성한 백 송이 붉은 장미를 보고는 방긋 웃었다.

"이건 알고 있죠? 사랑합니다라는 뜻이에요. 열렬하게요."

그날, 처음 사랑을 나눈 날, 그녀 대신 놓여 있던 화려하고 붉었던 장미. 하지만 지금 다 말라 버린 저 꽃의 빛깔처럼 믿었던 지미의 사랑도 퇴색했다.

하지만 그녀가 꽃다발과 함께 주었던 그 마음의 조각들을 처음 알게 되면서 석빈의 마음은 심하게 요동치고 있었다.

금잔화 앞에 선 미주가 한참 동안이나 그것을 바라보았다.

"왜요? 그건 무슨 뜻인데 그럽니까?"

이상한 뜻이라도 숨겨진 것일까?

"무슨 거짓말을 했을까, 속으로 생각해 보고 있었어요. 금잔화 뜻은 거짓말이거든요."

그 순간 그는 어렵지 않게 기억해 낼 수 있었다. 아니, 기억이라고 할 것도 없다. 매일 매 순간 그 목소리는 그가 아무것도 하지 않을 때마다 떠올라 그의 가슴을 후볐으니까.

'사랑, 안 했어요.'

이제 생각하니 그 말을 하는 지미의 눈이 뽀얗게 흐려지는 것 같았었다.

"금잔화의 뜻이 거짓말이라고?"

믿을 수 없다는 듯 석빈이 되뇌었다.

"네."

갑자기 석빈이 서두르는 기색으로 미주가 늘어놓은 자료들을 챙기기 시작했다.

"오늘 일은 여기서 끝냅시다. 내일부터 합시다."

"무슨 말이에요? 일은 시작도 하지 않았는데."

"너무 급한 일이 갑자기 생각나서, 미안해요."

"어머나, 윤석빈 씨."

문을 열고 무조건 미주를 밀어냈다. 갑작스레 쫓겨난 미주는 쾅 닫힌 문을 노려보았다.

"무슨 시추에이션이야, 이건."

정말 생긴 것과는 아주 다르다. 소문처럼 윤석빈은 제멋대로였다.

두어 번 문을 두드렸으나 석빈 대신 옆집의 문이 열리고 사나운 눈초리의 남자가 그녀를 노려보는 바람에 미주는 찔끔해졌다.

"에이, 참."

투덜거리며 미주는 별수 없이 발길을 돌렸다.

16장
제자리 찾기

'지미를 만나야겠어.'

지금 석빈의 가슴에선 무언가가 폭죽같이 터지고 있었다. 미주가 한 말은 그에게 희망을 주기에 충분했다. 금잔화, 거짓말. 사랑 안 했어요, 그것 역시 거짓말. 그렇다면 그것은 사랑해요라는 말이 된다.

정말로 거짓말을 한 거냐?

아닐 수도 있다. 하지만 그런 가능성보다 지미가 거짓말을 했다는 것이 더 믿고 싶다. 그랬다면, 그렇다면.

용서해 줄 수 있을 것이다. 모두 다. 그녀가 그에게 준 거짓말도 상처도 전부 다. 하지만 정말이라면? 그녀가 마지막 날 보여

준 그 얼굴이 진실된 지미의 모습이라면?

마음이 무척이나 복잡하다. 전화를 걸어 금방이라도 만나고 싶은 마음과 아닐 거라고, 금잔화 화분을 준 것이 우연이었을 거라며 그냥 이대로 지미를 잊자는 마음이 치열하게 대립하며 공존했다.

그가 지미에게 확인하지 않으려는 마음은 사실 두려움이 근원이었다. 마지막 날 석빈은 지미의 말에 너무도 큰 상처를 받았다. 그래서 그는 두려웠다.

지미가 진짜 그런 여자라는 사실을 다시 한 번 확인하는 것이, 그가 했던 사랑이라는 감정에 또 오물을 씌우게 되는 것이 끔찍하게 싫었다.

하지만.

희망이란 작으면서도 아주 끈질긴 것.

금잔화를 준 이유를 마지막으로 확인을 하자.

이미 삭제했지만 기억 속에 뚜렷이 각인돼 있는 지미의 전화번호를 꾹꾹 눌렀다.

[지금 거신 번호는 결번이오니…….]

젠장.

석빈은 머리를 쥐어뜯었다. 이사도 가고 꽃집도 그만뒀다. 유일한 지미의 연결 통로가 막혀 버린 것이다.

"아!"

불현듯 떠오른 생각에 석빈은 옷장을 벌컥 열었다. 옷장 위,

그가 소중하게 생각하고 모아두는 박스를 꺼내 뚜껑을 연 석빈은 그 속에 있는 전화기를 움켜쥐었다. 강원도에서 그가 빼돌렸던 지미의 휴대전화였다. 돌려주고 싶었으나 혹시라도 자신이 했던 일을 알아차릴까 주지 못하고 간직하고 있었다. 전원을 누르니 전화기가 되살아난다. 석빈은 재빨리 전화 목록을 검색했다.

엄마. 아빠. 우리 집. 가게. 세나. 명우.

차례대로 전화를 걸기 시작했다. 엄마의 전화번호, 전화를 받지 않는다. 다음, 아빠. 역시 받지 않는다. 우리 집, 결번이라는 음성이 나온다. 그 순간 석빈은 깨달았다. 지미의 집에 일이 생긴 것을. 휴대전화 번호야 1년이나 2년 만에 획획 바뀌는 세상이지만 웬만해선 집 번호는 바꾸지 않는 것이 대한민국 아닌가.

탕탕탕.

문을 두드리는 소리가 석빈의 생각을 헝클었다. 석빈은 인상을 썼다.

"다음에 봅시다, 미주 씨."

탕탕탕.

재민의 여자니 친절해야 하지만 이런 식으로 자신의 영역을 침범하는 것은 질색이다.

"아, 다음에 보자니까. 아이쿠."

문을 열며 소리 지르던 석빈은 갑자기 날아든 지팡이에 심하게 머리를 맞았다.

"할배!"

"고연 놈. 기어이 이 할배가 찾아오게 만드나?"

"여길 어떻게……."

"욘석아. 네놈이 어디에 있든 내 손안이지. 내가 모를 줄 알았노?"

윤 회장이 사방을 휘휘 둘러보았다. 작다고 들었는데 막상 보니 생각보다 더 작다. 이런 곳에서 몇 달 동안 버티고 집에 들어오지 않은 손자 놈이 괘씸하다. 작다 해도 이렇게 작은 오피스텔일 줄은 생각도 하지 못했다. 직접 눈으로 보자 복장이 터졌다.

내가 지독하게 돈 모은 이유가 뭐냔 말인가. 다 이놈 하나 잘 먹이고 잘살게 해주려고 지독한 늙은이라는 욕을 먹어가면서 지독을 떨었던 거다. 이놈은 하나뿐인 자식이 남기고 간 천금 같은 손자다.

"할배 버리고 나와 이런 곳에서 사니 좋더나?"

"누가 할배를 버렸다고 그래요?"

"반년 넘게 전화 한 번 안 하고 얼굴 한번 안 보였으면 그게 버린 것이지. 그동안 내가 죽기라도 했으면 어쩌려고 그랬어? 엉?"

"할배야 뭐 백 살이 넘어도 까딱없이…… 에이, 내가 연락 안 한 것은 할배가 결혼하라고 할까 봐서 그런 거죠."

한때 정말로 할아버지를 싫어했다. 할아버지가 하는 일도. 하지만 석빈에게 천지에 믿을 사람은 할아버지뿐이었고 그가 유일하게 어리광을 부릴 수 있는 사람도 할아버지였다. 그래선지 다른 사람 앞에선 아주 딱딱한 이미지가 여지없이 무너져 버린다. 할아버지 앞에서 석빈은 부모가 세상을 뜬 그때의 나이에서 더 이상 나이가 먹지 않는다. 그리하여 미워하는 것도 반항하는 것도 또 투정이나 어리광도 부릴 수가 있는 것이다.

"그래, 니, 말 잘했다. 이 할배에게 증손자는 언제 안겨줄 거고? 내 나이가 팔십이 넘어 언제 죽을지 모르는데 증손자 얼굴은 보고 가야제. 결혼 언제 할 거고? 남들은 잘도 연애해서 결혼도 잘하는데 네놈은 왜 이 나이가 되도록 결혼도 못하나? 엉?"

갑자기 석빈의 입이 굳게 다물어졌다. 하지만 죽어도 결혼 안한다고 펄펄 뛸 때에 비하면 장족의 발전이다.

"결혼은 혼자 합니까?"

"그래서 내가 여자 소개시켜 준다지 않노."

"됐습니다."

"됐긴, 봐라. 요즘 내가 눈여겨보는 처자가 하나 있는데 말이다. 얼굴도 그만하면 됐고 성격도 착하다."

"됐다니까요."

"이눔의 자슥이. 어데서 눈을 부라리노. 들어봐라. 헌데 그 처자가 집이 좀 곤궁하다. 지 아비가 사업을 하다 망했다 카더라."

"아, 글쎄."

"그래서 그 아비 사업 일으켜 주고 대신 내 손자며느리 삼으려고 하는데."

"손자 또 있나 보군요? 잘해보세요."

"니 정말 생각없나?"

"없습니다."

"에잉, 아깝데이. 네놈이 결심 안 하면 그 처자 딴 남자랑 결혼할 텐데. 어제 상견례 했다지 아마?"

할아버지가 왜 이러지?

가뜩이나 정신 사나워 죽을 지경인 석빈에게 알 수 없는 말만 늘어놓던 윤 회장이 다시 혀를 찼다.

"니 정말 생각없제?"

"없다니까요."

"알았다. 생각없다는데 우야겠노. 내 그만 간다. 내 갈 테니 이제 술은 그만 무라. 젊은 놈이 술만 처먹고 뒹굴다니 뭔 짓이고."

툭, 윤 회장이 석빈의 발 아래로 서류봉투를 던지듯 내려놓았다.

"네 거지 싶다."

"뭔데요?"

"확인해 보면 알 거 아니나. 난 그만 간데이. 어, 고연 놈, 할배가 왔는데도 냉수 한 잔도 안 주네."

"앉으세요. 내가······."

"물은 안 마실란다."

그제야 냉장고를 연 석빈은 정말 물밖에 없다는 것을 깨닫고 망연자실해졌다.

"물은 안 마시니 그냥 갈란다."

원래 차돌에 바람 들면 석돌만 못하다고 했다. 이제 보니 차돌인 이 손자 놈 바람이 들어도 아주 단단히 들은 모양이었다. 꼴이 엉망인 석빈을 보고 혀를 차면서 갑순은 문을 열고 문밖에서 기다리고 있는 비서에게 말했다.

"그만 가자."

서류봉투에 든 제놈의 오피스텔을 올려보는 그 처자의 사진을 본다면 석빈이 놈이 무슨 뜻인지는 금방 눈치 챌 거고 그럼 바빠질 것 아닌가. 그냥 돌아가 주는 것이 제놈 돕는 거겠지?

"지미야, 엄마랑 차 마시자."

현옥의 부름에 지미가 식탁으로 다가갔다. 좁고 낡은 집에 어울리지 않는 상감무늬가 고운 원목 식탁이었다. 집에서 가지고 나온 몇 가지 살림은 정말 이 집과는 너무 어울리지 않았다. 집에 비해 너무 호화롭고 우아했다.

식탁 위에 놓인 찻잔 역시 너무도 고급스러워 지금 그 안에 품고 있는 일회용 커피믹스는 어쩐지 어울리지 않았다.

"장 사장이 이상한 말을 하더라."

"응? 무슨 말."

"너랑 결혼하면 우리를 같이 모시고 싶다고. 우리랑 같이 살

자고 하더라."

그래, 됐어. 이렇게라도 엄마 아빠를 이 궁색함에서 벗어나게 해드릴 수 있다니 잘됐지 뭐야.

지미의 입가에 떠오르는 서글픈 미소를 보며 현옥이 정색을 했다.

"거절했다."

"엄마! 왜?"

"왜라니? 당연한 거 아냐? 왜 우리가 사위랑 살아야 하니? 안 그래?"

"엄마, 장 사장님 싫어? 좋아했잖아?"

"지미야, 너 솔직히 말해봐. 넌 누가 더 좋아? 장 사장하고 그 윤석빈이라는 사람하고."

기습 같은 현옥의 질문에 지미는 곧바로 대답하지 못하고 잠시 동안 말을 골랐다.

"엄마, 나 장 사장님 좋아해."

"윤석빈이란 사람보다?"

"……."

"지미야, 부모란 말이지. 자식이 행복해야 행복한 거다. 부모는 자식을 위해 희생하는 것이 당연하지만 자식은 부모를 위해 희생하면 안 돼. 왜인 줄 알아? 그렇게 하면 평생 부모 가슴에 못이 박힐 테니까. 자식을 희생시킨 부모라, 그런 사람들이 인간일까?"

"엄마!"

"네가 만약 우리를 위해 장 사장과 결혼하려고 생각했다면 넌 큰 불효를 저지르는 거야. 네가 장 사장과 결혼하는 것이 정말 그 사람이 좋아서 하는 거라면 상관없지만 지금의 너는 마치 우리를 위해 그와 결혼하려고 하는 거 같아. 넌 그게 부모를 위해서라고 할지도 모르지만 그렇다면 그걸 보는 부모 마음이 어떨까 한 번 생각해 보는 건 어떠니."

현옥이 지미의 손을 잡았다.

"넌 존재하는 것만으로도 나와 네 아빠에게 기쁨이었어. 우린 자식 덕 보려고 키우진 않았다. 난 네게 너만 생각하고 살라고 말하고 싶다. 네 생각만 해, 너 하고 싶은 대로 해. 단, 너를 위해 해. 그래서 네가 행복해지면 엄마나 아빠도 행복해지니까."

지미의 눈에서 핑글 눈물이 넘쳐 났다.

"엄마, 나는……."

"우리 딸은 가끔 바보 같더라. 좋아하지도 않은 남자하고 결혼하려는 사고나 치고."

"엄마, 장 사장님 좋은 사람이야."

"좋은 사람이지. 좋.은. 사.람."

"엄마는……."

"그리고 넌 심청이 흉내를 내는 어리석은 딸이고."

지미는 마침내 주룩주룩 눈물을 흘리기 시작했다. 그동안 숨어서 우느라 너무 힘들었던 울음이 마음껏 터져 나왔다.

"너 솔직히 말해. 장 사장이 아주 좋은 사람이지만 넌 장 사장과 결혼하는 것은 싫지?"

"……응."

"그럼 내일 장 사장을 만나. 만나서 네 마음을 밝혀. 넌 장 사장에게 큰 실수를 한 거야. 미안하다고 사죄해. 좋은 사람이니 용서해 주겠지?"

"엄마, 미안해."

부모를 가난에서 구출할 수 없다는 미안함이 지미의 마음에 가득 들어찼다.

"그리고 네가 좋아한다는 그 남자를 만나렴. 그 윤석빈인지 뭔지, 엄마는 별로 좋아하진 않지만 네가 몰래 숨어 우는 것을 그칠 수 있다면 엄마 마음에 안 드는 것이야 무슨 문제겠니?"

현옥은 오늘 석빈의 오피스텔에 찾아갔으나 끝내 만나지 못했다는 말은 하지 않았다. 딸을 생각해 만나보려 찾아갔는데 아무도 없는지 오피스텔의 굳게 닫힌 문은 끝내 열리지 않았다. 결국 현옥은 딸을 설득해 보기로 한 것이다.

"엄마, 난……. 그 사람이 날 용서하지 않을지 몰라. 내가 좀 심하게 했거든."

"그게 무섭니?"

"응."

"그래서 그만둘 거야?"

"아니."

"그래, 그럼 어서 장 사장에게 전화해서 만나자고 해. 이런 일은 빠를수록 좋으니까."

"잘 끝냈어?"

기다리고 있던 세나가 커피숍에서 코끝이 빨갛게 돼서 나온 지미를 향해 마시고 있던 주스 병을 내밀었다.

"응."

"대단한 남자네. 순순히 이해해 주다니."

"좋은 남자라고 했잖아."

그런 남자를 왜 차버리냐, 이 멍청아.

세나는 지미를 눈 흘겨주었다. 아무리 바보라 해도 그렇지, 인물 좋아, 조건 좋아, 대체 그런 남자를 왜 차버리는지 도저히 이해가 되지 않았다.

"응, 난 바보야."

지미는 순순히 인정했다.

"난 말이지 몰랐어. 부모님은 자식이 행복해야 행복하다는 것을."

대체 무슨 소리람. 세나는 지미의 말이 이해되지 않았다. 아니, 지미 자체가 이해되지 않았다. 부모의 사업 파산에도 꿍장히 꿋꿋하던 애 아니던가. 그런 그녀가 마감에 쫓겨 바빠 죽겠는 그녀에게 다짜고짜 전화를 걸어와 '당장 나와. 당장' 하며 숨넘어가는 소리를 냈다. 금방이라도 죽을 것 같아 달려왔더니 겨우 그녀를 데리고 간 곳이 결혼하려고 하던 남자에게 이별을 통보하는 자리였다.

참나, 그래도 이 결혼을 유일하게 반대했던 것은 세나였다. 오빠를 보면서 사랑이 밥 먹여주냐, 돈이 최고다 했던 신념을 버리고 그래도 친구를 위해서, 아파할 친구를 위해서 그 결혼은 좀 성급한 거 아니냐, 생각을 좀 하고 나서 결혼하면 안 되겠냐고 말렸던 그녀였다. 하지만 그렇게 고집을 부리고 결국 상견례까지 마치고 나서는 이제 와서 그 결혼 못하겠단다. 그것도 모자라서 이별을 통보하는 자리에까지 부른 지미였다.

'여기서 기다려.'

이러고 들어가 한 시간 만에 나온 지미의 눈은 새빨개져 있었다. 울었단 말이렷다. 참, 나. 아니, 제가 차고 울긴 왜 운담.

"대체 왜 울었니? 차긴 네가 차놓고."

"미안해서."

그래도 양심은 있네 생각했던 세나는 이어진 지미의 말에 당장 그 생각을 버렸다.

"차 출발해. 낙산사 갈 거야."

"뭐? 낙산사? 동해의 그 낙산사?"

"응."

"아니, 갑자기 거긴 왜?"

"기운을 충전하려고. 석빈 씨에게 잘못했다는 말을 하려면 굉장한 에너지가 필요할 것 같아서."

"그냥 윤석빈 씨 만나. 만나서 무조건 잘못했다고 해."

"무서워. 용서 안 해줄까 봐."

배시시 지미가 웃었다. 이럴 줄 알았으면 그때 그렇게 지독하게 굴지 않았을 것이다.

"세나야, 넌 혹시 그런 마음 아니? 뭔가 잘못을 저지르고 집을 나왔는데 들어가면 야단을 들을 게 뻔해 자꾸만 집으로 가는 것을 미루고 싶은 마음."

"매든 야단이든 먼저 맞는 게 더 속 편할걸?"

"알지만, 어쨌든 낙산사부터 가. 거기 가면 기운이 충전될 것 같아."

혹시라도 석빈이 용서 안 해줄까 봐, 그의 마음이 완전히 떠나진 않았을까 생각하면 지미는 가슴이 오그라들었다. 특별나게 예쁜 것도 아니고 잘난 것도 없는 그녀. 그러니 석빈의 마음이 돌아섰을 거라고 자꾸만 드는 마음의 갈피를 잡을 수 없었다.

"나, 내일까지 마감해야 해."

"빡세네."

"넌 정말 친구도 아냐, 웬수지."

투덜거리면서 세나가 차를 출발시켰다. 커리어에 흠집이 나더라도 금방이라도 울어버릴 것 같은 친구가 우선이라는 생각을 하면서도, 뭔지 억울하다는 생각이 떨쳐지지 않아 어금니를 꽉 깨물고서.

이른 봄의 바다는 겨울바다만큼이나 차가운 바람을 머금고 있었다. 눈물이 날 정도로 찬바람을 피해 세나는 차 안으로 뛰어들었다. 이 추운데 바다만 바라보고 서 있는 지미를 보고 고개를 절레절레 흔들었다. 정말이지 청승도 저런 청승이 없다. 대체 뭔 분위기를 저리 잡는지.

그렇게 모질게 사람을 찼으면 확 가서 미안하다고 한마디 하면 될 것이지 뜸은 왜 들이는 거야!

어디선가 신나는 음악 소리가 들렸다. 그것이 자신의 휴대폰에서 울리는 소리임을 안 세나는 저도 모르게 움찔 놀랐다. 마감 직전에 오는 전화는 언제나 그녀를 긴장하게 했다.

이 기자인가?

지금 연재하고 있는 잡지사의 이 기자는 마감을 어길 것 같으면 모르는 번호로 전화를 걸어 채근하길 좋아했다. 뭐, 죽어도 마감은 맞추기 어렵겠지만…….

"여보세요."

용감하게 받았다. 내일이 아닌 오늘이니 아직은 기죽을 필요가 없는 것이다.

[박세나 씨 핸드폰입니까?]

뭐야, 이 분위기 좋은 남자의 목소리는?

"맞습니다만, 누구세요?"

[윤석빈이라고 합니다만, 먼저 김지미와 어떤 사이인지 물어

도 되겠습니까?]

윤석빈? 지미의 사랑 상대? 그가 받아주지 않을까 봐 무서워한 지미를 생각하면 지금의 이 목소리는 부드럽기가 비단이다.

"친군데요."

[아, 안녕하십니까.]

갑작스런 인사가 부드럽고 공손하다.

"네. 안녕은 하지만 대체 무슨 일이죠?"

[다행입니다. 혹시 지미의 연락처 좀 알 수 있을까요? 부탁드리겠습니다.]

김지미, 또 땅 팠구먼.

자신에게 이토록 공손한 걸 보면 그만큼 다급하다는 거다. 뭐, 받아주지 않을까 두려워? 이거야말로 진정한 염장이다. 혹시라도 그녀가 지미의 연락처를 알려주는 걸 거절할까 노심초사하는 게 그대로 전해져 온다.

"지미는 지금 나랑 같이 있어요."

[아!]

생생한 기쁨과 드디어 찾았다는 안도감? 그런 것이 전화 저편에 아주 가득하다.

[그곳이 어딥니까?]

"왜요? 내려오시게요?"

[지방입니까? 곧 내려가겠습니다.]

"낙산이에요."

[강원도 낙산?]

"네."

[감사합니다. 곧 뵙죠.]

곧 뵙긴. 아무리 빨라도 서너 시간은 지나야 볼 수 있을걸? 그나저나 그 시간 내내 저 청승 떠는 것을 보고 있어야 하는 건가?

당장이라도 지미에게 윤석빈이라는 남자가 전화 걸어왔다는 말을 해주고 싶지만 세나는 꾹 참았다. 서너 시간 후 그들이 어떤 모습으로 재회하는지 보고 싶어서였다.

나는 만화가라네. 그런 모습을 보는 것도 다 자료조사라 할 수 있다네.

청승 떠는 여자의 모습이 저렇군.

스케치북을 꺼내 지미가 바닷가에 서 있는 모습을 그리기 시작했다.

날리는 머리카락과 옷자락을 그리다 세나는 인상을 썼다.

"김지미! 그러다 얼어 죽어. 그만 하고 좀 오지?"

지미는 들은 척도 하지 않았다.

"저 혼자만 사랑을 하는 줄 알겠네."

두 시간 후, 다시 석빈에게 전화가 걸려왔을 때는 무척이나 심한 잡음으로 시끄러웠다.

[도착했습니다만, 조금 후 갈 테니 그동안 움직이지 말아주십

시오.]

"도착이요? 서울에서 오는 거 아니었어요? 이제 두 시간밖에 안 지났는데 어떻게 도착을 해요?"

헬리콥터 한 대가 빙빙 바닷가를 돈다. 설마, 저걸 타고 온 것은 아니겠지? 말도 안 돼, 아니겠지?

[곧 착륙할 곳을 찾아 내릴 겁니다. 그러니까 조금만 기다려 주십시오.]

정말 저걸 타고 왔단 말이야?

조금 후 아직도 놀라움에서 벗어나지 못하고 있는 세나의 차창을 누군가가 두드렸다.

"세나 씨?"

"네? 네."

눈이 번쩍 뜨여질 만큼 잘생긴 남자였다.

"윤석빈입니다. 지미는 어디에 있죠?"

초조해하는 석빈을 멍하니 바라보다가 세나는 침을 꿀꺽 삼켰다.

"저기요. 저 추운 바닷가에서 몇 시간째 저러고 서 있네요. 아무래도 제 생각엔 자기 스스로 벌받고 있는 게 아닌가 싶어요."

꽃샘추위로 바람이 뼛속까지 시린 날씨였다.

석빈이 급히 일어서는데 세나가 또다시 소리쳤다.

"잠깐만요! 그거 혹시 진짜 황금이에요?"

찬바람을 맞으면서도 지미는 추운 것을 느끼지 못했다.

그렇게 상처를 주지 말았어야 했다.

용기를 갖고, 그에게 가보자 마음먹고 돌아서려 하면 그날 석빈의 상처가, 그의 아픔이 서린 그 상처받은 눈빛이 아른거려 차마 발길이 떨어지지 않았다.

그렇게까지 모질게 굴지 말걸. 상처 주지 말걸. 그랬다면 지금 그에게 돌아가는 것이, 아니, 돌아갈 용기를 얻는 것이 훨씬 수월했을 것이다.

몇 달 전의 시간으로 돌아갈 수 있다면 얼마나 좋을까. 아무 일도 생기지 않고 그냥 아직도 석빈의 곁에 있는 상태라면 얼마나 좋을까.

멍하니 이런저런 생각에 빠졌다가 지미는 문득 등 뒤에서 인기척을 느꼈다. 누군가가 서 있다.

아무것도 신경 쓰지 않고 홀로 있고 싶은 마음에 그녀는 거니는 척 조금 걸어갔다. 기척이 따라온다.

조금 더 걸었지만 여전히 그 누군가는 일부러 그러는 것처럼 그녀를 따라왔다.

이곳에 너무 오래 서 있었나 보다. 이젠 돌아갈 시간인 것 같다.

차로 돌아가기 위해 돌아서려는 순간 그녀는 그 목소리를 들었다.

"말씀 좀 묻겠습니다."

혁!

깜짝 놀라 고개를 돌린 지미의 눈이 커다래졌다. 믿을 수가 없었다. 지금 내가 너무 간절히 소망해서 헛것을 보고 있는 걸까?

석빈이 보일 듯 말 듯한 희미한 미소를 지으며 서 있었다. 바닷바람에 머리가 마구 헝클어져 시야를 가린 듯, 머리를 쓸어올리며 자신을 바라보고 서 있었다.

"석빈 씨⋯⋯."

그가 짓고 있는 미소처럼 자신도 미소를 짓고 싶었는데, 다시 만나서 기쁘다는 미소를 지어 보이고 싶은데 이놈의 눈물은 언제나 자신의 의지와는 상관없이 제멋대로 흐른다.

한참을 그렇게 서서 지미를 바라보던 석빈이 마침내 입을 열었다.

"돈을 조금 많이 갖고 있는 나 같은 남자가 청혼을 하면 받아주시겠습니까?"

지미는 눈물을 닦았다. 그 문제라면 이미 결론을 내렸다.

"아니요."

거절의 뜻으로 생각했는지 석빈이 잠시 입을 다물었다. 하지만 이내 그는 다시 그 이유를 물어왔다.

"왜요?"

"돈은 그리 중요한 것이 아니란 것을 깨달았거든요. 나는 하루 두 끼만 먹더라도 사랑하는 사람과 살고 싶거든요."

눈물이 또다시 지미의 눈에서 뚝뚝 흘러내렸다. 석빈이 몸을 굽혀 가만히 지미의 눈물 위에 입술을 눌렀다. 그의 입술이 눈가를 훔친다. 하지만 기쁨이 벅차선지 눈물이 그치지 않는다.

"그 말은 청혼을 하면 받아주겠다는 말로 들리는데, 맞아?"

"그럼요, 사실은 내가 청혼하러 가려고 지금 용기를 모으는 중이었거든요."

석빈은 말없이 지미를 바라보았지만 지미는 그의 눈빛을 읽을 수 있었다. 봄날 햇살 같은 그의 따스한 눈빛. 그가 말한다.

'고마워. 기뻐.'

"하나만 더 물어도 될까?"

"네. 물어보세요."

이젠 그에게 더 이상 거짓말을 하지 않을 것이다. 아니, 스스로에게도, 그 누구에게도 더 이상 양치기가 되지 않을 것이다.

"이 꽃의 꽃말을 알아?"

석빈이 뒤에 감추고 있던 손을 앞으로 내밀었다. 금빛으로 반짝이는 황금 장미였다. 진짜 순금처럼 보이는 장미를 보고 지미는 놀란 듯 동그래진 눈으로 석빈을 바라보았다. 설마 진짜 황금으로 만든 장미는 아닐 거야. 제정신인 사람이라면 이런 짓은 안 하지.

"노란 장미 스물네 송이는 이사 가라는 뜻이라며? 그럼 이 황금 장미 스물네 송인 무슨 뜻일까?"

지미는 얼굴을 붉혔다. 결국 알아냈구나. 그 꽃다발 진작 없앴어야 하는 건데.

눈앞의 황금 장미보다는 자신이 유감을 팍팍 실어서 준 그 노란 장미 꽃다발이 신경 쓰여 지미가 대답을 못하고 있자 석빈이 다시 한 번 물었다.

"이 황금 장미 꽃다발의 꽃말을 아냐고?"

"몰라요."

"잘 들어. 알려줄 테니."

석빈이 지미의 귓가에 입술을 대며 조용히 속삭였다.

"언제까지나, 내게로 이사 와서 살아달라는 뜻이야. 그리고⋯⋯."

갑자기 석빈이 무릎을 꿇었다. 그가 품에서 작은 공단 상자를 꺼내 열었다.

"아!"

눈부신 빛을 발하는 반지를 꺼내 든 석빈이 그것을 지미에게 내밀었다.

"청혼을 무조건 오케이한다는 뜻도 있어."

석빈이 지미의 손가락에 반지를 끼웠다.

"사랑해. 나와 결혼해 줘."

"네."

너무나 기뻐서 또다시 뜨거운 눈물이 지미의 눈에서 넘쳐 났다.

그보다 더 적절한 말이 있을 수 있을까? 행동은 있다. 지미는 석빈의 목을 꽉 끌어안고 자석에 들러붙는 쇠붙이처럼 그의 입술을 찾았다.

두 사람의 몸이 한 몸처럼 합쳐졌다. 목을 끌어안은 지미의 허리를 끌어안느라 석빈은 들고 온 황금 장미를 바닥에 떨어뜨렸다. 한 몸처럼 부둥켜안고 두 사람이 키스를 하는 동안 석양의 마지막 빛에 바닥의 장미는 황금빛을 마음 놓고 빛냈다.

석빈이 해 저무는 동해의 바닷가에서 지미에게 청혼을 하고 있을 때 서울의 윤 회장은 오랜만에 기분 좋게 술을 한잔하고 들어왔다. 석빈이 결혼한다고 한 것만으로 그의 기분은 아주 행복했다. 게다가 오른팔을 얻게 될 것 같다. 지미의 아버지 김창우 사장은 원래 정직하고 성실한 사람 아닌가. 그 사람을 석빈의 오른팔로 키우면 천지에 외로운 우리 손자 놈 든든한 울타리가 될 거 아닌가.

그는 모자를 벗고 보료 위에 앉으려다 문득 문갑 위에 시선을 던지고는 펄쩍 뛰어올랐다.

"내 장미, 내 장미."

멋들어진 이조백자 달 항아리를 얻게 된 윤 회장이 이런 백자라면 이 정도는 꽂아줘야지 하며 황금 장미 백 송이를 주문 제작해서 꽂아놓았다. 그 장미가 아무래도 평 자리가 난다.

"봐라, 영자야."

"네."

가정부가 고개를 들이밀었다.

"내 장미가 빈데이."

"그거요? 아까 석빈 도련님이 뽑아갔는데요."

갑자기 헬리콥터 수배하라고 사무실을 발칵 뒤집었다더니 이젠 장미까지 훔쳐 가?

내 이놈의 자식을 그냥 두지 않는다.

석빈이 지미와 키스를 하는 그 시간 윤 회장은 그렇게 펄펄 뛰고 있었다.

에필로그

집에 들어가기 전 지미는 석빈을 멈춰 세웠다.

"잠깐만요, 석빈 씨."

그 어떤 상황에서도 무엇 하나 남들보다 못한 것이 없었기에 자신만만했던 석빈이 자신보다 더 긴장한 모습을 보이는 것은 지금이 처음이었다.

지미는 석빈의 앞에 서서 그의 모습을 마지막으로 체크했다.

잘생긴 얼굴? 좋고. 간짓발 서는 양복? 이것도 좋고. 가만, 넥타이가 비뚤어졌네.

그녀는 석빈의 넥타이를 바로 매주었다. 무엇 하나라도 아버지의 눈에 거스르지 않았으면 좋겠다는 것이 그녀의 현재 소망이었다.

"다 됐어?"

한 손엔 엄마를 위한 커다란 꽃다발을, 또 다른 한 손엔 아빠를 위한 선물을 들고 석빈이 물었다.

지미는 또다시 한 발 물러서서 석빈을 위아래로 훑어보고는 그제야 만족스러운 표정을 지었다.

"네, 됐어요. 완벽해요."

자신의 작은 빌라 현관 앞에 선 지미는 초인종을 향해 손을 뻗었다.

"잠깐만."

석빈의 다급한 목소리에 의아한 시선으로 그를 바라본 지미는 석빈이 길게 심호흡하는 것을 보았다.

"됐어."

잔뜩 긴장한 목소리로 석빈이 말했다.

어쩔 수 없을 것이다. 엄마야 자신이 그렇게 힘들어하는 것을 보고 마지못해서긴 하지만 그래도 허락을 했다. 하지만 석빈에 대한 아빠의 태도는 변함이 없었다. 사랑하지도 않는 장 사장과 결혼하겠다고 했을 땐 어려운 형편에 자신을 위한다고 간신히, 마지못해 허락을 해주셨건만 이제 진짜 사랑하는 사람이 이 남자다, 이 남자 알고 보니 유명한 금융회사 회장의 하나뿐인 손자라더라, 해도 못마땅한 기색이 여전하신 것이다.

아마도 자신이 장 사장과 결혼하지 않겠다고 했을 때 적잖이 좋으셨던 모양이었다. 그래서 그 말이 끝나고 며칠 되지도 않아 다시 이 남자와 결혼하겠다고 했을 때 두 배의 반감으로 돌아온 모양이었다.

그런 것을 모르는 것이 아닌 석빈이라 지금 인사를 하러 온 이 상황이 상당히 긴장되는 것이다.

지미가 초인종을 누르자 몇 초 지나지도 않아 기다렸다는 듯 문이 열렸다. 아마도 장래의 사윗감이 인사를 하러 온다니 엄마가 기다리고 계셨나 보다.

"안녕하십니까, 어머님."

그는 짐짓 쾌활한 목소리로 '어머님'이란 호칭까지 써가며 넙죽 인사를 했다.

"으…… 응. 어서 오게."

전에 그렇게까지 반대를 한 것이 마음에 걸렸는지 석빈을 맞이하는 현옥의 목소리는 그다지 자신이 없었다.

"이거 받으세요, 어머님. 감사의 뜻입니다."

"감사라니?"

"절 받아주신 거, 그리고 이렇게 예쁘고 귀한 딸을 허락하신 거 말입니다."

석빈이 내민 꽃바구니를 받는 현옥의 표정은 쑥스러워하면서도 방금 전보다는 한결 밝아졌다.

"아빠는?"

"방에서 기다리고 계신다."

꽃다발을 서둘러 식탁 위에 가져다 놓은 현옥이 흘끔 안방의 문을 바라보며 낮은 목소리로 말했다.

"쉽게 풀리진 않을 걸세. 하지만 자네가 싫어서라기보다는 지미를 보내기 싫어서 그러시는 거니까 너무 서운해하지는 말고, 잘 말해보게."

그래도 인사를 하러 온 사윗감이라고 현옥은 살짝 그의 편에 서주었다.

"감사합니다, 어머님."

석빈의 얼굴에서 그래도 긴장의 빛이 많이 풀렸다. 어머님 한 분이라도 자신의 편에 서주신다면 상황이 어려운 쪽으로만 흐르지는 않을 것이기 때문이다.

"여보, 지미네들 왔어요."

현옥이 방문을 열며 말하자 문이 다 열리기도 전에 헛기침 소리가 그들을 맞았다. 불편하다는 무언의 뜻인 것이다.

"아빠, 석빈 씨가 인사한다고 해서 같이 왔어요."

이미 다 알고 있는 일이겠지만 지미는 분위기를 밝게 하기 위해 굳이 한 번 더 인사한다는 말을 강조했다. 자리가 자리인만큼 전처럼 그렇게 박대하지 말아달라는 무언의 부탁인 것이다.

"엣헴!"

하지만 창우는 그다지 볼일이 없다는 듯 연신 헛기침만 해대며 아예 양반다리를 과하게 꼬며 90도 돌아앉는 것이 아닌가. 할 테면 해라, 난 보지 않으련다, 이 뜻이다.

"여보, 인사하러 왔다잖아요."

현옥이 달래보려는 요량으로 살그머니 그의 곁에 앉았지만 창우는 그리 쉽게 딸을 내주고 싶은 마음이 아니었다.

이미 예상은 하고 온지라 석빈은 조금도 표정의 변화가 없이 그의 앞에 섰다.

"절 받으십시오, 어머님, 아버님!"

"내가 왜 자네 아버님인가!"

두 사람이 절을 하기도 전에 창우는 역정부터 냈다.

모른 척 석빈은 일단 창우와 현옥에게 넙죽 절을 하고는 그 앞에 앉았다.

"에헷헴!"

여전히 벽 쪽을 향해 틀어 앉은 창우의 얼굴 표정엔 생각이 드러나 있었다. 난 이 절 안 받았으니 무효일세, 딱 그런 표정이다.

아빠는 대체 왜 저러시나 몰라. 서운함이 지미의 얼굴에 드러났으나 자신이 속상해하면 석빈이 더욱 불편해할 것 같아 애써 아무렇지도 않은 척 석빈의 곁에 앉았다.

현옥이 저녁상을 준비하기 위해 밖으로 나가자 덩그러니 남은 세 사람의 분위기는 시베리아 벌판보다 더욱 추워졌다.

석빈은 그제야 방에 들어오면서 한 귀퉁이에 내려놓았던 커다란 선물상자를 창우의 앞에 슬그머니 밀어놓았다.

"이건…… 귀한 따님을 내어주시는 감사의 표시로 드리는 저의 선물입니다."

"엣헴! 엣헤…… 쿨럭!"

말도 섞고 싶지 않다는 굳은 의지의 표현으로 창우는 연신 헛기침만 해대다 사레가 들어 진짜 기침을 하고 말았다.

그러고 나서는 조금 창피했는지 그나마 헛기침조차도 없었다.

그렇게 셋은 현옥이 밥상을 들여오기 위해 지미를 부르는 그 순간까지 썰렁하게 한마디 없이 앉아 있었다.

식사를 끝내고, 돌아가기 위해 일어선 석빈을 위해 일어서는 것조차도 창우는 하지 않았다.

"너무 마음 상해하지는 말고, 정말로 자네가 미워서 그러는 것은 아니니까. 저이가 왜 저러는지는 이해하지만 나도 많이 속상하네. 내가 잘 달래볼 테니 자네는 마음 편히 돌아가게나."

자신의 음식을 너무도 맛있게 먹어준 석빈이 예뻐 더욱 마음이 쓰였는지 현옥은 현관 밖까지 따라나서며 그를 위로해 주었다.

"아닙니다, 어머님. 제가 내일 다시 오겠습니다. 제가 직접 아버님 허락을 받고 싶습니다."

웃으며 돌아서는 석빈을 보며 현옥은 미소를 지었다.

저렇게 싹싹하고 좋은 사람을 왜 그렇게 싫다 했을까.

지미가 너무 힘들어하는 걸 보느니 차라리 가난해도 너 좋아하는 사람에게 가라, 어쩔 수 없이 허락을 하긴 했지만 할아버지 밑에서 자랐다 하니 여전히 여러 가지로 마음에 차지 않았다. 부모님이 안 계시다는 것이 가장 큰 문제였다. 부모가 없으니 분명 좋은 집안 교육을 받지 못했을 거라 생각했다. 그래도 지미가 좋다 하니 참자 마음먹었다.

하지만 그것은 자신의 편견이었다.

그는 생각과 달랐다. 인사성도 좋고 지미와 자신을 불편하지 않게 하기 위해 애써 편안해 보이려고 노력하는 기색이, 남을 위하는 배려도 좋았다. 또한 밥상 예절만 봐도 좋은 교육을 받았다는 것을 알 수가 있는 것이다.

그가 인사를 하러 온다고 할 땐 여러 가지로 불안했지만 그를 만나고 난 지금 현옥의 마음은 아까와는 달리 안도감으로 편안해져 있었다.

집 안에 들어온 현옥은 아직도 방 한 귀퉁이에 찬밥 신세로 있는 석빈의 선물을 보고는 석간신문을 들고 읽는 척하고 있는 창우에게 나무라는 시선을 보냈다.

"아무리 그래도 사람 성의가 있지, 어째 풀어보지도 않았어요?"

"흥, 그런 거, 아무리 갖다줘도 내 마음은 변하지 않아."

"당신, 가끔 너무 꽉 막히게 행동하는 거 알아요?"

그가 풀어보지 않으니 자신이라도 뭘 보냈나 확인하려는 생각으로 현옥은 석빈의 선물상자를 풀었다.

"어머……!"

현옥은 자신도 모르게 작은 감탄사를 내뱉었다. 영화배우 김지미의 전성기 적 영화들을 모은 컬렉션이었다. 남편이 그렇게 좋아하는 여배우였건만 어떤 필름은 너무 희귀해서 구하지 못해 아쉬워하기만 했던 영화들도 거기엔 모두 다 있었다.

"이건 구하기도 힘들 텐데……."

현옥의 말에 호기심이 동한 창우가 흘끔 신문 너머로 상자 안 내용물을 확인했다.

뭐라 씌어 있는지는 멀어서 보이지 않지만 분명 그게 CD인 것은 확실하다.

"당신은 좋겠네요. 이런 걸 선물해 줄 수 있는 사윗감은 아마 대한민국에서 윤석빈 하나뿐일 거예요."

그 말을 남기고 현옥이 피곤한지 씻기 위해 욕실로 향하자 창우의 엉덩이가 슬그머니 방바닥을 닦으며 상자 쪽으로 미끄러져 갔다.

그날 밤 열두 시, 모두가 깊이 잠든 밤, 안방 문이 슬그머니 열리더니 누가 깨기라도 할까 창우가 조심스러운 발걸음으로 방을 빠져나와 TV로 향했다. 그의 한 팔에는 아까 석빈이 선물하고 간 상자가 안겨져 있었고 그의 입가엔 주체할 수 없는 기쁨의 미소가, 혹시라도 소리 내면 누가 듣기라도 할까 애써 억눌러져 있었다.

"아버님, 저 또 왔습니다."

석빈이 방을 열며 안으로 들어오자 창우는 45도 몸을 틀어 앉으며 헛기침을 했다.

"흠, 흠."

사실 어제처럼 그가 온 것이 많이 못마땅한 것은 아니었다. 그래도 사람이 동물과 다른 것은 인정이라는 것이 있다는 것이다. 자신의 허락을 직접 받겠다는 그 마음이 기특한 것이다. 절대 어제 가지고 온 김지미 컬렉션에 마음이 혹해서 그런 것은 아니다.

하지만 벌써 헛기침 소리부터 어제와 다르다는 것을 이미 방 안에 있는 사람들은 다 느끼고 있었다.

"아버님, 절 받으십시오."

"아버님은 누가……."

어제 받은 김지미 컬렉션에 마음이 혹했다는 사실을 인정하지 못하면서도 또한 그걸 새벽까지 보느라 행복해했던 자신을 알고 있기에 창우는 석빈에게 어제처럼 매몰차게 굴 수 없었다. 그렇다고 또 어제와는 달리 오늘은 반기는 것도 자존심이 허락을 하지 않아 결국 방 안에 있는 사람들이 간신히 알아들을 정도로 작은 소리로 자신의 의견을 표현했다.

절을 마친 석빈은 자리에 앉자마자 방문 앞에 내려놓았던 선물을 슬그머니 창우의 앞으로 밀어놓았다.

"지미 씨 말이 아버님이 약주를 좋아하신다고 하셔서 구해왔습니다."

약주라고?

과하게 술을 먹지는 않았지만 집이 이렇게 기울기 전, 창우는 가끔 회사 업무가 많아 지쳐서 돌아왔을 때 자신의 술 진열장에서 오랜 기간 모아왔던 컬렉션 중 하나를 택해 마시는 것이 유일한 낙이었다.

45도 틀어 앉아 있던 창우의 귀가 살짝 뜨이면서 그의 몸이 5도가량 더 앞으로 움직였다.

"흠, 흠."

대놓고 상표를 읽을 수는 없었지만 슬쩍 상자를 보기만 해도 고급스러운 짙은 갈색의 나무 케이스가 상당히 값진 술임을 짐작할 수 있었다. 그의 입가에 슬그머니 미소가 걸렸다.

분명 저 정도면 발렌타인 30년산이나 그 이상 되는 술일 거야.

하지만 자신이 그것을 바라보았다는 것을 누가 알기라도 할까 창우는 언제 그랬냐는 듯 이내 시선을 돌렸다.

"일없네. 도로 가지고 가!"

짐짓 큰소리를 냈지만 그는 알고 있었다. 자신이 아무리 그렇게 말을 해도 석빈이 그것을 도로 들고 가지는 않을 것이라는 것을.

다음날 저녁.

창우는 저녁 준비를 하는 현옥에게 슬쩍 말을 걸었다.

"오늘도 석빈인지 하는 놈, 온다고 했나?"

"사윗감에게 놈이 뭐예요? 그리고 아마도 올 거예요. 당신이 허락해 줄 때까지 매일 온다고 했으니까."

"흠, 흠······."

창우는 헛기침만 해가며 자신이 하고 싶은 말도 못하고 현옥의 주위를 얼씬거렸다.

"왜요? 무슨 할 말 있어요?"

"있다가 석빈이 오거든······."

"네."

"그 술 내오라고."

"그 술이요?"

"아, 어제 석빈이 들고 왔던 술 있잖아."

창우의 말에 현옥은 놀라운 듯 눈을 크게 떴다.

어제 석빈이 가고 나서 그 상자를 열었을 때의 남편의 반응을 보았기 때문이다. 실로 그것은 오랜만에 보는 무한한 기쁨의 표정이었다. 상자를 얼싸안는 창우의 얼굴은 광채가 흘러나오고 있었다.

"로마네 콩티 85년산이라니! 여보, 이게 어떤 술인지 알아?"

"당신 얼굴을 보니 귀한 거라는 것은 알겠네요."

"귀하다니! 이건 단지 귀하다고만 표현할 수는 없는 거야. 이건 한 병에 이천만 원이나 하는 거라고, 금보다 더 귀한 거라고!"

마치 나이만 젊었어도 덩실덩실 춤을 출 것 같은 얼굴로 창우는 그렇게 좋아했었다. 그렇게 귀한 거라면 돌려줘야 하는 게 아닌가 걱정하는 자신의 표정과는 너무도 상반되었다. 그래서 어제 돌려주잔 말도 못 꺼낸 것이다.

"알았어요."

더 이상 아무 말도 묻지 않고 현옥은 대답했다. 그 귀한 술을 내오라 했으니 이젠 석빈의 마음고생도 끝난 모양이다. 방으로 들어가는 창우를 보며 현옥은 안도의 한숨을 내쉬었다.

지미와 함께 석빈이 인사를 하기 위해 방에 들어섰을 때 창우는 이제 완전히 그를 향해 돌아앉아 있었다.

"아버님, 저 왔습니다."

"음…… 왔나?"

분명 작은 목소리긴 했지만 그것은 그제, 어제와는 달리 어느 정도 환영의 의미를 내포하고 있는 말이었다.

슬쩍 그의 시선이 지나치는 듯하면서 석빈의 손을 포착했다. 오늘은 그가 어떤 선물을 가지고 왔을까. 뭐, 선물이 비싸서 맛인가? 그저 주고받는 미풍양속의 소소한 즐거움이지.

그리고 그는 그 소소한 즐거움을 누릴 준비가 완벽하게 되어 있었다.

하지만 이내 그의 표정에는 실망감이 스쳤다. 빈손인 것이다.

"아버님, 절 받으십시오."

석빈이 허락을 받기 위해 이 집에 온 지 사흘째 되던 날에서야 창우는 서운함을 뒤로한 채 똑바로 앉아 석빈의 절을 받았다.

뒤에 서서 그 모습을 지켜보던 현옥은 조용히 주방으로 돌아갔다.

창우가 석빈을 반대하던 때까지만 해도 저렇게까지 하지 않아도 되실 텐데 했다. 하지만 오늘 그가, 비록 마지못해서였지만 바로 앉아 처음 석빈의 절을 제대로 받는 것을 보니 그제야 지미가 머잖아 떠날 거라는 사실이 현실로 느껴지기 시작한 것이다.

주책없이 눈물이 나려 해 현옥은 앞치마로 눈물을 훔치고는 창우와 석빈을 위한 술상을 보기 시작했다.

마침내 창우가 하루 종일, 아니, 석빈이 인사를 온다던 그날 이전부터 준비했던 일장연설이 시작되었다.

"흠, 흠…… 내, 자네가 마음에 쏙 드는 것은 아니지만 그래도 이렇게 마음을 푼 것은 매일같이 찾아오는 자네의 마음 때문일세. 그 정도면 우리 지미를 정말로 아끼고 사랑해 주겠구나, 하는 확신이 들었기 때문이네."

"네, 아버님. 정말 지미 씨를 아끼고 사랑합니다."

"옛말로 치면 자네는 나한테 도둑놈이나 진배없네. 스물여덟 해를 애지중지 키운 딸을 하루아침에 훔쳐 가겠다는데 어떤 아비가 선뜻 내주겠나. 다른 자식이 있는 것도 아니고 딱 하나뿐인 딸이 아닌가. 마음 같아서는 자네를 데릴사위로 들여와서라도 딸을 보내고 싶지 않은 마음일세. 하지만 자네에게 조부도 계시고, 또 우리 집도 두 세대가 살 만큼 넓지는 않으니 그럴 순 없는 노릇이고, 서운한 마음에 심술을 부린 걸세. 너무 서운해하지는 말게."

"아닙니다, 아버님."

석빈도 느끼고 있었다. 지미의 아버지가 자신을 반대하는 것이 진심이 아니라는 것을. 그랬기에 그렇게 꿋꿋하게 계속 올 수 있었던 것이다. 언젠가는 허락을 하실 것이라는 것을 알고 있었기에.

"아빠, 석빈 씨가 오늘도 선물을 가지고 왔어."

석빈의 곁에 앉은 지미의 말에 의아해하는 창우의 시선이 석빈에게 향했다. 아까 보았을 땐 분명 빈손으로 온 것 같았는데. 뭐, 꼭 바라는 것은 아니었지만 그래도 기분 문제 아닌가. 그 가치를 떠나서 말이다. 그 어떤 것을 선물해 줬다 해도 김지미 컬렉션을 받았을 때처럼, 또 로마네 콩티를 받았을 때처럼 그렇게 기쁘지는 않았을 것이다. 자신이 그렇게 좋아하는 것을 알아서 대령해 주는 사위, 이왕 지미를 시집보내려면 그 정도 눈치는 있는 쪽이 낫지. 암, 낫고말고.

석빈이 안주머니에서 뭔가를 꺼냈다. 작은 봉투였다.

"이겁니다."

어제, 석빈의 선물을 열어보고 싶은 마음을 억누르느라 얼마나 힘들었던가. 창우는 오늘 당당히 석빈이 준 봉투를 열었다.

전원주택처럼 지어진 유럽풍의 새하얀 3층 집 두 채가 나란히 붙어 있는 사진이었다.

"사진의 오른쪽의 집이 지미 씨와 제가 살 집입니다. 제 조부께서 2층을 쓰시기로 하셨습니다."

"그런가? 우리 지미를 이런 좋은 집에서 살게 해주다니 정말 기쁘군."

그가 할 말은 달리 그것밖에 없었다. 기대했던 것과는 다르지만 그게 선물이라니 기뻐해 주는 것이 도리, 최대한 위엄을 차렸다.

"그리고 왼쪽에 있는 집은 어머님, 아버님이 사실 집입니다."

"뭐라고?"

창우는 자신의 귀를 믿을 수 없었다. 그 순간 방으로 술을 들여오던 현옥이 그 말을 듣고 놀라 휘청거렸다.

떨그덕거리며 술병이 상 위에서 구르다 상 아래로 떨어졌다.

"내 로마네 콩티!"

그 순간 지미는 놀라운 순발력을 가진 아빠의 능력에 감탄을 하고 말았다. 방금 전까지 석빈의 앞에 점잖고 위엄있게 앉아 있던 창우가 어느새 바닥을 슬라이딩해서 그 술병이 바닥에 떨어지기 전에 받은 것이다.

사위 될 사람 앞에서 그런 모습을 보인 것이 쑥스러웠는지 창우는 이내 헛기침을 하며 다시 자신의 원래 자리로 돌아갔지만 술병을 가슴에 품고 있는 것은 스스로 인지하지 못했다.

"시집가고 나면 두 분이 외로워하실까 봐 지미 씨가 걱정하는 것을 보고 생각하게 되었습니다. 하나뿐인 딸 지미 씨를 제게 주시고 매일 그리워하시지는 않을까 하는 마음에 매일 보러 오시라고, 또 매일 인사드리러 가기 위해 나란히 붙어 있는 집을 구했습니다. 하지만 그것으로도 제 감사한 마음을 다 표현할 수는 없습니다."

상을 내려놓은 현옥이 눈물을 훔쳤다. 방금 전에 느꼈던 그 서운함이 한 번에 다 해소가 되면서 하염없이 눈물이 흐르기 시작한 것이다.

"내가 주책이지. 여보, 어서 술병을 따세요. 그런 술은 이렇게 기쁜 날 마셔야 하는 거잖아요."

"그래야지, 당연히 그래야지!"

지금 이 순간 넘치는 기쁨처럼, 또 사랑처럼, 창우는 그렇게 가득 가득 술잔들을 채웠다.

딸을 시집보내는 것이 언제 그렇게 서운했냐는 듯 작은 빌라의 2층 집 안방에서 웃음소리가 넘쳐 나기 시작했다.

시간이 지나고 석빈이 돌아가기 위해 일어섰을 때 장인이 되실 창우가 몸소 그를 배웅하기 위해 빌라 밖까지 따라 나왔다.

"이젠 자주 놀러 오게. 내가 로마네 콩티는 아니어도 좋은 술을 하나 가지고 있으니까."

"네, 알겠습니다, 아버님."

"그리고……."

아직 할 말이 남은 듯 창우는 말을 머뭇거리다 2층에서 딸과 아내가 내려오는 소리에 얼른 본론을 꺼냈다.

"혹시 문희하고 윤정희 영화들도 모을 수 있나? 내가 김지미 다음으로 좋아하는 여배우라서 말이야."

"네, 구해보겠습니다."

딸이 나오자 창우는 멋진 사나이들의 세계라도 보이려는 듯 그의 등을 툭툭 쳐줬다.

"잘 가게."

지미가 석빈을 차가 있는 곳까지 배웅하기 위해 그의 곁에 나란히 서자 웃으며 들어가려던 창우는 '본능적으로' 지미를 잡기 위해 손을 뻗었다. 같이 안으로 들어가는 줄 알았던 모양이다.

그때 현옥이 살포시 창우의 팔에 손을 얹었다. 그녀를 쳐다보니 그건 아니라는 듯 고개를 내젓는다.

"김지미, 너무 멀리 가지 마라!"

빨리 돌아오라는 뜻이다. 그리고 돌아올 때까지 집에 안 들어가겠다는 강한 의지의 표현이었다.

석빈은 자신의 모습이 보이지 않을 때까지 굳게 빌라의 입구에 지키고 서 있는 창우의 모습이 모퉁이를 돌면서 마침내 보이지 않게 되고서야 안도한 표정으로 지미의 어깨에 손을 얹었다.

"내가 그럴 거라고 그랬죠? 우리 아빠가 원래 날 너무 예뻐해서 그러시는 거라고. 꼭 허락을 해주실 거라고."

"그래, 그랬지."

언제까지고 허락을 해주실 때까지 찾아오려고 했는데 생각보다 빨리 허락을 해주셨다.

"지미 씨, 난 그렇게 못할 거 같아."

"네?"

"우리 딸이 태어나면 말이야. 사윗감은 생각하고 싶지도 않고, 그 애가 다 커서 처음으로 남자친구를 데리고 온다면 말이야, 난 화를 내며 쫓아버릴 거 같아. 아니, 딸이 날 미워할까 무서워서 당신한테 시킬 거 같아. 화를 내며 쫓아내라고."

석빈의 말이 어이없는 듯 지미는 피식 웃었다.

"아직 태어나지도 않은 딸을 벌써부터 걱정해요?"

"그러게, 아버님 입장에서 생각하니 벌써부터 그게 걱정이 되네. 그런 의미에서 난 딸을 낳지 않는 것이 좋을 것 같아. 그냥 아들만 낳고 싶어."

"그게 마음대로 돼요?"

핀잔을 주는 듯하면서도 지미는 상상만 해도 즐거운 듯 입가의 미소는 지우지 못했다.

"그런데 아빠가 아까 당신한테 뭐라고 하신 거예요? 둘이 먼저 밖으로 나갔을 때."

"응, 그거? 딸 마음고생 시키면 옆집이니까 5초도 안 돼서 쫓아갈 거라고. 그러니까 당신을 아주 행복하게 해줘야 할 거라고."

"그게 다예요?"

"응."

"이해하세요. 다 우리 아빠가 날 너무 사랑해서 그러시는 거니까."

"알고 있어요, 공주님. 나도 당신을 너무 사랑해."

"저도 당신을 사랑해요. 내가 아는 꽃들을 다 합쳐도 내 마음을 다 표현하진 못할 거 같아요."

아, 사랑한다는 말은 언제 들어도, 몇 번을 들어도 항상 새롭다. 항상 그를 세상에서 가장 행복하게 만든다. 어쩜 이렇게 키스해 주고픈 말만 하는 걸까. 너무 사랑스럽다. 너무 예쁘다.

석빈은 그녀를 살짝 품에 안고는 주위를 둘러보았다. 휘영청 밝은 가로등, 서둘러 늦은 귀가를 하는 사람들.

키스하고 싶은데 영 마땅치 않다. 지미의 동네에서 남의 시선에 신경 쓰지 않고 원하는 대로 할 수도 없는 노릇이고.

지미가 예전처럼 오피스텔 옆집에 살았으면 얼마나 좋을까. 잠깐이라도 지미에게 마음 놓고 키스할 수 있었으면 좋겠다.

"잠깐, 이리 와."

그는 으슥한 곳으로 지미를 이끌었다.

지미의 허리에 손을 얹으려던 석빈은 바로 곁에서 들리는 작은 신음 소리에 깜짝 놀라 얼른 지미를 이끌고 다시 밝은 곳으로 나왔다.

좋은 자리였는데 벌써 다른 커플이 차지하고 있군. 아깝다.

하는 수 없이 바로 옆 건물의 처마 밑, 가로등불이 닿지 않는 곳에 이르러서야 석빈은 굳이 자리까지 옮겨야 했던 소정의 목적을 달성할 수 있었다.

시계를 들여다보고 있던 창우는 공연히 허리띠를 배 위로 추켜올렸다.

벌써 10분이 지났다. 이제 기다릴 만큼 기다렸다. 물론 옆에 있는 현옥이 말리지만 않았어도 10분이 뭐야, 1분도 안 기다렸을 것이다. 같이 따라가서 감시의 눈길을 소홀히 하지 않았을 것이다.

석빈이 놈, 지미를 내줄 때 내주더라도 아직은 시집도 안 간 아이란 말이다. 아직은 그러면 안 된단 말이지.

"대체 차를 어디에 두었기에 이렇게 안 오는 거야? 멀리 간 거 아냐? 밤길도 위험한데. 아무래도 안 되겠어. 내가 다시 지미를 마중 나가는 수밖에."

빤한 핑계를 대며 창우는 지미를 찾아 나섰다.

"여기서 뭐 하고 있는 거야? 아직 결혼도 안 한 사람들이!"

한참 으슥한 곳에서 서로의 입술을 정신없이 탐하던 지미와 석빈은 바로 옆 건물에서 들리는 목소리에 화들짝 놀라 더욱 으슥한 곳으로 몸을 숨기며 소리가 난 쪽을 살폈다.

"맙소사."

지미가 작은 소리로 중얼거렸다.

"아버님이잖아."

석빈도 작은 소리로 중얼거렸다. 창우가 바로 옆 건물, 아까 석빈이 지미를 데리고 들어갔다가 먼저 온 커플 때문에 도로 나와야 했던 그 앞에 서서 작지 않은 소리로 호통을 치고 있었던 것이다.

지미를 찾아 나섰다가 아무래도 그 둘이 눈에 띈 모양이었다. 그 둘을 지미와 석빈이라고 착각한 모양이었다.

그러다 엉뚱한 사람들에게 소리친 것을 알았는지 창우는 잠시 머쓱해하다가 이게 원래 의도한 바였다는 듯 다시 호통을 치기 시작했다.

"젊은 사람들이 말이야, 창피한 걸 몰라요, 창피한 걸. 훤한 길거리에서 말이야."

코앞에서 지미와 석빈이 살그머니 빠져나와 도망가고 있다는 사실은 전혀 모르는 채, 창우는 헛기침을 두어 번 하고는 머쓱한 걸음을 집으로 옮겼다.

또 다른 건물의 어두운 담 밑에서 깊은 안도의 한숨을 내쉬며 석빈은 지미를 내려다보았다. 뭐가 그리 재밌는지 지미가 쿡쿡거리고 웃는다.

"아까 우리가 저기 안 들어가길 정말 잘한 거 같죠?"

"응, 천만다행이야."

다행이긴 한데.

석빈은 이번에는 걱정의 한숨을 내쉬었다. 저런 아버지와 나란히 이웃으로 살면서 지미와 아이를 만들 수나 있을까? 눈앞이 캄캄하네.

어쩔 수 없지. 신혼여행 가면 한 6개월은 돌아오지 말아야겠군. 가서 최대한 노력해서 아이를 빨리 만들어오는 수밖에.

생각만 해도 몸이 달아올라 석빈은 또다시 지미의 입술을 지분거렸다.

"아이 참, 그만 해요. 아빠가 저러시는데 어서 집에 들어가 봐야죠."

지미가 앙탈을 부렸으나 사실 지미의 속마음은 키스를 계속하는 것이 훨씬 더 좋았다.

키스뿐이랴. 그보다 더 야한 짓 계속하고 싶다고!

The *End*

'있을 때 잘해!'에 이은 두 번째 릴레이네요.

유리라는 이름으로 탄생하는 두 번째 글이기도 하고요.

참 묘한 글이었죠.

그만 쓰자고 한 번 포기도 했고, 쓰는 도중 스트레스로 인해 폭발할 지경에 이르기도 했고, 무엇보다도 마감에 쫓겨 정신없이 몰두하면서 대폭 수정도 해냈다는 놀랄 만한 성취도 이룬 글입니다.

이 양치기 공주님은.

그런 글이 또다시 세상에 나옵니다. 감회, 물론 새롭지요. 기쁘기도 하고요. 제 정직한 바람은요, 이 글을 읽으시는 분들이 읽는 동안만이라도 행복하셨으면! 하는 겁니다.

행복이란 단어가 나와서 하는 말이지만, 글을 쓰는 일이 저는 참 행복합니다. 물론 요즘엔 왜 이리 힘들어? 하는 생각을 하긴 하지만 그래도 힘든 것에 비하면 행복한 것이 훨씬 큽니다.

그래서 저는 오늘도 나는 참 행복하구나, 라고 생각하며 글을 쓰고 있습니다. 아마도 먼 훗날, 제가 머리칼이 모두 다 하얗게 변해 섹시하고 귀여운 할머니가 돼도 글을 쓰고 있겠지요. ^^;;

양치기 공주님이란 제목은 글을 쓰면서 알게 된 소중한 인연인 미화가 만들어준 제목입니다.

고마워, 미화야. 늘 사랑해. ^^

그러고 보니 고맙게도 저는 글을 쓰면서 정말로 많은 소중한 인연을 얻었네요. 그런 모든 사람들에게 일일이 고맙다는 인사를 드리기 뭣해 이번엔 그냥 고맙다는 말로 모두에게 마음 전합니다.

자, 다들 건강하고 올해는 모두 운수대통하길!

그리고 이 글을 읽어주시는 모든 분들도 모두 운수대통하시길 빕니다.

이상, 행복한 지니의 후기답지 못한 후기였습니다.

양치기 공주님은 내가 그동안 출간했던 글 중 가장 힘들었던 글이 아닌가 싶다.

'있을 때 잘해!'를 완결하고 책으로 내는 것에 성공을 했기에 나는 양치기 공주님 또한 그렇게 쉽게 얻어지게 될 줄 알았다.

하지만 1년 전 시작한 이 글은 몇 번 휴식기를 가지면서 간신히 간신히, 그리고 어렵게 써졌다.

스트레스도 많이 받았지만 얻은 것도 많다. 무엇보다도 혼자 하는 일이 아닌 두 사람이 하는 일이기에 이기심을 가지고는 절대 힘들다는 것을 배웠다.

욕심을 부렸던 부분들이 수정의 철퇴를 맞고서야 보이기 시작했으니 또한 미련하게 하나 배운 셈이다.

하지만 이제 수정이 끝나고 마지막 후기를 쓰는 지금 이 글은 고통의 산물이 아닌, 또 하나의 행복과 만족으로 돌아왔다. 그래서 지금 이 순간 나는 가장 행복한 사람이 아닌가 싶다.

그랬기에 또한 무사히 글을 완결할 수 있게 도와주신 분들께 감사의 하트를 날리고 싶다.

누구보다도 유지니 언니, 글을 쓰는 동안 많이 힘들게 해서 정말 죄송하고, 내가 너무너무 사랑하는 거 알지?

또한 촉박한 출간 일정에 바빠 달려주시고 응원해 주신 청어람 유경화 팀장님께도 감사의 하트를 날려요. ^^

또한 끝없는 사랑의 식구들과 우리 사랑하는 멤버들, 정숙온, 사랑온, 그리고 양희. 모두모두 사랑하고 이 순간 행복해지길. ^^

에…… 그리고 또, 앞으로 대박날 거라 말해주신 신촌의 한 사주카페 사장님께도 감사를 드리고, 제 글을 읽고 나서 연인을 만나 결혼을 하게 되었다는 비단헤어 실장님께도 감사를…….

어쨌거나 많은 분들의 응원에 힘입어 앞으로 좋은 글을 쓰리라 다짐하면서 이제 아쉬움을 뒤로 이 글을 놓고 홀가분하게, 며칠 부족했던 잠을 보충하러 가야겠다.

2월, 설날을 앞둔 어느 새벽. 전혜진.